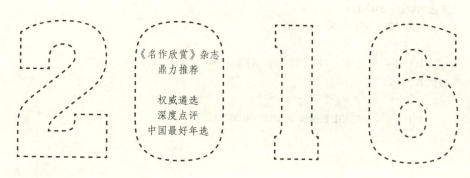

《名作欣赏》杂志
鼎力推荐

权威遴选
深度点评
中国最好年选

+ 北岳中国文学年选 +

散文诗选粹

爱斐儿 /主编

山西出版传媒集团　北岳文艺出版社
BEIYUE LITERATURE & ART PUBLISHING HOUSE

图书在版编目（ＣＩＰ）数据

2016年散文诗选粹 / 爱斐儿主编. —太原：北岳
文艺出版社，2017.1

ISBN 978-7-5378-5076-6

Ⅰ.①2… Ⅱ.①爱… Ⅲ.①散文诗—诗集—中国—
当代 Ⅳ.①I227

中国版本图书馆CIP数据核字(2017)第009445号

书　　名	2016年散文诗选粹
主　　编	爱斐儿
责任编辑	王朝军
装帧设计	张永文

出版发行	山西出版传媒集团·北岳文艺出版社
地　　址	山西省太原市并州南路57号
邮　　编	030012
电　　话	0351-5628696(发行部)
	0351-5628688(总编办)
传　　真	0351-5628680
网　　址	http://www.bywy.com
E - mail	bywycbs@163.com
经 销 商	新华书店
印刷装订	山西人民印刷有限责任公司

开　　本	710mm×1000mm　1/16
字　　数	315千字
印　　张	20.5
版　　次	2017年1月第1版
印　　次	2017年1月山西第1次印刷
书　　号	ISBN 978-7-5378-5076-6
定　　价	45.00元

序—诗意，永恒的心灵关怀

/爱斐儿

编选这本《散文诗选粹》的过程，有辛苦也有甘甜，我喜欢被这浓浓的诗意笼罩。作为医生出身的我，始终坚定地认为，看似物理的身体所患的疾病，其实都与心灵的隐疾密切相关，可感知的症状恰是心灵病理的外现。只有诗意这副药方可以直通病因，因为只有诗意可以用来入心。每个伟大的历史时期都有自己特有的时代病症，作为感觉最敏锐的诗人群体来说，通过诗歌写作去关怀、爱护在红尘中遭遇的苦痛的心灵，则是寻求治愈或救赎的唯一良方。文学反映世界，散文诗就是最好的载体。回顾一下散文诗的演进轨迹，不难发现，议论性散文演化为杂文，叙事性散文派生出报告文学，抒情性散文与诗歌中坚守传统风格的流派相结合，造就了散文诗。黑格尔说，把握世界本质有三种方式，散文的、诗的、哲学的，而散文诗是如此巧妙地整合并涵盖了这三种方式，她整合了诗歌、散文、小说、戏曲、杂文等文体的特征，并成为作者们搭建的诗意舞台，为读者展示着道具、背景、音乐、人物、情节、台词等元素如何在一篇散文诗中魔术般整合，最终呈现出作者深刻思考后的精神结晶。本年度《散文诗选粹》选取的作品，以更加整合的方式、更具超越的形态、更富美好的感觉，"整合并超越，超越并包容"，给我们带来了更加丰富、立体、多维的诗意呈现。所以一颗敏锐的心灵在阅读诗歌的过程中，一定会感受到那些来自诗性中的疾病、痛苦、喜悦、感动、恩宠、勇气和创造，这是来自诗意的关怀，是最好的心灵疗愈过程。

一　诗性、疾病与终极关怀

散文诗创作牵涉到一个人的深度、价值、心境和个人特质，真正的诗人懂得聆听、遵奉心灵所传递出的讯息，进行真实记录和描绘，这种本性的表达，也许更接近于真相与真理。诗人史蒂文斯在《关于最高虚构的札记》中写道："或许真理完全维系于湖边的一次散步。"这些深陷红尘的诗人们，他们必然在生命中经历这样的过程：认识、批判、改造、赞颂。唯有认识才能了解我们身处何样处境，唯有批判才能修正那些谬误和不实，唯有改造才能修复那些纷乱和漏洞，唯有赞颂才能带给我们希望和勇气。一个有良知的诗人，一定是一个身陷红尘，历经种种的不完美却不断寻求救赎的人。我敬佩那些会对文字心存敬畏的真正的诗人，因为文字承载着他们的道德和良知，他们一边用文字构筑心灵的殿堂，一边对客观事实进行冷静的思考，不断对自我及周边环境进行更新、更深层次的探索，这种探索有利于人们接近真、善、美。而作为这个世界智慧的真、善、美三大维度，将科学、道德与艺术进行有机分野，让我们从世界的不完美之中感受到思想者的伟大与纯粹。

美国的心理学家托马斯·摩尔认为，疾病是身体的诗歌，诗人们喜欢从多种角度解读同一样事物，而不是满足于有限的解释，人们要花费更多的时间去聆听心灵的声音，认识心灵，爱护心灵，关怀心灵。而关怀心灵是一门艺术，唯有诗歌的意象才能表述。神话、美术、宗教和梦境都能提供这样的意象，显露和承载心灵的奥秘。我们也可以向不同领域的专家寻求指引，诸如古代的神话和悲剧作家、文艺复兴时期的医生、浪漫主义诗人、现代的内涵心理学家，但是对心灵投注更多关注的还是具有诗人气质的心灵追寻者。他们都尊重人类生命的奥秘，拒绝用世俗化的标准解读生活经历。身为诗人，多年的从医经历，让我更习惯用一个医者的视角去解读诗人和诗歌，并认真地听从文艺复兴时期的医生帕拉塞尔苏斯的建议：一个真正的医师，必须理解事情的本质，必须能辨认人体之外宏观世界的病症，必须对人之本性具有清楚的认识。只有这样，他才能探究人的内心世界，了解每件事情的归属。如果对外在的人性，也就是对天和地缺乏深刻的认识，这一切就绝不可能。

在文艺复兴时期，诸如费奇诺与米兰多拉这样的智者就教导人们，每个人都应成为自己生命中的艺术家与诗人。一个好的诗人，最先要学会的是如何去关怀心灵，而不是被纷繁的外部世界障目。关怀心灵可以让我们超越世俗的自我主义，目的在于恢复个体生命的神圣。这种神圣性并不仅仅是"生命的价值"，更是个性的神秘内涵。寻求关怀心灵的人更懂得欣赏人类苦难的神秘，并不是一厢情愿地去追求虚幻的"完美生活"。我很欣赏诗人们用诗意的声音发出对沉默的反抗，用诗意的触角去靠近天地之大美与神奇。

二　恩宠、超越与"创造性张力"

近年来，散文诗正以燎原之势在蔓延，各种文学媒体散文诗专栏的开辟也雨后春笋般破土而出，成为时代的宠儿。任何一种文体的兴盛和繁荣总是和它身处的时代背景有着密切的联系，就像瓜与藤，就像水土与风物。在这个网络发达与多媒体覆盖的时代，交流的便捷让各种讯息得以最全面快速地全方位铺开，人们借助便利的信息传播，可以较全面地获得散文诗创作的各种文本和创作理念，过去对散文诗的各种定义也因为这个互联网时代的到来有了新的注解。就近年来发表在各种刊物、网络媒体上的散文诗文本来看，它正以更新颖、更丰富的面貌展示着独特的魅力。从文学的发展趋势与规律上看，文体的区分将越来越细，各种风格不兼容的地带给散文诗的发展提供了多维空间，并以中国诗词歌赋为根基，广泛吸取着来自世界各地文学语言的滋养。

中国散文诗有着自己的创作特点和民族精神，它是漂浮在沙漠上的一片绿洲，饱含着丰沛的人文精神和灵魂高度，带给人心灵的滋养。随着时代的快速发展，经过许多作者前赴后继的构思和排练，该文体的创作已越来越趋于成熟和丰富，因此，我们不得不用整合理论（Integral Theory）的视角再度对散文诗的写作给以更多关注和审视，揭示它魔幻迷人的一面。美国著名心理学家肯·威尔伯在《整合心理学》中提出"创造中的灵性"，认为从前现代、现代到后现代，从物质—身体—心智—灵魂—灵性的上升，以"我、我们和它"为主体的艺术、道德和科学的分类，构成了人类文明的主轴，其核心就是超越并包容。这一哲学观为散文诗提供了新的安身立命的方式。

一个人的伟大之处就在于：在认清这个世界的真相后，依然热爱它。诗歌亦是如此！好的诗歌，不是对世界的平面描述，而是对宇宙万物秩序的立体构建；不是故弄玄虚、主客分离，而是虚实结合、情景交融，应是在过去、现在、将来，前世、今生、来世，宏观、中观、微观，主体、客体、第三者之间打造一种"创造性张力"，通过灵性、理性、感性与现实之间的"结构性冲突"，让每个读者能体会到其中思考的超越与灵魂的飘逸、解脱和放下。散文诗是人们通过诗歌写作保管各种意向去关怀人类心灵的方式。这本《散文诗选粹》中的优秀散文诗文本就是对这种整合理念的最好注解。

三　去粗取精，披沙拣金与"隐形"的新生

借编辑此书的机缘，我得以接触到更多散文诗文本，可以从大量的阅读、思考中体会当前散文诗作者们对诗意的理解和创造，以及众多心灵的萃聚和展现。长期以来人们对散文诗还存在诸多误解和偏见，岂不知，散文诗作为诗歌之树上的一根两枝，或一枝两花，同样深深根植于诗意的泥土，只是在自己的成长发展中长成了不同的样貌和形态。毫无疑问，诗意是它们共同的根系，而所谓的诗意，就是你愿意用一种更清醒的态度去生活，喜欢从多维度解读同一事物，而不是满足于有限的解释和世俗的认知。诗人必须给想象力以足够的自由，让它不断去探索更新、更深层次的场域，为我们提供理解、内涵、智慧、远见、语言和音乐。一个诗人的清醒就在于他知道自己该如何努力在心中留下这暂时的、正在崩解的世界的烙印，此过程是如此深刻，如此痛苦，如此激情澎湃，以至于整个世界都在我们心中重获"隐形"的新生，并借由思想的深度拉近我们与诸神的距离。

编完这本散文诗选本时，音乐人鲍勃·迪伦因"用美国传统歌曲创造了新的诗意表达"而获得诺贝尔文学奖的消息正铺天盖地，这说明"诗意"依然是人类艺术审美高度的重大标识。我一边聆听鲍勃·迪伦的经典音乐，一边整理本书的一些章节，像一个行者心满意足地看着这些词句变成一片片心灵的风景，在我眼前一帧帧展开。谁经历过像园丁一样从众多的稿件中一遍遍精挑细选的辛苦，谁才能体会诗章水落石出般呈现于眼前时的快乐。这些诗人虽然写作的风格不同，或飘逸，或内敛，或深刻，或清新，但我依然能感受到大家的灵魂在努力挣脱红尘引力的束缚，努力朝自己向往的灵性世界攀升。谨此，我对他们充满敬意。

今年《散文诗选粹》的选稿和简评撰写只有两个月时间，对每首散文诗的简评占据了很大的精力、篇幅和版面，这样就使得我们的选稿既要保持其丰富性、多样性，又要精而又精，简而又简，所以不得不在大量来稿中反复筛选，尽量保证更多更有代表性的精品入选，因此会有很多优秀的作品无缘选入，这也是每年编年选时存在的遗憾。不过没关系，如果你真的是在文字的沙石中淬炼金子，那你迟早会以金子的面目呈现在读者的视野。今年的选粹，邀请了几位著名诗歌评论家加入点评的行列，为选本增加了更为专业的力量，在此，特别感谢蒋登科、孙晓娅、薛梅、罗小凤教授，散文诗研究中心主任箫风、范云晶博士，以及为本年选提供大力支持和帮助的师友们！时间最强大的力量，莫过于向人们展示他们的心灵。感谢这些捧出自己心灵的人！

二〇一六年十一月二十二日

目 录

1

2

3

5

云水禅心(节选)

/阿土

一

佛说：白云覆青嶂，蜂蝶恋庭华。

云在山角上挂着，一滴靛青染就的蓝，诉说的是沧桑抑或成熟？

我时常是一种在梦中的感觉，又往往瞬息醒来，而大脑中只留下混沌的一片！

在水花溅不到的地方，捻两缕佛香成丝，串三片羽衣成裳，着一袭素色的月光，在一朵花里栖止，不动不静！

我自知是一个凡夫俗子，无法解禅之妙境，纵使，能把自己熬成入定的石头，也无法抵达空明的了悟。无法于云起时，看到皈依的肉体缓缓升起，脱胎换骨。

佛说我尘缘未尽，仍要在六道中轮回。可我不以为然，既然生命只能以这种方式存在，且忠实于它应该经历的过程吧。而忠实的过程不也是一种修行吗？

也许，我最终画不了云外的青山，描不成树下的菩提，绘不出内心的经卷，涂几座宁静的寺院，勾几只平和的雀鸟，抹一团淡泊的暮霭，也就够了，够我在混乱的人群中，敲响云板……

二

佛说：一雨普滋，千山秀色。

这是否是给我的又一种暗示？

青山半掩，寂寞的黄墙内，是谁，长一声短一声，把月光念得心事悠然？

还是那一池动人的青莲，更令人心生念念。倏忽之间，旋即变成了水，整个世界顿时空空荡荡……

在旷达里浸润得久了，寂寞也会温暖，孤苦也会知足，而人只要越过了这些，福慧自然增长，境界自然超越，即使对面无人，也不妨他与天地酬唱。

哪里还需净土？这远避的世界仍不过红尘一隅。但是，我愿意在这里停下，换一身宽襟大氅，舀一瓢清泉赏心，植三五棵紫竹悦目，耳观眼，眼观鼻，鼻观口，口观心，平息静坐，单盘也好，双盘也罢，一切只为自在！

非我玄想，那如露如电的人生，如果真的要修500年，我不怕把现在的皮囊坐成一副枯槁。如果我能找回前生，不再犯相同的错误，我愿化作一条不能回头的独木，以身横架河上，用一生载渡。如果，成就别人，也不能换回前世的一睹，也没什么。当你来时，你不识我，我也不识你，只愿有一缕吹过的风，是当年的那阵。

现在，佛看我是佛，我看佛却云遮雾绕，只有那逍遥的山风，有点出家人的样子。

《诗歌风尚》2016年第1卷

作者

阿土，本名庄汉东，江苏省作家协会会员，新沂市读书协会秘书长。获过国家、省、市各种文学奖多次，入选《21世纪散文年选》《21世纪散文诗排行榜》《新课标·天天阅读》等百余选本。出版有散文集《有一种距离叫遗忘》《绝句那么美》《读木识草》（签约台湾出版社），诗集《诗意故里·绝色新沂》等。

绿萝是一种繁殖力极为茂盛的植物，其花语为：坚韧善良，守望幸福。可土植，可水培，生命力非常顽强，被称为"生命之花"。阿土是一位散文诗高产的作家，他的作品穿街走巷，漂洋过海，遍地开花。他说：爱人是一种美德。这是他的心语，亦是他的花经。如果说一个人的学名是父母给的，见出的是父母的期许。那么笔名则是自我理智的选择，也最能照见一个人的心性。在他的笔名"林野""瓦当""阿土"中，扑面而来的是一种天然的、平凡的、清新的泥土气息，朴雅淳厚，沁人心脾。他的散文诗像那些茂盛的绿萝，大多是土植的，素朴、真率之中蕴藏着松香和沉重的色素，像那种肥厚绿深的叶片，像玉品里的老玉，赏心悦目时也有着浓荫下的思辨和智性。闻一多说：诗最重要的两个因素，情感之外，就是幻象。幻象，即意味着佛法一般，具有不可思议的神秘性。这时的"我"常以象征隐我，或以禅意无我，解码往往是文中最紧要的那个有着魔力的意象。这在阿土的《云水禅心》里，倒呈现了第三种可能，"我"才是那个最要紧的解码，不隐不藏，"我"直戳戳在这里。不是布道者，而是以原初之心自审的那一个。这是一种自我实现，亦叫"生命之花"。
（薛梅）

对他说（选章）

/阿毛

对他说

"爆竹已经响过了，群山还是不说话。"任屋檐挂着冰凌，冷风吹着小女孩的围巾。

隔窗看雪啊，我想他的头发和眼睛！

春天里开最小的花：红的，黄的，那最深的紫啊！风起，烟散，我一阵阵心酸。

夏天的湖面上，荷叶和水珠不结合也不分开。那从没抱过我的双手啊，在武汉，和武汉以外！

叶都倦了，黄了，雨点落进火焰里，他落进我的书里，霸道地成为呼吸的空气和时间的灰烬。

冬天毫不犹豫地到了，大地白了，我的头发也要白了。可我还是想他！

成为小花、水珠、枯叶、白雪和文字，还是想。"你当然知道啊，肉身不在了，灵魂还是会想。"

忏悔书

就是这样。我爱过了，我还在爱。而你永不明白，爱，这件你失手打碎的瓷器、这件变幻莫测的无形容器。

雨点是鱼儿的集体耳语般的叹息，我不是回避泪水，而是尽我所能地回避那场有你的雨。只有这样，我小说中的人物才能充满阳光：他说的话才能舒心，而流畅；他写的字才能赢得我心，和我的爱一起流芳百世。

——我所有的书的野心就是要挫伤你的傲气，要你因失去我的爱而追悔莫及。

《湖州晚报·散文诗月刊》2016年第2期

作者　阿毛，1967年生。中国作协会员，中国诗歌学会会员。2009—2010年度首都师范大学驻校诗人。著有诗集《为水所伤》《至上的星星》等。诗歌入选多种文集、年鉴，并被翻译成多种语言。获《诗歌月刊》2007年度诗人奖、华文青年诗人奖等多项诗歌奖。

评鉴与感悟　阿毛的《对他说》，忽而悲泣，忽而长叹，无论是对青春失意的惆怅，还是对爱情的执着追求，都不回避自己内心的体验，哪怕是充满矛盾的体验，并将自己的情感浸入体验中，使之成为被创造的诗意艺术。（谢克强）

不死鸟

/艾蕾尔

当我站在窗前，想起你的时候，总会有一只不死鸟在耳边咕咕叫。它的声音使我感到悲伤，为什么要这样残忍呢？

残忍的姑娘。光着脚走路，走在灼热的沙漠里，嘴巴裂了口子，流出血来。

阳光下有东西在闪闪发光，我知道那是什么。水。我最需要的东西。我走过它，看都没看一眼。生命，它经常滴血，在最白的天空下，滴出果酱一样的颜色。什么是痛？这个颜色很美，至少它让我看到我还活着。

我走在路上，走在沙漠里，走在骄阳的灼烧里。热浪吸走了我的身体里仅有的水分，每当夜色临到，我看到星星，我会对它说，亲爱的，这是最后一次见你了吧。可是我总会在太阳出现的时候，醒来。你还爱着这生命吧，爱它，你会感到羞耻吗？伸出手去，想要捉什么东西。哪怕是最轻的蛛丝也好，你看到什么，都没有。手在风里，被天空怜悯。假如有把剑，我会在白天，而不是在夜里，刺穿我的心脏。

或许你该睡在树洞里，睡上几千年，永远不要醒来。这就免去了行走的麻烦。沙漠里只有你一个，光着脚走在灼热的沙上。没有鞋子，可怜的脚趾，滴下血来，它哭了。

你会觉得羞耻吗？当你流泪的时候，像是被抛弃在风里，被时间踩

6

蹭。你会被风干，被冲刷，被刀子切成血滴的样子。哭吧，不要啜泣，你明明知道，无声的泪带着锋利的刀子，给你写上羞耻的名字。你是谁呢？请不要告诉我，假如我爱上你，便是我的死期。

你的爱是残忍的不死之鸟。啄生命的血肉，日日夜夜。干脆让泥土将泥土杀死，掩埋消失，永不重现。干净的明天，悬挂着骄阳。你还给我，我潮湿的时间，我的灵魂，我孤傲的生命。

《诗歌风尚》2016年第1卷

作者 —— 艾蕾尔，原名王蕾，1986年8月生于河北，清华大学美术学院博士，现居北京。现主要从事当代艺术批评、策展工作，兼写诗、画画、自由撰稿。大学时代开始散文诗和小说写作，代表作有散文诗集《隐秘的刺丛》，中篇小说《本草纲目》《会飞的蒲公英》。

评鉴与感悟 —— 诸行无常，盛极必衰。在爱的世界，这更是一种无情的法则。若超越这残酷的现实，唯葆有内心的坚忍刚毅。艾蕾尔的文字透着淬火的燃烧和骤然的冷凝，闪着智性的光芒。她像骨立的展室，将自我高悬，敞开襟怀，在自我与自我的对峙中，确立自我。"我还活着""我走在路上""我孤傲的生命"，从而完成了她在讲述女性身份的三个阶段时所呼唤的关于"女性"自身的生命探讨。《不死鸟》正是验明正身之作。这是一位女性在生途中痛苦而不屈的挣扎，是来自灵魂深处的自白和自我救赎。或者说，生死间的心理纠缠，有无间的价值尺度，爱恨中的精神承担，以及残忍和抵制中的灵魂倔强，都使心理学层面的智性意味尤为深切，而最终呈现出对时间的敏感。"阳光""星星""几千年""日日夜夜""潮湿的时间"，这是与思想一同成长的伴侣，生命的思悟和人生的探寻尽在其中。"被时间蹂躏"，一种无声的疼痛亦是无声的抗议："你的爱是残忍的不死之鸟。""你"与"我"构成了自我的两面，爱是不死鸟，信念也是。（薛梅）

青花瓷（节选）

/爱斐儿

一

我已听到了你的声音。

是一朵青花在轻叩陶土。

是一支笔锋划过天青色，墨痕留在素绢上。

是一双素手轻抚慢弦，飘然驶来的一曲动听的音乐。

是一片经年的好山好水，在釉下铺开杂花烟树。

是一叶扁舟引来了小桥、流水、人家，也引来一两只鸟雀飞来落在一棵老树的枝上。

旧时光绵延至此，我不得不停于你的蓬檐旧瓦之下，也停于你清波荡漾之处，就如一捧陶土从一场酣梦中醒来，突然面对你微蓝的气息，不由脱口而出：哦，青花。

二

于是，河流慢下来。

如诗词里描述的那样，白陶承于天光，青花沉于釉中，他们从火中涅槃而生。

在大地上行走的人，皆安居于瓷中，他们供奉神灵，敲响晨钟，采摘，耕种，涵养精神，造化万物，从无极中生出太极。

如果你从很远的地方赶来，用很轻的声音唤他，他会忍不住打开自己的呼吸。

你看，陶瓷里有片天地，那里天空蔚蓝，浮云漫天，水草紧拥河水，所有的花朵都跃跃欲飞。

三

风过，云过。

石板路弯入一条小巷。

谁的门环轻叩？

那些在釉下描绘青花的人，已退入旧时语境。

他们在用一朵又一朵青花交谈，其时，他们低眉素手，笔下皓月烟波、水云无数。

你来看时，或许会邂逅飞蓝拢翠，旧时芳树，或许一朵牡丹正身披青花的香气走来，或许一场雪恰好落上墨色的松枝。

四

江水东流，露催秋暮，我们同时赶往一场千年的约定。

菊香舞动一条小径的时候，你如兰的气息亦婉约而至。

如果爱是陶瓷，情是青花，如果分离是白色的，思念就是蓝色的，就像别无选择的青花与陶瓷，他们走着走着，就走到了彼此的心里。

如果一颗心里装着另一颗心是一种温暖，那么，爱就是一种深深的痛惜，如青花痛惜陶瓷。

五

若用青花瓷杯盛酒，

一滴既是满月。

两滴你会醉得比月色还深。

这意蕴最是令人心神安闲，斟满了，就是云水与诗歌，就是忧伤和福同时相逢了知己。

在青花瓷里，所谓的辽阔就是这个样子吧：

心中装着白云，而月光是蓝色的，酒香是蓝色的，河流是蓝色的，炊烟是蓝色的，飞舞的蝴蝶是蓝色的，而手捧青花醉于窗下的人，对醉人的酒说："把我也染蓝吧。"

六

无法阻止你站在白云的旁边，就像无法阻止雨过天晴的天空，蓝着蓝着就蓝到了天边。

"这是你到来的第几个春秋了？"

一百年一百年地数，还是太慢。

光阴里，一些故事破碎，一些故事被束之高阁，只有满目的蓝与宁静同在，就像乐曲与琴弦同在。

许多年过后，风流云散，无论你多么微凉，多么易碎，你还是在煅烧之中成就了一颗老灵魂，并且一直都没有走远，只是白云覆盖流年，你把忧伤和期待不是交给了青花，就是交给了窑变。

《星星·散文诗》2016年第4期

作者 —— 爱斐儿，本名王慧琴。医生，从事临床工作多年，业余写作诗歌、散文、诗歌评论、绘画等。2004年出版诗集《燃烧的冰》，出版散文诗集《非处方用药》《废墟上的抒情》《倒影》。主编《散文诗选粹》（北岳文艺出版社）。曾获"中国首届屈原诗歌奖银奖""《诗选刊》年度优秀诗人""《诗潮》现代年度诗奖"等多种诗歌奖项。

身为医生的散文诗人爱斐儿，总有一种"化腐朽为神奇"的超凡本领。任何隐藏在词语躯体和物的身体内部的秘密，都会被她如手术刀般精准和锐利的目光探明，然后经由"妙手"逐一挖出，再施展魔力。旧作《非处方药》如此，新作《青花瓷》同样如此。无论是苦涩的传统中药，还是冰凉硬冷的瓷器，被爱斐儿"改装"之后，总能变得香甜和温暖，且蕴蓄深厚。她用"苦"发明了"甜"，用冰凉制造出温暖，由简单繁殖出复杂。那些看似呆板无生命的词与物，好像服用了既能医治肉体，又能疗治灵魂的还阳丹，掌控了意义的命脉，上能通天，下可入地，超越了自身。

爱斐儿以实物青花瓷作为言说切口和联想入口，却没有把目光局限于此——只是以物说物，就事论事，顶多算是用众多溢美之词对古玩的"玩赏"，而是通过对作为物的青花瓷内质的深入和延展，以及对作为词的青花瓷的引申、转喻、隐喻等技术处理，让它"打开了自己的呼吸"，以敞开的姿态缔造出色彩斑斓的意义世界。

爱斐儿"吐出"一个词，读者听到的则是一个光怪陆离、熟悉而又陌生的神奇世界。缔造想象世界的"核心技术"在于词与物的分合。词与物既合二为一，又可以随时分离，词可以变成物，物也可以变成词。这种分合自由成为爱斐儿的言说和阐释之"道"，由"道"而生"一"，最终"造化万物，从无极生出太极"。如此，方可做到"观古今于须臾，抚四海于一瞬……笼天地于形内，挫万物于笔端"（陆机《文赋》），做到物有形而意无穷，并打开全新世界："写下了这些字，你正随着不同的光线，让青花回到更加单纯的质地，遍身的花朵和山水也开始万象更新"。（范云晶）

佛·黑·缘

/安澜

青灯。木鱼。袈裟。

高高在上的灵异，霞光笼罩。

黑：指鹿为马的遗腹子。鬼混唐朝的始作俑者。把玩真相狂。锦衣玉食的玻璃心。脱壳的金蝉。迷途了的风。骨折了的诗。林子里觊觎的眼……

黑，不是问题，也不是理由。可以等待一场颠覆的洗礼。可是，黑的能洗成白的吗？

青灯焰，越微弱，越清晰。黑就是黑。无需辩白。

木鱼声，是蛮荒时代的火，黑是它的动力，它的目标，它念念不忘的罪孽，它倾计击杀的妖魅。

袈裟衣，是菩提树上的硕果，佛祖的杰作，隆重的加冕，包罗万象的旌旗，还是黑的虔诚膜拜和星夜兼程的朝圣。

青灯、木鱼、袈裟合演了一幕三人剧：青灯醍醐，木鱼灌顶，袈裟宣誓——黑被阉割了六根的仪式，黑喜悦地诵：阿弥陀佛！阿弥陀佛！如阿Q以不变应万变的精神胜利法。

那个长千手的观音，是不是幕后？变幻莫测的手影，究竟是指云端以上还是水面以下？诡异似哥德巴赫猜想，历史的谜语……

其实，每一朵花都开放了，开在袈裟里了，黑的乌黑，白的苍白。佛，作亘古的笑，不语。缘，像一个流浪者，继续漂泊……

微信公众号"中国散文诗研究中心"2016年5月19日

作者

安澜，本名汪甘定，江西景德镇乐平市人，1968年生，教师。有作品散见于《星星·散文诗》及当地报刊与网络。

评鉴与感悟

庄子在《齐物论》中讲了一则梦的故事：有一夜，梦饮酒，好快活，哪知早晨醒来大祸临门，一场痛哭。又有一夜，梦伤心事，痛哭一场，哪知早晨醒来出门打猎，快活极了。做梦时不知是在做梦。梦中又做了一个梦，还研究那个梦中梦是凶还是吉。后来梦中梦醒了，才晓得那只是梦啊。蠢人醒了，自认为真醒了，得意洋洋，说长道短，谈起君贵民贱那一套，真是不可救药的老顽固哟。你老师孔丘，还有你本人，都是在做梦，只是自己不晓得。我说你们在做梦，其实我也是在梦中说梦话。这样的说法，特别奇特和怪异，叫做"吊诡"，它所代表的是逻辑上的一种困镜。安澜的《佛·黑·缘》营建了这样的一种吊诡氛围，将彼此的牵制、怪诞又统一在一起。像演舞台上的活动变人形，且不说语言上的标签式台词，单是一个个判断句所呈现的黑白之辩，就已将心性、神态、眼神和动作十八班武艺演练出来，一招一式将历史和现实、外在和内在贯通。第二幕以青灯、木鱼和袈裟布场，进而布道，肃穆中忽然杂糅了一段谐谑，"精神胜利法"这特定意味的词有了一次华丽的转身。第三幕的质问尤为有力，而"亘古的笑"使全诗的诡论结构更为复杂，"缘"的身份变得可疑，既耐人寻味又情趣盎然。这篇散文诗有实验性，也易入困局。（薛梅）

灰喜鹊

/安琪

穿过熟悉的现代文学馆大院到鲁院报道的第一天，我在结冰的池塘上听到一阵恰恰恰的叫声，只见一群灰黑色羽毛的鸟儿斜着迅疾地飞。停下脚，拿起相机，偶尔捕捉到一只两只栖落在冰面上，内心有点嘀咕，这是什么鸟？乌鸦吗？可不见乌鸦的瘦削和乌；这是什么鸟？如此肥大壮硕，如此恬静自如，也不理人也不怵人。我用镜头把它们拉到我的眼前，恍然想起一个词：灰喜鹊。我甚至看见一只灰喜鹊叼着一根树枝静静飞到屋顶上歇了一会儿再继续飞往我不知的他处，它是筑巢去了。

北方的灰喜鹊，遍布冬天上空的灰喜鹊，和我记忆中南方喜鹊娇小身躯完全不同的灰喜鹊，在这样一个春光开始吐露小芽孢于枯枝上的日子，成群结队自由自在地，来了。

你只能静看它们翔集，你喊不来呼啦啦飞起又三三两两驻足的灰喜鹊。

安琪的新浪博客

作者

安琪，本名黄江嫔，1969年2月出生，福建漳州人。中国作家协会会员。新世纪十佳青年女诗人。曾获第四届柔刚诗歌奖、首届阮章竞诗歌奖和第五届中国桂冠诗歌奖。合作主编有《第三说》《中间代诗全集》。出版有诗集《奔跑的栅栏》《你无法模仿我的生活》《极地之境》及随笔集《女性主义者笔记》等。绘画作品多次刊登于各大刊物。现居北京。

评鉴与感悟

安琪是一位能在多维度建立话语体系的诗人。她不停地尝试百变之风，无论是极简还是极繁的语句，她都能够驾轻就熟地裹起她情绪的内核，像夹心巧克力，总是包裹着些微的神秘。"真诗人是神秘家"，这大抵在安琪身上有所印证。她的幻想力是超常的，总能够跳出日常的窠臼，给人耳目一新之感。读她的诗，往往不能拘囿于字句之间的关联，她最迷人的地方恰恰是她一以贯通的感觉，所有的繁复、跳荡，甚至悖论、混沌，都是为一种感觉服务，是一种少见的感觉统帅语言的大军，像草原的马队，浩荡之中亦见凛然不可侵犯的内里千秋。然而也有星月下的散步，马尾轻晃，草色凝香，琴声悠远，像小夜曲统领了她的短小诗行。我常想，安琪有着不可复制的美，她大量的意象又黏稠又清籁，像粗朴的木质手镯上精致的银丝云纹，真实的生活中又隐含着神秘的韵味。

安琪这一次放弃了神秘而走向了告白，她的诗歌的理想主义真的小了，她消解了作为"主义"的那部分真实，而判断为虚幻。而事实是，家族和祖先涵盖了那一部分，这样悖论的现实她应该不是误写，我更愿意理解为有意为之，加深了思辨性，看似不着力，而韵味无穷。（薛梅）

刺猬封号

/白炳安

生活不需要刺猬，因它身上有刺。重复一千次的谬论以正确的结果示人。长刺的刺猬在小人的暗算里折刺受伤，无法说痛。

从古到今，舞台上演的都是才子佳人欢天喜地的场面，嘻嘻哈哈地端着笑脸迎人的角色，大受欢迎。我礼赞的忠良与正直淹没在中庸的演说里。坐在台下的真理看到台上的荒谬以模特的身份走秀，博得掌声。

此时，一只刺猬闯入完美要求者的圈子，刺破皮肤，引起渗血的尖叫，触怒目光。

我知道刺猬没有圆滑的本事，没有忍受的智慧，克服不了针砭时弊的毛病。

在荆棘中行走的我，获得刺猬的封号。

在诗里诗外，我视奸诈为仇，视卑鄙为恶，视阴谋为敌，不屑做阳奉阴违者的朋友，嘴里射出的每一支利箭都击中丑恶的靶心，诗里散发的每一句讽刺都戳到虚伪的嘴脸……

是谁见此状况，如坐针毡？

是谁以好心者自居，滔滔不绝地说着被刺猬刺中的伤害？

是谁以权力为理由，把刺猬关进笼里，禁止刺猬发声与接触真实的映像？

刺猬生来不是刺人。

遇敌而刺，才是刺猬在日常里坚守的原则。

只有懂刺猬与爱刺猬的人，才会走向刺猬，善待刺猬。

《星星·散文诗》2016年第6期

作者 ——

白炳安，中外散文诗学会理事、广东作家协会会员。著有散文诗集《紫色的矜情》《人生意味》《诗意肇庆》，诗文集《多样的咏叹调》，诗集《走过的日子》《阳光的礼赞》《日出对黑暗的审判》《良心的诉说》，评论集《诗艺探究》。

评鉴与感悟 ——

诗可以怨，是一个恒久的话题。"怨"的本义是不满、埋怨，进而发展为恨，这符合日常生活中人的情绪发展状态。诗可以怨，原本是孔子关于文艺功能的一个重要看法：诗，可以兴，可以观，可以群，可以怨。它大致有两个向度，对外和对内。对外是"怨刺上政"，对内则以自述为主，有"舒心志愤懑"的作用。怨刺和自怨的前提是要有一腔热血和怀抱，这样，才能超越日常状态中的"怨"，而使诗怨中融进了某些兴寄的意味。白炳安素善发现日常中的怨点而自述心志，比如《学会忍受冷言冷语》《浊清之诗》《卷进》《虚拟的立世处方》《盘算 算计 暗算》《警惕呀警惕》《光暗的较量》等，都能不掩性情，感事、动情、发声，既可应木石，又可通神明，清楚地看到历史和现实生活中引发的诸多事实，确认抒发真情的合理性，将一个操守自持、响当当的铜豌豆的性格禀气和盘托出。这样旨在不平则鸣的兴寄之味，正是理性思辨的结果。《刺猬封号》生长着凌厉的尖刺，发起攻击的自觉，光大着"美刺"传统，也非常重视感情的真实性，在求真中严肃地对待自己。（薛梅）

流动的脸

/白灵

　　没有固定的脸，从出生就不知自己确切的模样，我的速度即是云的速度。日月山说从我脸上可以看到他自己，巴燕峡、扎马隆峡、老鸦峡也这样说，金刚崖寺的塔尖倒在我脸上只不过一千年罢了。

　　昨日来过的藏女又到我脸颊边来照亮她自己了，她的祖母也是，她祖母的祖母也是。牦牛们也来啃我的脸了，我突然由一双它们的眼珠子看到自己的一点点影子，真的只有芝麻般一点点脸皮，不断闪动的一点点脸皮，我真的没有固定的脸吗？

　　我也想去藏民们口中的塔儿寺匍匐参拜，叩头十万次，虽然他比我年轻太多太多了，我，应该有几千还是几万年那么老了吧。但即使我把我自己撞得鼻青脸肿，从额头到脸颊到下巴拉长了几百公里那么远，甚至变形到不行，依然无法看见他的大小金顶。

　　匍匐去参拜了一年的老藏民回来了，蹲在我身边，用我的脸来洗他的脸，我跳跃着流过他的眼睛，终于也看到，他眼珠中还没熄灭的大小金顶。

　　我满足地放他离去，继续以云的速度向远方奔去，继续流动我的脸，成为一条在风中漂泊的哈达。

　　我没有固定的脸。我是湟水。

①湟水，在青海省境内，黄河上游最大的一条支流。

《湖州晚报·散文诗月刊》2016年第5期

作者

白灵，本名庄祖煌，1951年生于台北万华，原籍福建惠安。现任台北科技大学副教授、台湾"年度诗选"编委。《诗的声光》创始人，曾任《草根》诗刊、《台湾诗学》季刊主编。作品曾获中国时报叙事诗首奖、中山文艺奖、2011新诗金典奖等十余种奖项。出版诗集《大黄河》《没有一朵云需要国界》《爱与死的间隙》等十种。

评鉴与感悟

白灵的《流动的脸》是优秀的散文诗作品，写得轻巧却给人以大震惊。诗人将一条河流的流动，同自我思想的流动——隐喻的"脸"的形象，紧密地融为一体，以一种旁观者、他者的身份，审视大千世界里的万象更迭与世事流变，在见证流俗世界里的人、事、情、理的同时，诗人对虔诚的生命信仰的敬畏与其向往净涤的心灵空间与精神世界和谐一体，生命本应似河流之清澈，涤荡世间万象的浑浊，一个人的最佳境界就是活出生命的本色，这首散文诗彰显出人生的大境界，这何尝不是诗人自身的修炼？（孙晓娅）

乌拉盖草原的芍药深谷

/包玉平

神性的北方六月，在弦上，在纯净，凶险的白色花瓣上，颤抖。

被春天，最后一杯美酒灌醉的天边的乌拉盖草原，雨后的乌拉盖草原，绿意盎然，苍茫无边。我们，从山坡上，俯瞰——

绿毯铺展，将狼图腾的草原，铺展到天际，阳光斑驳，时而流泻于深蓝色弯弯小河。

鸟鸣飞溅，波涛汹涌，此起彼伏。

草丛里，陡然飞起的一只云雀，一如鸣叫的音符，迷惑寻美者的脚步，消逝于挂在蓝天上的朵朵白云的缝隙中。

远处的深谷，涌动的一定不是羊群，也不是北国草原五月的一场雪，或泛滥，纷飞的白色蝶群。

——白色芍药，芍药花炸开，亘古远离，离散，沉默的山与山之间，似乎顷刻靠拢了过来，时间靠拢了过来，眼睛和耳朵靠拢了过来，世界，靠拢了过来，整个人间所有的向往、渴求靠拢了过来——

疲惫的旅人，来了，既带来陌生，又带来温情，却带不走这里亘古荒芜，大风，也难以穿越的，严密的深谷，而带走了花的梦。

山谷，一枚放置在蓝色蒙古高原旷野的精美容器。芍药花香，从这个山谷漫过那个山谷。

《星星》2016年第2期

作者

包玉平，笔名达尔罕夫，蒙古族。出生于孝庄文皇后故里科尔沁草原。诗歌作品散见于《民族文学》《星星》《草原》《北方文学》等海内外报刊。获《星星》2014年度散文诗大奖赛二等奖等全国性奖项。

评鉴与感悟

在我没有见过草原之前，我是想象不出草原的辽阔的。包玉平生活在草原，自然他的写作是关于草原的。读他这组作品，便可以想象草原和一个在草原的人的胸怀。草原除了苍茫的鹰，还有花朵。这不，诗人包玉平笔下芍药花期，喷薄而出。如果梵高见到了，也许出名的就不是《向日葵》了。我见过用中国画来描绘芍药的，但包玉平的这幅芍药，却具有油画的效果。

"神性的北方六月，在弦上，在纯净，凶险的白色花瓣上，颤抖。"这样的诗句来自内心对某种事物的领悟。语言张力和干净，亦如草原的风，一成不染地吹来豪迈和宽广。也许我还听到了有马蹄嗒嗒而来。花是柔弱的，有着温润和美好。诗人借芍药在深谷，写出了一个人所处的生活状态，在奋力绽放。那种坚忍和坚毅，是人应该具有的品质。告诉我，人不管在什么境况下，都要极尽所能地绽放。（亚男）

黑白纪（节选）

/贝里珍珠

你在场，招魂。

    ——题记

一

……一切都会因为存在而消失……

这是一个哲学领域的问题。宇宙中有无数的漏洞和无数的补丁。企图缝补的人，早已满身疮痍。

人类的智慧，被有限的思维所局限。

无限的是上帝设定的机关。

一枚落叶诠释的深秋，诠释尽生命来去的意义。这些被光阴镂空的身体，仿佛孤独而优雅的舞者，坠落，坠落……

人们口含灰烬，缝补漏风的生活，那些补丁——就是坚忍的自己。

拧紧宿命中的每一颗螺钉。

把黑暗，推进神的灶膛……

那些无法辨识与无法抵达的精神之境，就用诗歌、绘画、雕刻、音乐等方式来达成，将灵魂的振幅传播向世界的每一个角落，使美与痛不再局限于个体存在，而是大众的粮食。

那些无法达成的理想，还在云端，被人类所捕获。

梦，开始松动。

五

树上悬挂着众多灵魂，夜夜仰望着星空，仿佛期待或者祈愿？无人知晓，没有时间与空间的限制。尘世，会有一条蓝色的瀑布为他们流淌。

春天的蝴蝶复活，琥珀却早已等待千年，裸露一颗空荡荡的内心。

蝴蝶尖叫，有灵魂的核爆裂，流淌出晨昏接壤蝴蝶的美。

"你看，又有人在擦拭尘世的玻璃。"

在黑与白之间穿梭，肉身如一块抹布，抑扬则刺穿左侧的风雪，顿挫则搁置在右侧的悬崖。最终需要安静下来想象着纯棉的纹理——初心与美德。

众人熙攘而来，踏空，是一种常见的意识形态。

总有抛洒热血之后的觉知。

一根铁轨穿过众神与祖先同栖的土地，月之圆缺照亮一张张褐色的脸庞，一个民族的声音在这里聚拢，喊出光芒，喊出风暴。

手执火把前行，从混沌走向黎明。当黑暗把手指染黑，灵魂洁白。

九曲黄河就在前方啊，龙的图腾已经渗入一个民族的血脉。

你在场，招魂。

你听：那是岁月啼哭的声音。

六

盲者用一生的光明换回经文。

"一日光明对盲者而言，多么奢侈啊！"高颧骨的女人慨叹，她的男人正在修补船只，她继续修补生活。

盲者用手捂住凹陷的眼窝，防止灵魂漏出。

他高声唱道："凤兮，凰兮，归来兮。"

打开所有的枷锁就打开了天堂。

一声鸽子的呼啸，撕裂阴霾。钟摆上悬挂的鸟笼打开了，死神只捕捉到一根羽毛。生死棋局，有人落座，有人离席。

一口井张开嘴巴，把天空吞下。

一位有良善之人，对着井口吐出煤炭，吐出陈年的驳船，以及体内的寺庙。

写诗歌的女巫砍伐荆棘，让鸽子飞翔，在潮汐中她看到自己与大海弥合的瞬间……

《诗潮》2016年7月号

作者 —— 贝里珍珠，出生于20世纪70年代，现居北京。作品散见于《青年文学》《星星诗刊》《诗潮》《诗歌月刊》等刊物。荣获2013年首届金迪诗歌奖，著有散文诗集《吻火的人》。

评鉴与感悟 —— 在散文诗《黑白纪》中，贝里珍珠呈现出来的是充满悖论诗意、悖论美学以及悖论带来的人生和哲学思考。首先，从题目看，"黑与白"就是一对悖论。开篇设置了悬念，省略了前因后果和来龙去脉，以省略号作为开始和结束，直接就抛出一个具有哲学思辨色彩且深邃得难以找到答案的悖论——"一切都会因为存在而消失。"诗人似乎是尝试着用一个悖论去解释另一个悖论。整篇散文诗颇具悖论意味的词语随处可见，"有限/无限""补丁/漏洞""盲者（黑暗的代名词）/光明""落座/离席"等等。在这看似一环套一环，无从理解和解释的悖论迷宫背后，诗人表达了对人作为存在之物的反思，包括思想的局限性、生存和生命的意义、找寻自己以及找寻自我灵魂的安放之所等。（范云晶）

每一片草叶都举起
你高贵的名字（节选）

/布木布泰

密语：写给回到草原的玉儿，为孝庄也为爱的自由灵魂而歌。

（一）

远古的敖包，聆听祖先的祈祷，苍天下的科尔沁，艾草的清香在云间缭绕。

归来了，回到草原的玉儿啊，

归来了……

美丽的玉儿，布木布泰。

你盛夏的裙裾，是故乡的荣耀，青葱的山冈，动人的歌谣。

圣殿里不朽的荣光，像哈达一样圣洁美好！

归来了，回到草原的玉儿；

归来了，美丽的玉儿——布木布泰，布木布泰……

（二）

玉儿啊，雪花，它们渐渐飘远。鸟儿的臂膀驮来十万个春天。

十万朵桃花拥挤在路上，那么多那么多的想念。

天空有多纷繁，阳光就有多灿烂，等你的一场春风，已经回到了我的

25

梦田。

我的心啊，跳得那么狂乱，已把盼望的日子一一填满。

一天一天过去了……

童话般的春天就来到了眼前。

一颗心就算走到天边，也走不出草原。

一个爱着草原的人啊，就算走了很远很远，也会来和春天说声：再见！

（三）

玉儿，你绝对无法想象一件典藏的蒙古袍是怎样不可复制的奢华。

用十二岁的纯洁如玉的绿色，铺开碧波汹涌的春天。

裹挟着高天流云，煦煦和风。

裹挟着山谷的流岚与戈壁的空旷。

那是你的嫁衣吗，那蒙古图腾一样的虔诚，在一段丝绸岁月里诗意地驰骋。

九朵盛开的牡丹，是九个美若天仙的好姐妹。

还有大罕山的葱翠，海日汗的杜鹃，辉腾淖尔的落霞，以及宝古图的响沙……

还有像哈民一样古老而神秘的光阴。

不再是豆蔻年华的少女日夜飞针走线缝缀的嫁衣，而是一段可以肆意怀想的有温度的青春和历史。

一把镶着黑翡翠的马头琴和一座钻蓝色的蒙古包，记述你的身世啊，一个黄金家族的荣耀与骄傲，一段可以触摸到岁月温度的记忆，还有一段尘封的爱情……

你会穿越那片草原后面的湖泊，抵达芍药谷醉人的花海吗？

像一颗露珠一样漂浮在辽阔之上……

在寂静的黑夜，紧紧依偎着梦中的故乡——用灵魂呼唤着的科尔沁……

（四）

玉儿，可以没有冬天的概念吧？

没有萧索和荒芜覆盖草木的孤独。

你的到来和春天有关。

看着青葱的叶子一片一片挺起高贵的头颅，它们又同时举起你高贵的名字，你的旗帜。

一颗一颗露珠像是草木细碎的银子，又像你遗落的心事，隐匿在阑珊的灯火里……

这时，某个方向突然亮起了灯盏。

草丛深处忽然一声响亮的蝉鸣，瞬间震颤了夜空的星星，我看到的只有这神奇的一瞬间。

一声蝉鸣给予我的一个瞬间，一道铭心刻骨的光芒啊！

玉儿，五月的这次约会，有谁在等你，知道吗？

不只是瞬间的蝉声。

不只是永恒的爱情。

散文诗集《去朵屋》

作者

布木布泰，本名张玉磬，诗人、编剧。1969 年 3 月 4 日降生在科尔沁草原,蒙古族血统。1988 年开始发表诗歌、散文、报告文学等。"科尔沁诗人节"总策划，著有《蓝星星的秘密》（儿童音乐剧）、《勋章》（电影剧本）、《以梦的名义飞翔》（报告文学）、《经过一只鱼的海……》（诗集）、《云朵屋》（散文诗集）。

评鉴与感悟

美丽有多重，是沉甸甸的秋日硕果累累的丰饶，还是春日嫩柳吐绿遍野火焰的奔放？是皑皑白雪中飘渺如蝶飞的振翅，还是妙相庄严菩提初心的清净无染？美丽从不是一种错误，我哒哒的马蹄也不是。一种倾心的美，一种倾心的相遇。诗人布木布泰与孝庄布木布泰穿越时空的照临，如玉莹润，如水柔软，如同书画，是空白处的无边无框，充满空灵深远的想象。一片大自由中意会的是天地之美的感动。草原，这亘古长青的空气，永远活着的气息，无极限的一期一会的生长，从

27

性灵深处，从博大浩荡的胸怀，脱尘境而与天自在优游，弃市井而与地并辔而驰。民间女儿与宫廷皇后因情而合一，因懂而融通，造化与心源一体，人心大通，方见意外之象。美骨立起来，在清倩而真切的呼唤里，有那眉宇间的青翠，天地间的长生，山水间的虔诚。其实，布木布泰以短小凝练的句子，最终完成了一部微型电影的拍摄。那样的美又岂是能随意掂出来斤两的，你得将你的心留下来。"写给回到草原的玉儿"，一个"回"字，是一种懂，更是慈怀、善美、和真诚。它在短小灵活的形态中，呈现了情绪的延续性变化和内在的心绪结构，小抒情里有乾坤。（薛梅）

魔鬼城(节选)

/草人儿

1

青海以西，南八仙，这是柴达木盆地边缘的一个地名，这里有一座城池，魔鬼的城池。

魔鬼城，这是一座男人和女人的城，它宁静、神秘、古怪。

有一种气息充满了诱惑，走进青海，走进魔鬼城，走进这座迷人的宫殿，土的宫殿，风沙的宫殿，可以与爱情齐名的诱惑的宫殿。

3

天空湛蓝，几朵云丝绸一样扯开，随风飘散。

这座城池有无数的土丘，一眼望不到边。

尖而细瘦的土丘，我愿意叫她"后"；平顶、略显粗壮的土丘，我愿意叫他"王"。 震撼之后让我相信这是一座住着无数生灵的城池。

像天空的云彩在大地上对弈，"王"和"后"，是迷失在爱情中的男人、女人，相敬如宾，在一个白日或者一个黑夜用对弈浓缩爱恋和甜美。

他们是天堂里的神，纷纷下界，在一个幽静的夜晚，狂欢之后醉卧大地，因为爱得疯狂，没有节制，因为爱得真实而遭受了魔鬼的咒语，被一股神秘的力量锁定，锁定在这座恋爱中的城池。

6

"后"说让我们爱吧，并且迅速死，王默默地期许着。

相爱中的"王"和"后"肉体迅速被一句魔咒击中，他们纷纷倒下，以阴阳图腾的悲壮，贴向大地。大地上是花的图案，还是魔咒的文字？

7

为爱情着了魔，变成鬼，它们宁静地收起身体，微笑着，"王"和"后"远望着，透明的蓝天下，守望宁静与忧伤，距离让爱遥远而凄美。

注定相守，注定流出泪水。

风在雕琢，沙在雕琢，男人和女人的泪水盛开成花朵，一瓣连着一瓣，一片连着一片。

走进魔鬼城，要轻抬脚，慢落足。小心啊，不要踩碎了铺陈在大地之上千年的爱情誓言。

10

一个胸膛隆起，四肢伸展的男子，平卧大地。

这个男子我愿意叫他雅丹，他平卧大地，就是一个巨大的充满诱惑的魔鬼，宽胸厚背，如城。

《诗潮》2016年4月号

作者 —— 草人儿，满族。中学时代开始发表诗歌。有作品被翻译为英语、哈萨克语、藏语等。曾获第二届、第四届黄河文学奖，甘肃省第五届少数民族文学奖一等奖，《关雎爱情诗》2015年度十大实力诗人奖等奖项。中国作家协会会员，出版诗集《或远或近》。

有生命就有气场，它是一种无形的精神符号。如果说，一个人的最大价值，来源于某一方面获得的存在感，那么气场，就是一个人的存在感和吸引力的所在。草人儿让《魔鬼城》获得了存在感，也就获得了一种强大的气场。她出入其间，既做王和后，也做旁观者。她的抒情很老到，像山西刀削面，柔软里透着筋骨。魔鬼的诱惑，却是天地爱的伟力，形成了对日常语言之间意义组合的消解。她思考着各种各样的存在方式，想象无羁而深邃，像盲人只相信内心的图景，不被时间改变，不被外界的喧嚣侵蚀，他们只守着独一的自己，搀扶着彼此，保持内心的恒定，让向内的深情比一切更长久。情感、生活、事件，爱的死去活来，生存复杂而阔大，但诱惑是自己的事，无关诱惑本身，人生百态中也终抵不过一个自我，我们都是自己的王和后，魔鬼亦是亲眷，亦是真实的美。如何成就永恒的王和后，雅丹魔鬼城那些粗粝的沙塑，承担寂寞的时光，以其不变的岁月襟怀，发现了一种有价值的生存思考，从而找到了存在的质感、能量的平衡、精神的内核。草人儿将她对自然景观的细微观察融进生活，再反观人的生存状态，她找到了属于她的气场，那种宁静、神秘，跟着心，一路向远。城只是一座城，城已不再是一座城。（薛梅）

高原唢呐

/陈波来

在漫长的阴雨天藏好那把唢呐。

阴雨连绵，连最卑微的草籽也挣扎于泥泞，远山因为眺望不及而没入谜一般的寂寥。

那种冷在骨头里淅沥。

要用仅有的一副绸缎裹好那把唢呐，用说不出或者不用说出的心思把唢呐和旧事物一并安放。

吹唢呐的人深知，要用一抹胜过绸缎的柔软藏好那一腔壮怀。

那吹唢呐的人，一小片干净的羽毛应当贴在他的胸口。那是晴天的信物。

因此他坐在滴水的屋檐下，喝大口的苞谷酒，甚至大声说笑。他洋溢出阴雨天的笑泛着黄铜色。

总有晴天。总有唢呐高低吹响的时候。

是时，金属质的唢呐声在整座高原上滚动：高亢，激越，浩然之气贯穿生死，直把红白事撩拨成一样敞亮的欢欢喜喜。

四乡八里，男女老少的手在挥舞，因为摸着了黄铜色的阳光而挥舞。

《中国诗人》2016年第3卷

作者 ——

陈波来，本名陈波，男，60后，原籍贵州，1987年底迁居海南。已在境内外近百家报刊上发表诗作和译作，出版有诗集。参加第十六届全国散文诗笔会。律师，海南省作协会员。

评鉴与感悟 ——

"礼乐文化"自古是中华文明的根基，从祭祀、征战，到婚丧嫁娶，音乐伴随着中国人从生到死。礼是敬，指物我、人际关系的恭敬、庄敬；乐是和，指音乐音素上的和谐关系，人神相通相和。其中，"唢呐"是一种传统的吹奏乐器，也是中国传统文化中一种文学意象。数百年来，唢呐曾是婚丧嫁娶日常生活场景中最为风光的主角，那是一种吹到骨子里的声音，立着一种骨气，于生的迎接，于死的相送，那原初的情绪震颤状态，将一种精神层面的生命本质的力量萦绕在天地之间，像阳光的喷涌，无羁地伸展着。然而，中国乡村在现代化进程中，文化层面和精神层面大面积坍塌，唢呐在西洋乐旋风般为主导的现实中日渐衰微，落雨成殇，几近成为一种"旧事物"。作为曾经的乐器班子的灵魂和领奏，唢呐吹奏出那些曾经的真率和美、庄严肃穆、生死面前的浑厚仁德，使内心的焦虑和紧张化为云烟袅袅，祥云翩翩，绸缎飘飘。"吹唢呐的人深知，要用一抹胜过绸缎的柔软藏好那一腔壮怀。/那吹唢呐的人，一小片干净的羽毛应当贴在他的胸口。那是晴天的信物。/因此他坐在滴水的屋檐下，喝大口的苞谷酒，甚至大声说笑。他洋溢出阴雨天的笑泛着黄铜色。"这看似浅淡的一抹水墨画，却将吹唢呐人的生活和命运展开在对本土文化、传统伦理、人格心理深层的探询上，不仅凸现了乡村的人物精神，更透着一种中国诗性的智慧："总有晴天。总有唢呐高低吹响的时候。"《高原唢呐》实在是一种有意味的坚守。（薛梅）

航标塔①

/陈计会

那么多水，从远处，从更远处，从望不到边际的苍茫处，铺展而来。裙袂常常被风掀开，又覆盖，让你无法窥探到内心的幽秘。

所有的水到你面前叩头，仰起，又低下，最后匍匐在你脚下。而你兀立着，在岬角在乱石间，永远固守一种哲人的眺望。长此以往，我不知你累不累。我只是仰望你几分钟，就感到脖子疼。

我不说风，也不说雨，这些有渗透性触丝和攻击性牙齿的事物。我只是想说那阳光的油漆。它一层层，一天天地涂抹在你的身躯、脸庞，那样的细致，那样的无孔不入。最后，你的皮肤慢慢地生锈、剥落、斑驳，裸露出肌肉和骨头：灰沙、石块、螺壳。这些构筑你坚固意志的事物。我发现，你全身只有0.5平方米的地方是完整的，那是镶嵌在你胸前的水泥铭牌——

华洞：立标

半径：1.6米　高：6.5米

省航道局测量一队

1972年4月

我知道，你无视我的存在，不管我的目光是摩挲、打量，还是探寻。我无法进入你坚定的内心。正如一首诗，我能读懂灰沙、石块、螺壳这些语词，而那结实的诗歌内核却又难以触摸。然而，我隐隐知道你的喜悦与焦虑——当一艘船的影子出现在你的目光尽头，你斑驳的身躯像张开无数双眼睛，有着热切的光彩。你本没有手臂，但我分明感到每一块石头，每一颗螺壳都像你的一只手臂在挥舞着。或许，这就是暗示，对于读者，每一个词语都是暗示或手势。其实，那艘船早已知道你的存在，在书页里，在熟悉的海图上；然而，风雨如晦或风光霁月都有不同的况味。

那个历尽沧桑的旅人，他回来打开那本最初的诗集……

①华洞航标塔，在广东省阳江市阳东区大沟镇华洞村海边。

《中国海洋报》2015年12月14日

作者

陈计会，1971年2月生，广东阳江人。作品散见《诗刊》《十月》《北京文学》等国内外报刊，选入《新中国60年文学大系》《中国最佳诗歌》等一百多种选本。著有诗集四种。曾获全国散文诗金奖、全国鲁藜诗歌奖一等奖等多种奖项。中国作家协会会员。

评鉴与感悟

《易经·说卦上》云："乾，天也，故称乎父；坤，地也，故称乎母。"天地父母，昭示的是人与自然的亲密关系，自然不是我要加以征服的对象，而恰是我存着的一部分，物的丰富性正是我的自由本性。陈计会的《航标塔》，在表里俱澄澈中完成了物我合一的人格品藻，不仅呈现出主体的审美心灵，更重要的是呈现了宇宙本身的澄明，此生、此情、此景交相辉映，生气远出。这里有几何学的透视法、光影的透视法、空气的透视法，有心理的、伦理的、哲理的人类学内涵，"航标塔"是一种生命个体，又是人间事业，在无数的诗意的长夜，怀抱内心的火焰，向长河漫卷、苍穹辽阔道出了"一艘船的影子"，那只不死的乐园鸟，"早已知道你的存在"，咏而归。这里有一座心斋在，"那个历尽沧桑的旅人，他回来打开那本最初的诗集……"栉风沐雨，沧海桑田，而不失其赤子之心，这本是诗性的追寻。这是一种更自由、更通畅的生命活动方式，意蕴自丰，境界自在。也或者，是以诗论诗的觉悟，一切将心起，一切将心在，"坚定的内心"才是高度，才是瞭望，才是归处。陈计会是以宏阔的视野和气度恢弘的文风而闻名的，《航标塔》实不辱他作为"青铜诗人"的雅誉。（薛梅）

等风来（组章）

/陈劲松

等风来

所有静默都由青铜铸就。
所有静默都是白纸上无声的空白。
天空背负的鞭痕里，刻着纯美的赞美诗
——谁来吟诵？
言辞缄默。
大地隐忍。

枝柯瘦弱，臂膀里有汹涌的潮汐和一羽羽对生的翅膀在鼓动。
草叶瘦弱，枯黄的桨叶划不动二月那池冷寂的水。
鹰翼无风可依，奋力划动羽翅……
冰冻的河流，是喑哑之舌，那滚烫的颂词与歌声，含在谁冰冷的喉
管，等风之手和盘托出。

我听到冰裂开的声音

梦，不是沉沉夜色的那道裂缝。
闪电也不是。
（它是一枚银质的拉链头）
黑丝绸上的拉链被猛地拉开，旋即又被拉上。
雷声隐隐，在未眠人耳中敲成一阕金属的乐曲。

有风自冰封的河面上吹来。
冰凌之齿锐利，如啄食黑夜的鹭群，它们背负的冷的光已被风一点点
取走。

有冰裂开的声音传来。
沉沉夜色里布满春之细碎的足音。

云自由

还有什么不能放下？
像云放下破旧的阴影，像雷声吐出腐烂的嘘叹。
还有什么不能放下？
酸涩的雨下在了昨天。
还有什么不能放下？
放下闪电，那神秉持的烛火。
即使胸有雷霆，现在，它也是平静的，不吟哦，只静听风声。
还有什么不能放下？
在一朵云里种下春天，种下奔跑不息的马骨和翅膀，
埋下血肉里的欲望。

倾听一滴雨

四野沉寂。

最小的鼓槌，一滴雨，还没有擂响天空和大地。

天空空空，是充满渴意的杯子，风啜饮过，沙尘暴啜饮过……

雨仍未来，五月空空。

雷声隐隐，起自一颗石头的内心。

一滴雨，就是一座囚笼，里面禁闭着天空、乌云，禁闭着闪电的鞭影、饥饿的狮群吐出的吼声，豹子体内奔突的雷霆……

雨仍未来。

高原上一个孤独的男人，是一滴最初的也是最后的孤儿般的雨水……

《诗歌风尚》2016年第1卷

作者

陈劲松，青海省作协会员，1977年6月生于安徽省砀山县。作品散见于《星星》《散文》《散文诗》《绿风》《安徽文学》《延安文学》等刊物。著有诗集《白纸上的风景》、《五种颜色的春天》（合著）。

评鉴与感悟

1977年出生的陈劲松，属于后起之秀。他的《等风来（组章）》，依然是写禅境。风的意蕴极为丰茂："天空背负的鞭痕里，刻着纯美的赞美诗——谁来吟诵？""冰凌之齿锐利，如啄食黑夜的鹭群，它们背负的冷的光已被风一点点取走。""即使胸有雷霆，现在，它也是平静的，不吟哦，只静听风声。"这样具有神性的风，也许只能在青藏高原出现，只能被青藏高原的诗人吟出。（王幅明）

砖瓦传奇（节选）

/陈茂慧

一

一个个朝代，一片片江山，千万次轮回的青草，湿了干，干了湿的月光。

砖瓦，穿着青灰色的衣饰，从上古款款走来，不是小家碧玉，也不是大家闺秀。

最早的瓦与陶结伴，与新石器同行。而砖，透过风雨，通过泥土传递温暖。

砖与瓦是同窑出生的亲兄弟。

有时，它们出现在同一个地方，同一座建筑里，深居浅出。

而有时，它们各自为阵——

二

"秦砖汉瓦千古藏，清风明月万斛浆。"

是"车同轨，书同文，行同伦"的时代，是大秦一统天下，六国争相朝拜的时代。

砖瓦，在历史的记忆里站成了永远的丰碑——

空前绝后的阿房宫，楚霸王的一把大火焚毁的，是谁之功谁之过？

永远不倒的万里长城，由多少人的眼泪筑就？孟姜女，神话了多少心酸断肠事？

辉煌的始皇陵寝，历经千年，长安安在哉？

历史的烟尘，眼泪，爱恨，水火，冰雪，都埋入泥土。

汉武帝的益延寿观，多少祈祷多少渴盼，仙人何时到来？

汉高祖的长乐宫，真的此乐何极也？

哪一块砖，哪一片瓦都承载着风雨时光的打磨。

砖瓦上的线条、纹理、图腾、文字、雕刻，甚至它们的神韵，都饱含着天地之精华，思想之曼妙。

我愿淌着时间的流水，溯回历史深处——

去唐高祖的殿堂"站花砖"，莲花纹铺地方砖，一朵莲花伸出了历史的幽暗。在它的大气和华美的氤氲里，我也步入仕途。

大明宫的恢宏壮丽，眩晕了我的目光。

我必力挽狂澜，岂容它的丽容消逝于五代十国。

我既是一介书生。我必去那重文轻武的宋代。到《清明上河图》中去游历，步步踏着砖的余温，越过高大的城墙，在众多的桥梁间流连，给今世的人们留下不朽的诗作与华丽的画卷。

当然，如果我是汉武帝要迎接的那位仙人，我一定还要抱着一块金砖，漂过明清的河流，来到喧嚣的新时代，看一看今天的城郭和乡村的模样。

砖瓦还原泥土。

泥土雕刻时光。

泥土记载历史。

五

传奇——

走向一段城墙。走向一个已流传千年的故事。

就是走向一所建筑。带砖瓦的建筑。

没有哪一株植物愿意停下自己的步履而驻守一所建筑物。光阴中的聚散都不能尽欢。

传奇，就是走向一片屋宇。有你的屋宇——

我们的田园，依旧是灰瓦、青砖，房前流水潺潺，鸡鸭欢鸣，牛羊成群。屋后绿树成荫，竹林苍翠，山歌嘹亮。

传奇，就是我走向你。渴望心手相牵。

我将自己的诗行在这个夏天枝条般垂下，它丰茂葱茏，绿荫如盖，在砖瓦铺就的屋宇前轻轻地摇晃，寻找你隐身的地方。

也许，倾尽一生，我并不能抵达。

我只站定，在远处的山冈上遥望：一砖一瓦，一人一窗，一生一世。

《星星·散文诗》2016年第2期

作者

陈茂慧，四川达县人，现居济南。中国作家协会会员，鲁迅文学院第24届中青年作家高研班学员，曾参加第二届、第十届全国散文诗笔会，出版作品集三部：《匍匐在城市胸口》《荼蘼到彼岸》《向月葵》。

评鉴与感悟

散文诗涉猎历史，是难能可贵的。当然要以深厚的文化和出类拔萃的语境把握，才能得以实现。陈茂慧的这组作品显示出了这样的大气。"秦砖汉瓦千古藏，清风明月万斛浆。"泥土扎下的根，就是血脉。砖瓦遮风挡雨，是人类发展到高级阶段，在追求安定生活中出现的物体。诗人借物传递一种内心的安定，同时也表明对内心安定的渴望。这篇散文诗恰到好处地结合了个人情感，既书写了历史，有人类的共性，也道出了人的个性，有诗人内心的建筑之美。在物与人之间构建的和谐，在于一种美的追求。这就是烧制砖瓦的火候。

诗人以散文诗来呈现挖掘出来的深厚，其音乐性和绘画性，渲染着诗人的情绪。（亚男）

与藏王对饮（节选）

/陈平军

1

我知道我的勇敢与你的恣惠有关，与你洒脱无惧的豪放脱不了干系，我的一切神魂颠倒、撕心裂肺都与你的波涛汹涌纠缠不清，相辅相成。

走在甘南的大地上，也要借助一朵苏鲁花的骨气和你与命运搏斗的勇气相互搀扶，就这么走着，在甘南的草地上徜徉，在洮河的浪花里舞蹈，脚步再趔趄，也要在你醇厚缠绵的藏歌韵律中翻江倒海，也要激起飞溅藏地的盛开激情的花朵，也要奋力追逐箭镞一般飞逝的黄昏日暮，为你的忧愁或者哀怨打一个结。

藏王，你对着月光举过头顶的这杯青稞的化身与我心中的玉液琼浆何等相似。

举杯，明月不请自来。

对影，衣袂飘飘。

杯中闪耀，谁的影子，铺展的无边疆场。

这一滴刀光剑影，还是半截悱恻缠绵，咂摸出的都是你胸怀天下之广博、对藏区子民宽广的挚爱。

这与我对你无比虔诚地崇敬的度数是那么的惊天动地的高度等同！

2

藏王，你要请我喝酒，用藏区扎西们的坚毅与果敢作为原料，溶于世事无常的容器里，蒸馏，提纯，最好加点传说的佐料，或者加上悠悠流淌着美丽卓玛们悲情的眼泪，不要怕会把我醉倒，也不必担心，因为我情愿陶醉在你的广袤无垠的豪情里，柔情里，做着似是而非的黄粱美梦，梦中也可以用你的励志的情节来修正我的人生败笔！

唱起这杯中日月，涨红，青紫，醉眼迷离，不知今昔何年。路过甘南，一个烧制彩陶、锻造文明的路口，把我与生俱来的好奇暴露无遗。

吼起这壶中乾坤，平静，激荡，岁月浪花中的漂流瓶，多少企慕和平、传承和平与和谐的秘密被我宿醉的神经，彻头彻尾地泄露。

岁月遗留的节拍，能不能激起洮河岸边的一朵浪花？能不能把我的梦境渐渐擦亮？

你不知道，胆小的我，只能凭借，你赋予的激情把我对你的无边青睐轻轻表达。

此刻，神经开始造反，那就再来一杯。

《散文诗世界》2016年第11期，发表时以《藏地酒歌》为题

作者—— 陈平军，男，生于1971年3月，作品获全国散文诗优秀奖、《星星诗刊》优秀奖、全国师范生作文大赛一等奖等奖项。参加第十五届全国散文诗笔会，出版散文诗集《边走边唱》《好好爱我》《心语风影》。陕西省作家协会会员。

评鉴与感悟—— 这是一封写给甘南藏王酒的情书，是一封来自心灵深处的自白和自我慰藉，像一只不死鸟的精魂，在生命的尊重和热爱的燃烧里，浪漫而丰腴。酒中有乾坤，壶中日月长，这些文字像甘南遍生的药草，采摘、浸透、发酵，而成醇香，成海，成舟，成至真至性的永恒乐章。

这里有着岁月打磨的痕迹，有内心的挣扎和救赎，有青春的狂野和成熟的旷达，有绚烂，有传奇，有孤高傲世，有脆弱自卑，有坚韧、宽厚和仁德，有任性、智性和天性。藏王，一个多么诱惑的名字，一种多么神秘的身份，这和《诗经》里所谓伊人的意象有着同样理想的皈依。因为有爱，他让一个没有开出花朵的荒原开出了春天。因为有爱，他让生的追慕预约了圆满。因为有爱，他让有限的空间沉醉到无限深广。这封情书，密集的意象群，像甘南的星空，带来了太多的感慨和寻味……（薛梅）

从长安向西域，
织一匹万丈丝绸（节选）

/初梅

一

如果白昼不能，我们就在夜晚，如果夜晚不能，我们就在梦中吧。

当我备好丝线、机杼，用七色颜料调配出百种色彩，M，我们就可以来到南山北麓，来到"神仙路"，从长安向西域，织一匹万丈丝绸。

二

明黄的丝线打底，青铜色的丝线织古城堞，再在古城堞上织出篆体的"长安""汉唐"，大风就向西，刮起我们的丝绸，仿佛亮起了出使西域的旗帜。

再织出汗血马背上的张骞和班超，我们的丝绸就沿着河西走廊，有了辽阔的声色。

马蹄卷起烟尘。

驼铃奔赴大漠。

以纱遮面的楼兰姑娘，坐在高高的驼峰上，久久回眸。她沉陷眼窝的命运迷离，神秘无限，期待一匹最好的丝绸，打开她的桎梏，挣脱匈奴，归顺长安。

五

我们织。

织商队络绎不绝。

织兵士彪悍骁勇。

织埃及的艳后克利奥帕特拉，身着东方丝绸，接见使节，百米之内都是春光，桃花漫天飞……

六

我们织。

织敦煌，织楼兰，织玉门关，织阿克苏，织天山，织帕米尔高原，织龟兹国，织东罗马帝国……

织到丝绸万丈，我们亲爱的祖国啊，从大汉，到中华人民共和国，从公元前138年，到公元2016年，已是"广地万里""威德遍于四海"……

七

如果白昼不能，我们就在夜晚，如果夜晚不能，我们就在梦中吧。

M，我们织。

从长安向西域，织一匹万丈丝绸，织一道旷世圣旨，令众神归位，列国皆长安；令万物服从生之真理，被献祭，又被供奉。

微信公众号"我们" 2016年8月22日

作者——

初梅，女，生于20世纪70年代。山东人，居西安。资深编辑，曾做独立出版人多年。诗歌在《诗刊》《诗选刊》《星星》《中国诗歌》《散文诗》等纯诗歌刊物发表。作品获多个诗歌征文奖，入选多种诗歌选本。曾责编2013年度、2014年度陕西文学年选，共十卷十二册。

长安，就是唐朝诗人用诗歌写就的历史华章。这座诗歌之城，将博大和精彩呈现在长安生活的每一个细微处，并拥有了盛名之下的丝路明珠。丝绸之路，就是一条唐诗之路。从长安开始，这匹写满诗歌的丝绸缓缓延伸。向历史延伸，丝绸之路曾是一条东西方之间在经济、政治、文化等方面进行交流的主要通道。向未来延伸，丝绸之路依然是一条友谊之路，诗歌之路，是建设文化传播的"一带一路"战略的重要资源。从这个意义上说，长安，就是一种"活着的"文化，是"存在的"文化，是应该认真书写和传播的文化。长安，激发的是诗歌的地域书写，是诗人恋都的心态。这座集包容性与生命力于一身的千年古都，以它恢弘的气度和华贵的气质吸引了诗人为之倾情神往，呈现了一种热爱与依恋交织的炽烈情感，为长安的一砖一瓦、一草一木注入了真切的情意和鲜活的生命。初梅的这组诗歌，将个体的欲望化为色彩和生命经验，置放在诗歌兴盛、底蕴深厚的历史场景中，构成了审美的诗境，这就是初梅"织一匹万丈丝绸"的诗歌价值所在。（薛梅）

陌生人

/董喜阳

城市的病态相对轻微，倒挂在午后——三点四十分时间的蝴蝶结上。

你是一张脸，在薄暮上涂满愁容。仿佛表情是刺绣，从江南蛰居塞北。

一群人，像史官，像强盗。

闯入历史的花名册。

叫宝典的书籍很多。

这一本正在散热，带有蒸汽的危险，金属气味的欢愉。

重新定义与归纳陌生人，一群人。组合，拆卸。

带有人的模样与尊严，诡诈、阴险的阳光，透过无数指尖，令人发麻。

流窜的脚步如一颗颗棋子的目光，暗藏杀机。那些被举起的云烟，闪躲在雨水的前面。

为阴冷的天气找了个理由。

天空只是宽容地微笑，半晌说不出句话来。

《诗歌风尚》2016年第1卷

作者

董喜阳，1986年出生于吉林省九台市，现居长春。吉林省作家协会会员，《诗歌月刊·下半月》编辑，著有诗集《放牧青春》《万物之心》等。

评鉴与感悟

不错，"艺术的方法我相信永远不可能是直接的——永远是拐弯抹角的"（布鲁克斯语）。诗歌《陌生人》带来了这样的信息。诗的一开篇，就以调侃的声音出场。"病态"与"蝴蝶结"两种对立的事物，无形中制造了内在矛盾和紧张感，死如果即是生，那么"天空只是宽容地微笑"就格外有力量和生动。也许，"历史的花名册"平庸不堪，充满着陈词滥调，"带有蒸汽的危险，金属气味的欢愉"，"诡诈、阴险的阳光"，"流窜的脚步""暗藏杀机"，那么好吧，"陌生人"，你足以让诗歌震惊，让诗歌以一种悲剧的手法，把美好的东西毁灭给人看。这是悖论、反讽的效用，直接导致了文字的言不由衷，词不达意，象外象，意外意。写实，滑脱；荒诞，真实。"为阴冷的天气找了个理由"，这嘲弄里有着不仁的控诉。外部的活动环境，生存的活动环境，在处理内心的求索上，带有精神悲剧的意味，"半晌说不出句话来"。"陌生人"已不再是一种身份，而是一种人生的心理状态。另一方面，在心理空间的拓展上，强盗一样的历史，也有着对现代文明的审视，将思想深藏和遮掩，像匕首投枪在沉默中爆发。（薛梅）

玛曲·阿万仓湿地

/杜娟

我注定要经历那么多的草、浓雾和睡眠中的鱼。一些潜伏的阴郁在天空匍匐。它们迎风，曾经漫过前方的山。

玛曲习惯了阿万仓早起的鸟鸣，把它们安顿在水草丰美的大地上。

经历过大量的乌云和冷漠，阿万仓像一幅画中的苏鲁花，期待清晨的马匹奔跑过来，指引方向。

万物宁静，鸟在高处飞。它们解不得那万种风情，解不得青草的青春与貌美。

一块湿地放在千转百回的水中。

牛羊见识了多年的雨雪，像躺在书页上的文字，在夏天的最后一个夜晚，复制自己。那些变调的语言，柔软而迟缓，只与自己的影子，相敬如宾地生活。

这样一块沉重的湿地，被来了又去了的溪水搬动。可是时光无法走回去呀，它看不到自己的祖籍。记忆中与鹰进过食，与花朵共枕眠。

青草彻夜不眠，它比溪水还荡漾。如另一个世界的桃花，它在联系与生育有关的植物。

夜晚，最后的脚步刚刚走过。远处，寺院的钟声传来，如四散开来的云，在原野降落。

《诗选刊》2016年第1期

作者 —— 杜娟，作品在《诗刊》《星星》《诗选刊》等刊物发表。获得第三届
黄河文学奖等三十多种奖项。2008年出版了个人诗集《苏鲁梅朵》。
2015年7月，参加了第十五届全国散文诗笔会，合作市作协副主席。

评鉴与感悟 —— 在人类文明的发展进程中，欲望的泛滥促使人们为了谋求更大的利益
而不断地企图控制、征服自然，人在自然的反作用力中，迷失并丧失
了人作为人的本真，人与自然之间陷入了一种紧张对立甚至不断恶化
的关系中。自然界缓慢生长的平衡被打破了，返回自然的生态观成了
我们这个时代最重要的创作母题。杜鹃的《玛曲·阿万仓湿地》很好
地完成了这一主题创作，并作为自己有价值的追求，在阿万仓湿地找
到了自然生态中那种人与自然和谐统一的关系，以简单、淳朴的生活
状态来面对广阔而温情的原野，从而获得"只与自己的影子，相敬如
宾地生活"的那份心灵的满足和宁静。在这里，不仅风景具有一种不
可思议的、人间少有的赏心悦目的美，而且人情人性至纯至洁的情感
也得到了升华。这"湿地"，正是心灵的图腾，有万千气象。杜鹃也
是一位文字的沙盘画家，她的画面质感而有灵趣，内蕴着一种与天地
独往来的精神气度，自然适意，无拘无束。而那夜晚徐徐传来的"寺
院的钟声"，将一切的意味之言都洒向了大地和高天。（薛梅）

我看见岁月飞逝

/方明

在恬谧的午后，我看见岁月飞逝，它穿过蓊郁的群峦，让草林无意蔓爬成神话森林，融入的鸟啁声声漫攀入更幽邃的山道。偶尔，它会逗停在梵钟濯洗的古刹，却留不住香柱飞散的灰烬。而不经意抚摸被潺潺溪流磋磨的石磊，是否无法感触亘古时光锤炼过的痕迹与凉意，仿佛只有倒影渐老的容颜被辗转倥偬而过的年轮发酵着。

在夜幕席卷的晚上，我看见岁月飞逝，它静息地吞噬你逆数的日子，不管在眩惑的彩灯里用情欲麻痹迭迷的灵魂，或安恬在亲情围筑成温馨的饭香里，当流行歌曲被时间的长廊哼传成怀旧的调子，你莫名的忧伤总会不定时自我放逐，纵使所有年轻时的筑梦落落实现也是一种悠悠的感叹，至于被生活瘫痪的各种失落之轮廓，只好留在心坎拌搅成无尽沉叹的涟漪。

在晨曦苏醒冰冷广场的早上，我看见岁月飞逝，阳光开始龟裂昨夜残剩感性的承诺，从赶赴课堂嗅探发霉的真理直到本能追索生存的谜题，当你成功召唤权力来投宿，又懂得泯笑满身茧生的爱恨情仇，我们被理性的昼日重复蹂躏腐蚀着，在精准的物欲交易里，我听到轮转时光的憾恨与唏嘘虚无的结局。

《湖州晚报·散文诗月刊》2016年第5期

作者 ——

方明，1954年生。巴黎大学文学硕士。曾获台湾大学散文奖、新诗奖，中国文艺协会诗人文艺奖章等。出版诗集《病瘦的月》《生命是悲欢相连的铁轨》《岁月无信》（韩译本），散文诗集《潇洒江湖》。"蓝星"等诗社诗学顾问。《两岸诗》诗刊创办人。

评鉴与感悟 ——

诗人以独特的方式游走在诗与现实世界之间的思考之中，通过对"时间"意识的审视，发掘岁月流逝的进程中"存在的意义和结局"。《我看见岁月飞逝》虽是对日常生活的描述，却充盈着对生命的膜拜和敬重，其散文诗具有现代思维逻辑的思考特质。（孙晓娅）

鹰，从村庄飞过

/方齐杨

鹰从这片土地飞过的时候，我与这片土地还隔着三生。

一棵参天大树上，我们看不见的巢，站立着天空之王。

它锐利的眼神，穿透朝阳和落日，穿过人间的风尘。

除了鹰，我心中还未装下另一种猛禽。

我所看见的，都在尘世之中，我所未见的，都在努力追寻。

大雨，如黑夜，覆盖了隐藏在浅草中的路径。

此刻，祖先的牌位，在厅堂之上；神明的塑身，在庙堂之中。

但这些远不能让我找到精神的出路。

一扇门，还未打开。

只见鹰翱翔的雄姿，为信仰指明了道路。

台风，刮过村庄

太平洋随便咳嗽一声，人间就一阵颤抖。

席卷而来的乌云，和乌鸦一起逃离。

雨，夹着狂风，列阵走过村庄。此刻，彼岸无涯。

暴涨的心事，把昼夜填满，蛙声隐去。

树木和庄稼纷纷倒伏，那座独木桥也有了属于它的远方。

一场风雨，只是一场风雨，它淹没不了历史，淹没不了阳光和未来。

我的村庄，已经生根了五百年。

阳光纯净，绿草拔高了头颅。

一条河流，她，安静地穿过岁月的土地。

台风，刮走了一些秘密，刮走了时光里来来回回的脚印。

一株水稻重新伸直了腰，长出谷粒，长出希望的前世和今生。

沿着一条河流，回家。

沿着一条河流，是否能找到回家的路？一条鱼和我聊起故乡。

故乡，曾有五月艾草的香，在夜幕中指引我找到回家的路。

此去经年，艾草干枯、腐朽、消失，用沉默打乱了我的世界。

我不曾叹息，我们握不住时光的巨手。

农历七月半，母亲唤我回家，额头又添新皱纹。

菜园子里的丝瓜，日日开着淡黄色的花。

夕阳西下，廊柱上那对红对联，红如夕阳，光芒渐逝。

内心，隐约地痛。

传统，被浪潮击打得支离破碎。

鱼呵，我那条纯净的记忆之河，已荒草半遮，壁立千仞。

只见，一丛兰花依然挺立，在一块石头的背后，分娩了一朵花的馨香。

《延河·绿色文学》2016年第2期

作者 —— 方齐杨，1983年生于福建永泰。现为《中国散文诗人》年选副主编，《源·散文诗》副主编。参加第十五届全国散文诗笔会。作品散见于一百多种刊物，入选多种诗歌选本。

"鹰"不仅是一个词，更是一种具有复杂联想意义的形象。鹰是英雄的象征与化身，自古被誉为"神鸟"，是飞禽之王。相传华夏始祖炎帝的养母就是神鹰；黄帝出征作战也以鹰鹏为旗帜，象征战无不胜；而文人墨客，以鹰抒情，借鹰励志的诗篇和画作，举不胜举。中华民族素有"鹰"崇拜情结，鹰集阳刚阴柔之气于一身，栖息于山海之隅，搏击在天地之间，自不是寻常百姓家养之物。但因其豪壮、敏锐、勇敢、坚毅、雄强、无畏、高傲的象征，每一个人却都可以在内心豢养着一头鹰。显然，诗题"鹰，从村庄飞过"就有了无尽的冲决与扬弃的深层内涵。"精神的出路"或"信仰的道路"，鹰的存在，鹰的"飞过"，鹰的指引，像火种，有神启般的光芒。"雨""牌位"和"塑身"，构成了一幅市井画卷，只是鹰的一种陪衬而已。

（薛梅）

秋风或盛宴(组章)

/风荷

诉与秋风

大地的钟面上，爬满了各种各样的声响。

流水是时针，虫声是分针，秒针是灵魂专管的。

相对于乌鸦，当然我更喜欢秋虫"唧唧"。

经过一段喧哗之后，是长时间的沉寂，陷入悠长的荒芜和漫无边际的魔幻。

午后三点光景。

从身体里走出来一个我。

"是最小的那个天使，像夏天河塘里最小的荷朵。"

每天黄昏都要绕钟一圈，向西走，向西走，穿过桑树林，苜蓿地，采一朵明亮的蘑菇插在耳边。不是为了聆听雨声，而是安慰一朵云的漂泊。

秋天又高了三尺。

落叶里有黄金，荻花里有白银。

万物保持着松散的形体，小野菊在南山下摇晃。而秋风无望地穿过每一片风景，再匆忙也没有忘记带走叶子，也没有忘记吹着我的忧伤。

细碎的孤独，一朵朵地开在一杯酒里，眼角啊，眉心。

描一笔，山清水秀；再描一笔，山高水长。

话说路过的蚂蚁，都在谈论蜜蜂和蝴蝶姐姐的故事，旧梦依稀。

也有人拿钉子说事。一定不是那些事不关己的高高挂起。

隐喻里的钉子越是生锈，越锋利。

要防着啊，要防着啊，香气关在腐朽的木屋子里兀自寂寞。

钟面不擦一擦，也会生锈么，包括手机和我的掌纹。

我手里紧握一个电话号码，恐怕再次丢失，讨厌又可爱。前七位像七个小矮人出没在草丛里，后四位是鸭子走路，一摇一摆。但不妨碍我记取某些细节。

从一朵花中取出心跳，任八月潮水的声音漫过我。

我要去白云深处，去等一个老了的秋天。老了的秋天。

所剩的香气就不多了。我爱香气，胜过爱光影。我爱花朵，胜过秋天遍地的果实。

我爱远方的风，胜过悲伤的自己。

好了，别生气了。

也别笑得那么没心没肺，接下去我要和你谈谈。

灵魂的事。灵魂，滴答滴答地走动，在夜晚的钟面上，还有童年潮湿的苔藓，躺在钟面上做梦。多美啊！

顺便再说说午后写下的这些小字。

秋又中分。

春风已度

暗的夜，另一个她，终于可以放松地和自己说话。

说说窗帘，相框，书本，镜台，木器有直角的，也有弧形的……夜深了，一切悄无声息。

床罩上的牡丹像是刚从洛阳城里走来的。虽然沿途劳顿，看上去却依然新鲜如初。

灯光照着一条发出暗鸣之声的河流，她明白那条河流就是她自己。

循着嘴角边水藻的气味，一只小兽任性地从她的身体里跑出来，驮着一小袋念想，一路向西，途经了菜花地，桑树林。

梨花带雨，在山坡开得正好。几只不想睡觉的麻雀飞回来，向她禀告了春天田野的剧情。

落日在山的那一边，谁也没有去喊住它。

隔壁院子里的槐花也等不及了，花们会比她过日子。

必须的，与日子和解；必须的，给中年之镜涂上胭脂的色彩。

把搁在句子里的抒情，梳理。

别再听低沉的音乐，伤身体。屋里的人已经提醒过她好多次了。可惜，衣襟沾满露水的人总是听不进去，她心甘情愿，把自己困在一团墨汁里。

鱼肚白挂在船杆上了吧。从凌晨三点四十七分起，她忘了观天色，她一直都在跟她的内心交谈。

她一遍安慰自己，一遍又不断制造战争。

城门失火，殃及池鱼。牙疼就是从那时开始的，疼到她不再想说话。

再后来，只得听从了流水的召唤，换上春衫，她跟着小兽也跑了出去，晃动的身影像一簇小火苗。

夜凉如水，没有找到更好的路径。不像太阳，灯光，它们手脚迅捷，总能够把致命的黑暗打败。

她不能，在飞翔之术还没练成之前，她只能拼命地奔跑，携带着打开风声的密码。

天终于亮了。她提着水晶的鞋子和薄亮的裙摆，跑到了河边。上船下船，每个人皆手持编号，她是第116号。

接应的人，会不会像杨柳，穿着好看的绿色制服前来，暗号还是那熟烂了的三个字。

四月是残忍的，她在等候的时候，惶恐地想到了艾略特。

有人会安慰她的眼泪，有人会安慰从她身体里跑出来的小兽的，她始终相信。也有人会对她说：不是，不是这样的。你看，太阳就要从河面升起了。

河也会拥有自己完整的爱情。

《星星》2016年第2期

作者

风荷，浙江省作家协会会员，列入"首批浙江省青年作家人才库"，出版诗集《临水照花》《恣意》，散文集《城里的月光》，散文诗合集《水岸花城》，诗歌合集《看到另一个自己》。作品发表于国内外各级各类刊物，并入选《中国诗歌精选》《中国年度诗选》《中国当代短诗选》等重要选本。

评鉴与感悟

风荷的散文诗是超乎寻常的。"大地的钟面上"，在语境的新意里有着对日常事物的洞悉，以出人意料的意象入手，将司空见惯的事物赋予深厚的内涵。饱满的情感在温婉的笔触里不失冲击力。在虚实相间中，恰到好处地呈现所要表达的事物。技巧和语境都是娴熟的。从秋天，到春风，很好地避开了形容词的虚化。"秋天又高了三尺。落叶里有黄金，荻花里有白银。"很具有质感，形象而生动。

"落日在山的那一边，谁也没有去喊住它。"新鲜而坚决，透露出诗人内心的锋芒。这种有质地的语言，在情节的推进中，色彩和笔力有着感情的漩涡，迸发出一种力度，有着江南女子的深邃和知性，带有巫性，而不失绚丽。秋天和春天在收获和发芽之间，是轮回的。

那么人在这个世上，往往不可回避某些事物，只要认识了自己，放下内心的战争，就会是安定的一生。读风荷这组散文诗，值得去思考人在自然中如何获得默契。

年近六十的自白

/冯明德

年近六十了，我的生命还剩有三根骨头四根筋——

第一根骨头是脚，撑着地；

第二根骨头是头，顶着天；

第三根骨头是目光，望着地平线。

第一根筋，爱热闹；

寂寞是一把杀人不见血的锈刀。时间，在黄色锈斑的剥落里，让秋天秃枝；

第二根筋，爱玩笑；

这是我被人肢解、讥笑的童年，企图挽回纯真而残留的后遗症；

第三根筋，爱美女；

因为我是男人，女人永远是男人不可或缺的主题，何况美女？

第四根筋嘛，四处走走。

被栅栏门关久了，被低矮的屋檐压扁了，被麻石小巷逼窄了，想到外面的世界——

舒展筋络，畅快呼吸。

外面的世界，阔远而自由……

《东京文学》第6期

作者

冯明德，笔名皇泯，1958年出生。中国作家协会会员，国家一级作家，全国五一劳动奖章获得者，首批全国新闻出版行业领军人才。现任《散文诗》杂志社总编辑。出版有散文诗集《四重奏》《散文诗日记》《一种过程》，长篇散文诗集《七只笛孔洞穿的一支歌》《国歌》，诗集《双臂交叉》《三维空间》等。

评鉴与感悟

自述是一种捕捉生命痕迹的话语方式，它透过自我的眼睛，从体悟生死循环的自然定律中，去捕捉万象的痕迹、生活的痕迹、情感的痕迹。生命是最朴素的存在，也是最丰沛的存在，生命是一个有无、盈亏、生死的运行过程，这个过程或许是一瞬间、几分钟，或几天，也许更久，几年甚至上千年。无论长短，都会有一些痕迹留下来，能够捕捉多少是作家和艺术家的事，他们的眼关照了彼此的生存，也同时更多倾斜于自我的标签。而自述不同，它是那一个全部的我中的侧面，也或许是不同侧面中构建的那一个全部的我，那是自己的喜悦和伤痛、混沌与清晰、真实与虚幻所衍生出的一种气质。冯明德说出了只叫作冯明德的气质，"三根骨头四根筋"，骨立肖形，筋脉舒张，充满了高深莫测和无限未知的可能。他文字的极简，成就了内涵的极奢；他谈话的随意，构建了机杼独出。从一个"我"的小，穿透了天地人的大事物，串好童真、成长、行走的珍珠，他获得了六十耳顺的涅槃和圆满。（薛梅）

影子人生

/鸽子

一个影子。一个影子。又一个影子。

一个影子过去了。又一个影子过去了。还有一个影子又接踵而来。

人潮汹涌中,许多的人只是像影子一样地出现、离开、消逝。

在我的脸上,我的眼中,我的心间,有多少的影子啊。自己的影子,亲人的影子,别人的影子,世界的影子……

我走在人群之中,像影子一样。

我走在人群之中。手脚消失,不会走不会动。鼻舌身消失,无须嗅闻和品尝。耳朵消逝,无需倾听。

我眼睛看过的东西太多,消失得慢一些,两个黑而深的洞如井,装满太多的问号和省略号……

最后,眼睛消失。眼睛的存在已经很可怜了,看过的,不能说。没有看过的,要说看过了。眼睛的存在像是一种罪过。

眼睛本来应当是在一切消失之前消失的,而由于留恋和不舍,我选择让它最后消失。

现在,我也只是影子了。

一个影子,又一个影子,还有一个影子。其实,我还偷偷藏了些秘密:在身心消失之前,我和我们许多人,肉体早已是行尸走肉,我们早已像影子一样地活着。

　　这影子，迟早也是要消逝。

《滇中文学》2016年第1期

作者 —— 鸽子，本名杨军。20世纪70年代生人，作品入选多种诗歌、散文诗、散文选本。曾参加第12届全国散文诗笔会。

评鉴与感悟 —— 关于影子的认知，一定伴随人类的自我觉醒。从光照不透的地方"纹"上一种"光明"，让它被眼睛看到而成为一种"文明"。《影子人生》是作者的一次恍然大悟，似禅和子"参话头"，用尽专注且喋喋不休，最后一句"这影子，迟早也是要消逝"，恰一闷棍，踏破"牢关"，脱壳而出的释然，谓之解脱。"出现、离开、消逝"道出了一切事物的真身。在境是成住坏空，在心则生住异灭。《圆觉经》卷中云："妄认四大为自身相，六尘缘影为自心相。"一切心境都跳不出这个"影子"，禅人谓之金刚圈、系驴橛、鬼窟窿……作者也尝试着"无眼耳鼻舌身意"，意图使之"消失""消逝"，并以"眼睛"为突破口，试图抽离现境。最难的是破除那一点"贪"，"爱取有"这是十二因缘之致命一环，却恰恰"留恋和不舍"，便奋力一掷，此处不得根本，似石头压草，末后还生，是调心之大忌，谓之"行尸走肉"，若是禅者却不然，须"灰里拨出火星""死处能活""出得了佛入得了魔"，便不落空幻得大自在。"现在，我也只是影子了"，但就这一见地，便已然不凡。永明延寿大师云："真心不动故，称为三昧王。此是一切三昧根本。了此根本，则从本所现，念念尘尘，尽成三昧"。这也是"伏魔圈""金刚橛"，若仅就文本谈《影子人生》已经极佳，却不知这"影子"后头那束光还识得吗？（薛梅）

闪电，闪电

/耿林莽

火焰灼烧的树枝点燃野火：鞭子，铁索，魂飞魄散；
沉雷轰响，箭镞横穿；
逐鹿天宇的一场恶战，黑云翻滚，噩梦涌入。
高楼坍塌，城堡陷落，堤岸溃决。
抱头鼠窜的狂雨纷纷跌落：灾难削去了多少无辜的头颅！

乱发横飞，虬须满腮的一位"大侠"，正蹲在密林深处的掩体端详、观
察：

迅雷不及掩耳，闪电来时，眼是想闭也闭不上的。
"闪电，闪电，闪电。
速度也是杀伤力！"
恐怖主义的设计师们，从闪电中摄取了灵感。

闪电，闪电，闪电。
烧红赤壁，何如手起刀落，黑铁削为泥丸！
屠夫的快感，刽子手的快感，爆破师的快感，

66

正被越来越多的追随者体验。

闪电，闪电，闪电。
比蜿蜒而行的蛇蝎们先进得多了。
裂帛之声不绝于耳，
撕碎了多少现代化的辉煌与圣洁！

《诗潮》2016年4月号

作者 —— 耿林莽，笔名余思，作家，编审。1926年出生，江苏如皋人。1939
年开始写作，先后任徐州《新徐日报》《青岛日报》《海鸥》文学月
刊编辑。中国作家协会会员。曾任中国散文诗学会副会长、中国诗歌
学会理事、山东省作家协会理事、青岛市作家协会名誉主席等，现任
湖州师范学院中国散文诗研究中心顾问。著有散文诗集《醒来的鱼》
《五月丁香》《飞鸟的高度》《草鞋抒情》《三个穿黑大衣的人》
《散文诗六重奏》《鼓声遥远》等10部。

评鉴与感悟 —— 在《闪电，闪电》中，耿林莽寄寓的是对现代性，尤其是科技理性的
反思。诗人将看似不可触的闪电具象化，通过对闪电可能造成的种种
灾难来显示闪电的杀伤力。既然闪电会有如此大的危害和杀伤力，人
们本该趋利避害，避免这些悲剧的上演。然后真正的事实却是，"恐
怖主义的设计师们，从闪电中摄取了灵感"，不但不主动避开，反而
强化这一杀伤力和危险。题目尤为耐人寻味，两个闪电的并列使用，
重复的第二遍在语气上应该强于第一个"闪电"，但是究竟用何种语
气说出重复的两个字，恰好可以判明对于自然以及现代科技理性的态
度。（范云晶）

我想去更远的
山上看人间(节选)

/谷莉

一

小华山太小,自我命名的倨傲里难掩谦卑和不安。然而不怨,这是离我最近的山,就像父亲的手臂。当我向他奔去 ,我又成了那个满怀希冀的孩子。这与我的年纪多么背离。

现在是东北的春天,除了青松,山坡上还不着一点绿。山脚下的草甸里,被指认出的小草已吐出绿的信息,而它自己还很不确定。这样的相逢短了惊喜,多了审视。连同被冰雪围困却终于挣扎而出的小溪,无清澈之眼目,流浑浊之尘世。

我必须奔跑,在奔跑之前,要小心地躲过刚刚解冻的春泥,扶起软下来的风,并忽视一片肥阔的墓地排列出的坚硬的别离。

三

然而,我不要更多。山供我攀缘,而我绝不是藤蔓。我是岁月滴落的一个眼神,不管陷于记忆的山谷多么久多么深,还是会记得孤独的仰望,记得山顶上的风,如何把蓝天交付于呼喊,把矮下去的城市和过往展为平原。

而远远的村庄吐出炊烟,和父亲母亲一样勤劳善良的人们在煮一锅平安。深处的雪融化，我禁不住落下泪来。

飞机拖着白色的尾线，要去哪儿？它是否如我，本应不惑，在铁一样的生活面前却依然有颠簸的思念，如丝如弦。我将手腕轻悬，而知音在哪边？

远远的山甩开季节的缰绳，如一匹马，呼啸而来……

微信公众号"我们"2016年3月30日

作者 —— 谷莉，曾用笔名风轻语。居黑龙江省佳木斯市，电台主持人。诗文作品见于《星星》《散文诗》《延河》《绿风》《岁月》《山东文学》《时代文学》《天津诗人》《诗林》《中国青年》《新青年》《现代青年》等。

评鉴与感悟 —— 真实，或许是诗歌最需要的血液。谷莉的散文诗语言平实生动，如同一丝丝血管，流淌着属于她自己真实的诗歌血液。如同诗题所说，"我想去更远的山上看人间"，可作者又不是趋炎附势的藤蔓，她想做的，就是真实，经历真实的岁月，怀恋真实的思念，感受真实的善良。"会当凌绝顶，一览众山小。"站立高处，奔跑过后的呼吸急促，视角平铺环绕的目眩，高山，平原，城市，山村，如血液一般，融于大地血肉，封存于作者的眼球，埋藏在字里行间。生命开始的时候，平安与善良就跟随着诗人，背负着父母的希冀，山的远处，那是温暖的人间，炊烟升起的地方，也是希望的起点。生活本就是坚硬如铁，我们要饱含善良与希望，这才是对抗绝望最有力的武器。如脱缰野马，跨越时空，追随心的方向，跨越山峰，穿越人海。（范快）

出生在明朝的王硇村

/关玉梅

还好，城市的触角没有延伸到这里，你依然古朴端庄；

还好，三面群山，遮风挡雨，你依然年轻丰娆；

还好，燕赵大地的雾霾没能遮住你碧蓝的天空，你如柔风，缠绕着村口的门楣，缠绕着所有的访客。

我知道：这是大明朝的风范。

村内所有的男子都姓王，如老虎撒尿圈地，盘踞领地。

王硇村，早在600年前就种在了大山腹中，似一个傲人的村妇，怀孕着王姓的子民。

仰望这座古石群建筑，我猜想，那石缝里氤氲出的浑浊液体，是否是"王"的一滴眼泪，为了种族的延续，以一块块石头，圈起一座座城堡，生命的精子卵子在城堡里结合，孕育了今天的王硇村----我们的乡愁所在，我们的灵魂所在。

那一排排古石群落，把一个个东南角让出，形成了典型的"东南缺"，而那一条条曲折的石板小径，多像我们走过的一生，坎坎坷坷，但从来都没有退缩；而我们的大度、宽容，多像城堡的那扇窗户。

不知谁家的窗户开启，蓝底白花的小袄，在窗前晃动。

谁家的窗户开启，织布机的声音如山中鸟儿的啼鸣，轻轻落在院落里的苹果树下、花蕊中；因为安详，家家庭院，苹果花香，不敢高声语，恐惊朝廷人。

小巷拐角的磨盘，既是更夫，也是哨兵。石磨始终不语，家家太平安康。只有磨道的驴，蒙着眼睛，画着时间的圈。

乡愁，是村庄的灵魂，我不敢想象，如果村庄没了，我们的乡愁该安放在哪里？

爬上18米高的城堡，王硇村一览无余，群山掩映，层层梯田，春风荡漾，就像提着裙摆的少妇，踩着石板，咿咿呀呀地走来，不带一点羞涩。我惊叹：原来，我们的小村可以这么美；原来，我们的脚步可以生根。

石缝里的泥沙告诉我，你的忧愁就在我的眉梢，才下眉头，又上心头。我不说，不代表我就是一块石头，我的外表，钉子钉不进，苔藓长不出，但一枚小小的邮票，牵着今世来生，牵着坟里坟外。

石硇村，可不可以把我留下，我要在这里生根！

我懂得：历史终归是历史，历史像石头一样坚硬。那个戏台，虽有些破旧，但依旧掩饰不了舞台上的春夏秋冬；戏如人生，人生如戏，我在那斑驳的舞台灯影中悟到了生命的真谛。

我要走了，在红枫山与你作别；

我要走了，在转弯抹角处，留一个空间；

我抱着一块石头，就像城堡的那扇窗，望着院落里的苹果花儿，心在蕊中，身在他乡。

《诗选刊》2016年第6期

作者————

关玉梅，作品曾在《诗选刊》《诗文杂志》等多家报刊发表。出版个人文集《那片荷》《鸟非鱼》。

"小时候，乡愁是一枚小小的邮票，我在这头，母亲在那头。"诵读完关玉梅的散文诗，我想到了余光中的《乡愁》。一首诗歌，最重要也最难以成功的地方，就是主题，这首散文诗，它做到了。乡愁，就像一坛久醇的高粱酒，那种真实而又迷幻的感觉，如云烟，萦绕在诗人心头。王硇村，时代的吻痕，造就它现今的古态。六百余年的锻造淬炼，村庄的肌肤伤痕斑斑。奇特的想象，独特的拟人，将泥土、植物、村民都附带上了一种代表性。它们，是村庄的主人，是村庄的血脉，是村庄的象征。浓郁的感情寄寓于平淡的语言中，历史让思念变得陈旧，生活让人生变得艰难，乡愁让灵魂变得安定，离别让乡愁变得浓重。生命经历了种种，但乡愁却永恒不变，因为根，我们才有了生命；因为乡愁，我们才有了灵魂。（范快）

谁陪伴着谁
——写在急诊间

/桂兴华

病人家属的对答：精短到了一口气与另一口气之间。
单音节，只谈关于谁，关于什么病。
走廊里挤满了病人家属。只关心：是否有一个关心亲人的医生。

门诊的编号最重要。
不是按官位，也不是按钱袋。只是按排队的迟早。

咳嗽声，已经击痛了几代人的肺？
即使坐上了轮椅，都不愿意死神等在前面。
都忙着向能够吼的嗓、能够笑的脸、能够跑的腿，靠拢。

也许有一天——病危通知单上的名字，会换上自己。
趁此刻，我们还是静静地陪伴。
不知道：最终是谁陪伴着谁？

《诗潮》2016年1月号

作者

桂兴华，国家一级编剧。2010年上海世博会志愿者标志、口号评选委员会委员。1987年主编了《散文诗的新生代》，并发表了许多城市散文诗。中外散文诗学会副主席，中国散文诗研究会副会长，《黄河诗报》主编。

评鉴与感悟

桂兴华的这首散文诗是由一次急诊经历引出的关于生死与伦理亲情的思考。诗人没有将这种思考上升为抽象和理性的说教，也没有无病呻吟地自我情感抒发，而是将疾病、伦常以及生死等相对抽象的事物具体化为一系列动作、细节和场景，比如挤满病人家属的走廊、咳嗽声，比如"一口气""能够吼的嗓""能够笑的脸""能够跑的腿"等，丝毫没有违和感，让读者易于理解和思索。就是在一个个鲜活具体的场景、动作的描述中，桂兴华进行了较为深入的思考和延展。散文诗中题目以及结尾部分的疑问，或可称得上反问"谁陪伴着谁"一句，在连续两个双重疑问（两个谁）的背后，表达了诗人对生与死的理解，也借此完成了对人性的考问，饶有深意。（范云晶）

暗　疾

/海默

呼吸之间，脉管奔突的律动之间，一小块暗疾的滋生，无异于一次恐怖袭击。

何况，喉咙里，我说出的每一句诉求和念想，必经这一暗道，抵达世界。这知己知彼的博弈，它将扼杀我吗？

不给你疼痛，只给你若隐若现的突兀、纠缠和越长越大的隐患，颈右侧，时间隐藏在身体里的病兆，堆积成塚，不及时清理，就会成为痼疾，把你逼到生命的死角……

迎着伸过来的刀刃，并期待，一切都是它要呈现的样子。刚刚注射的小剂量的麻药，抵挡不了巨大的疼痛，我感觉我在生死的漩涡里，旋转、起伏、忍耐，我是幻影、浮云，那一刻，我被带离身体的城堡，带离尘世里的亲人。

只能纹丝不动，也不能出声，我害怕游离在我喉咙附近的刀刃，偏离暗疾，误伤我——其实就是扼杀我。

忍无可忍处，谁放生了我？

绵延不绝的疼痛和小剂量的麻药，依旧在一点点，将我推离我自己，漫漫长夜，病房里的人们，谈话那么奇怪，笑声那么奇怪，母亲的呼唤那么奇怪，母亲说你睁开眼睛看看，我听到了，可是，我无力行动，哪怕抬

75

一抬眼，看看面前这个嘈杂的世界，有多么错误。

我陌生的身体带着沉闷的寂静躺在黑暗之中，缝合的伤口，汩汩流淌着疼痛，一滴一滴落进黑暗的海，一点点淡化开来，虚无缥缈的世界，在这样的流逝中，一点点清晰起来，直到西窗破晓，远离我的，不是我自己，而是暗疾带给我的漫长的疼痛。

美妙的世界，无非就是黑暗里无尽的忍耐⋯⋯

海默新浪博客2016年11月23日

作者————

海默，原名王丽，满族，辽宁盘锦人，辽宁省作协会员。散文、诗歌等散见多种报刊。入选多种年选，多次获得征文奖。

评鉴与感悟————

作为一种隐喻，"暗疾"不仅是一种认知过程，更是一种心理体验过程，它显示了一种内在的，我们时常可以感受到的审美特征。意识、感觉和抗拒，疼痛、恐惧和忍耐，这些心理深层的向性，使诗意升华，并得以扩散。"暗疾"是复合体，也是不确定的模糊表达，但它居于生命的根部，我们很难逃脱它的困扰和折磨。"不给你疼痛，只给你若隐若现的突兀、纠缠和越长越大的隐患"，他对人心的破坏作用和毁灭力量不可估量，"把你逼到生命的死角"。海默的诗歌是有想象力的，他的异质性在于"冷抒情"的倾向，但内蕴着"心怀悲悯"的大气象。他敏锐地捕捉到"暗疾"于人的干扰，也或醒觉："美妙的世界，无非就是黑暗里无尽的忍耐"，"暗疾"的意义在于它带来的变化，在"生死漩涡"里的思索，其隐喻的主题是：明暗之间，这是一个互相依存的世界。"隐喻"的系统性在于，对于正常的生存，"一小块暗疾的滋生，无异于一次恐怖袭击"，这里包括了语言、语境、情感、形象、意境等多重组合，在对"暗疾"的感觉位移的过程中，模糊的意义越来越宽，甚至成为一个无穷的"暗疾"体系。这样的文本探索，是有意味的，也是有意义的。（薛梅）

寺 钟

/郝子奇

敲落的，是已经生锈的残阳。
血色黄昏之后，无边无际的夜色走来。
重要的不是夜色，
安静的月色正把随夜而至的喧嚣洗得水一样透明。

今夜，流行喧嚣吗？
疯狂的脚手架在演奏流行乐。汽车在咆哮。歌手在喊叫。霓虹灯的浪
笑。银屏上溅血的厮杀。双层玻璃挡不住的哭泣。还有，小贩的呢喃，警
笛的呼啸，救护车的呼唤，在响，在响。
城市，喧嚣的风暴正在吹灭。
灯火阑珊处，卖火柴的小女孩发抖的小手，擦亮的最后的火苗。

穿越喧嚣，穿不过喧嚣中城市的欲望。
我常常想，让城市静一下。
静如弥漫着禅意的寺院。
平静中，敲响那口沉默了千年的钟，
钟声如歌，唤醒已经失忆了很久很久的灵魂。

《河南诗人》2016年第3期

作者 —— 郝子奇，河南省作协会员，中国散文诗学会会员。作品散见全国报刊，入选《中国散文诗90年》《60年散文诗精选》《中国当代优秀散文诗精选》等文集。多次获奖。有个人作品出版。现任职于河南省鹤壁市档案局。

评鉴与感悟 —— 且不论"诗从志"还是"诗从寺"，诗都是与"心"联在一起的。心所到之处，才是诗的栖居，志才有所安放，寺才有所意味。志，是心上的那一点；寺，是支撑心的手足。志，能让心高高扬起，寺胼手胝足，能让心走很远。《寺钟》是发生在心上的故事。中国诗歌中向来不缺乏"钟"意象，也不乏寺庙里的钟。李白的"客心洗流水，余响入霜钟"（《听蜀僧濬弹琴》），空雅的琴声如流水一般洗净了诗人的尘世之心，余声袅袅，和寺钟融合在一起，悠远绵长。常建在《题破山寺后禅院》中的"万籁此俱寂，惟余钟磬音"，一"寂"一"惟"，将寺庙中很美、很纯净的景色在寺钟的彼此映衬中愈发熨帖、干净。时间之钟，在心的庙宇安居，则成了佛家之物，钟声能让尘世之心平静、平和。钟声暗合了佛教中的禅心，同时也衬托了山谷之境，禅悦空境，物我两忘。尘世之心与禅心构成了心的两极，喧嚣与平静在心的杠杆上构成了紧张的对立，也释放了城市最根本的隔膜。"穿越喧嚣，穿不过喧嚣中城市的欲望。我常常想，让城市静一下。静如弥漫着禅意的寺院。平静中，敲响那口沉默了千年的钟，钟声如歌，唤醒已经失忆了很久很久的灵魂。""让城市静一下"，就是在心为志，从心在寺，宛如木心《从前慢》那隽永的吟诵。（薛梅）

荷花是灵魂的渡船

/何文

如何抵达洁净的彼岸，在这苍茫的人世？

水有多深，欲望就有多深。涉水而过，溺亡的肯定不只是身体。

在污浊中高高挺立的荷花，是一种启示。只是那支撑花朵的茎太过纤细，承载不了太多的奢望。

把自己洗干净，用钢刷擦，用刀子刮，把自己虚妄的皮肉剥离，只保留最基本的需求，留下铮铮的骨。褪下俗世的一切杂念，把所有的肮脏洗掉。此刻，哪怕世界已成污水一汪，你必然还是清明洁净的一朵。

荷花是从精神的彼岸驶来的渡船，但这世上没有人怀揣船票。

懂得放下，时时自洁，心怀仁爱。在这尘世，等荷来渡。

人们会看到，荷花，偶尔也让飞累了的蜻蜓歇歇脚。

但没看见谁的灵魂登上了船。

微信公众号"我们"2016年7月26日

作者

何文，四川省天全县人。生于20世纪70年代。曾在《星星》《四川文学》《散文诗》《散文诗世界》《青年文摘》《四川日报》等发表文字若干。出版诗集《血液里的火》。

评鉴与感悟

诗，是一种艺术，是由人创造的，细细品味，我们能看见作者高贵的灵魂。何文的散文诗让我们更清楚地看到一位诗人最宝贵的品质，"出淤泥而不染"。这首诗中荷花的轻盈承载不了世间的恶，世间的恨。人性的罪恶莫过于欲望，而欲望之本则是贪念。佛家有云："于外五欲染爱名贪。"世人皆有之，唯有放下肮脏的一切，放空自我，自省自洁，心存善意，方能在尘世留一傲骨，方能于地府渡过三途。灵魂的解放本就是高贵、艰难的过程，而何文的散文诗最终给了我们否定的答案，至少这首诗在控诉，在发泄，如庖丁解牛，犀利的语言如利刃般将人性的软弱剔出来，展示给读者。结尾处"没看见谁的灵魂登上了船"，失望、无奈交融，荷花给人以希望和启示，却是人世间不可企及的，从侧面表明了洁净的灵魂在放下是多么来之不易。正如德雷达所说："罪恶比任何其他病症更为严重，因为它侵袭人的灵魂。"（范快）

无力抵达的地方太多了

/郭毅

那些云打点的山腰，跟着挥鞭赶牛的小伙和歌声开花的姑娘，说着说着就远了。

他们隐在那里，有贪婪的阳光送上古老的辽阔和粗犷。

他们途经的每一棵草，抚摸着腰间银饰的刀鞘和龙凤图腾的饰坠，在旷野跳跃。

他们在这里生，在这里死，牧着牛羊也爱着牛羊，让孕育的身体，来得耀眼，去得健康。

就这样走过多少年，红肥绿瘦，一层层绽放。

就这样走过多少年，日升月落，井然有序。

就这样走过多少年，酥油花响在星星点点的牧庄。

而那个茶马古道护马驮盐的人，手执酒壶，像动荡的羊肋巴，在天幕下渐行渐远。

找不到迷茫与彷徨，找不到任何哀伤。

《星星·散文诗》2016年第11期

作者 ——

郭毅，1968年出生，四川仪陇人。20世纪80年代开始发表作品，著
有诗集《行军的月亮》《军旅歌谣》等，散文诗集《苍茫鹰姿》《向
上的路》《泗渡》。作品收入《新中国六十年文学大系·散文诗精选》
等30余种选本，多次获奖。

评鉴与感悟 ——

这是一个很抓人的题目，它唤起了我们内心的隐痛。有点像盐巴，刺
激了我们原本麻木的神经，是的，"无力抵达的地方太多了"。在走
进阿坝，走进郭毅眼底心上的阿坝之后，我们实在无力抵达的地方太
多了。我们每日苟且，焦虑，在城市的车水马龙、坚硬的钢筋水泥的
大楼中不安、彷徨、抑郁，我们早已丧失了歌哭歌笑的天真、自然、
真实。我们渴望飞翔，但飞来飞去之后，我们恍然其实我们并没有看
到前方。我们渴望生活的品质，但灯红酒绿之后，我们发现其实我们
早已迷失了自我。我们真正懂得了简单的生活，但简单又被这个文明
进化的繁华都市所置换，成了一种点缀，一声叹息。从这个意义上
说，郭毅是残忍的，又是仁慈的。那些休养生息的草坡，那些古老的
图腾，那些生生不息的万象，那有情人奔放的天堂，构成了一种诗性
的隐喻，"诗意的栖居"。现实的理想王国，也或者魔力的源泉。最
后，"找不到迷茫与彷徨，找不到任何哀伤"，成为一种具有前瞻性
的价值呈现，是诗题"无力抵达的地方太多了"的余绪。（薛梅）

十里花黄,找不到
一寸故土(节选)

/贺林蝉

1

咬紧牙关站在河埠头的人,在一张瘦长的车票上,如履薄冰。此刻时间很轻,经不起一声咳嗽,杨花柳絮很慢,慢得恰到好处。

麦田里,暮色摇摆不定,虚构出潮起潮落,路过的晚风恰似涛声。众生各怀心事,并遵循枯荣、生死秩序。

羽翼凌乱的鸽子,飞着飞着就成了神明,以炊烟为马,在流水的蹄声里走远。而看见它们的人,被黏稠的春光,伪装成许多陌生人,有的南下,有的北上。

其中肯定有一个,沿着掌心纹路走回童年,却只见桐花凋残,阳光手提利刃巡弋在油菜花海,十里花黄间,找不到一寸故土。

2

那时,生活像粗布衣兜里的花瓣,或者五分硬币,指尖一碰,就变得柔软而真实。

每一场雨,都不够凌厉,有时闪电会把一天的时光拦腰斩断,一半明亮忙碌,一半潮湿慵懒。

每当雷声在窑洞顶上赤脚狂奔，盘中食物和远处的群山，就升起雾岚。

犁铧躲进地下谋划来年的收成，所有的果子，都坐在枝头打盹、眨眼，一不小心，睡过了夏天，村庄的清贫岁月就骤然丰沛起来。

耕牛和羊群，用整个冬天反刍黑暗和干草，人们藏在日光充裕的角落，反刍命运、病痛，还有沉淀在脾胃里的喜乐悲愁。

在雪地上敞开衣襟奔跑的少年，被自己的脚印驱赶，早已不知去向！

3

每竖起一座墓碑，村庄就变矮一点，哀乐让村庄越来越轻，越来越空。只剩下白花花的阳光，从井台爬上屋顶，喘息未定，又跌下山去。

一颗稗草和无数棵稗草的内心，一样云淡风轻，站在田野上大胆地拔节、扬花，吞吐天地，根系一点点深入地心的声音，像骨头在暗中断裂！

一只瓢虫与千万只瓢虫一样，从不关心旱情和节气。啄木鸟用陈旧的方式敲响温饱，偶尔有孩童来到河边，指鹿为马，把一片芦苇认作高粱。

河埠头独木做桥，可以渡人，也可渡春秋、寒暑。

提早到来的雪花，无人给予惊叹！一切都逐水东流，不分昼夜。五谷以及蔬菜，逐渐远离人间烟火，无法温暖每一个颤颤巍巍的清晨！

那条出村的小路，忙着与云朵交换寂寥，而陷落异乡的游子，正在一杯酒里乐不思蜀，或者，在淘金寻梦的路上买椟还珠！

《星星·散文诗》2016年第5期

作者 —— 贺林蝉，陕北人。爱文学，爱旅行，爱音乐，爱美食。借文字构建诗意，用诗意温暖灵魂。

如果说金牌卫浴的《2015中国空巢观察报告》是以数据里的空巢村庄震惊了人心，那么贺林蝉的《十里花黄，找不到一寸故土》则以故土的渐式衰微的诗意呈现触目惊心。作为一个乡土中国的历史，乡村所包蕴的故土家园的温暖，在强大、快速、欲望、膨胀的都市化进程中，已成为一幅老旧的古画。那时乡村淳朴的乡情、兴旺的人脉，田间地头互相的招呼、帮扶，茶余饭后的串门走动、家长里短；那时乡村的丰富画卷，炊烟、蛙鸣、牛哞、羊咩、猫喵、鸣蝉、柳、娘呼儿声、卖小鸡小鸭的、卖针头线脑的、卖剪子菜刀的叫卖声；那时村庄的山野那样碧绿茂盛，悠闲的牛羊，任意穿梭的小鸟、山峰和登山人的笑声朗朗，乡村的宁馨和温暖如今都变成了奢望。一句"十里花黄间，找不到一寸故土"的现实悲怆，正是一曲乡村文明沦陷的挽歌，那"墓碑"和"无数棵稗草的内心"，"像骨头在暗中断裂"。文本的张力追求，获得了意义的充盈感，在无限的客观世界和人的心灵世界中，通过有限的语词、句式摹写表达，将日常语言的深层结构穿透，在微妙的关系阐释中，扩展了乡土的内在意义。"河埠头独木做桥，可以渡人，也可渡春秋、寒暑"，文本极具张力，造成震撼、惊奇的效果，引发了人心的疼痛和审问。（薛梅）

网恋（外二章）

/贺绫声

断了线的爱情，就像IE浏览器，全都给设定成脱机工作，我们无法再登入了。

对于你的爱，我不能在word里以一种文字书写，于是不断在计算机内安装数十种字型。朋友好心地对我说：你每选择一种字型都是危险的。有时，我以新细明体书写你的笑容；有时，我以verdana粗斜体书写你的忧虑；有时，我以timesnewroman粗斜体书写你的声音……结果，全都成了乱码文字。

我现在除了在网络爱你，还可以在哪里爱你？对于已经损毁的word，对于已经遗失的你。最后，我连个人的操作系统，都遭病毒入侵了。明天，（如果我们还有明天）我打算买一套新型杀毒软件，悲伤地重灌我们的缘分。

醉驾

一瓶红酒在我眼前碎成一片星空，鲜红色的酒精染红天地，亦醉了我。这时，不知从哪里传来一声又一声的叫喊，车子已经分不清该前进或

86

是后退，固定在孤灯下，像座被人挖空了的坟墓，而我的手正穿过黑夜，穿越人群，穿透寂寞的心灵，回到宇宙之始。

我骑上一只饥饿的猫，奔跑于狭窄的马路间，时而惊愕，时而兴奋，寻找一条失落的鱼。宝马飞驰而过，我只需轻轻一跃，便可跳过围墙以外的世界，治疗自己的伤痛。黑夜如雨般洒下，舔着我受伤的肌肤，世界变得湿润而柔弱。

我又跳到一辆废弃的汽车上，从破裂的玻璃窗里看到我的父母坐在镜台前哭泣，我又看到自己的前世、今生与来世，在摩天轮上不停旋转、旋转，再旋转。这夜很漫长，我怎样反复跳跃，也跳不到日出的高度。突然救护人员来到我身旁，我看到一条马路的尽头是明天。

小城温暖如常，汽车从一幢幢巨大的城市墓穴开出，如蚁般爬行地上，阳光击穿破裂的窗子来到我身上，慢慢融化了昨夜冰冷的灵魂。

我是一只醉猫，没有人知道我的下落。

失联

今夜的星星特别亮，仿佛每颗都含着泪光。跟我同住37楼的室友，站在窗口叫了一声Apakhabar（马来西亚语，你好吗），把熟睡了的月亮吓得像一块石头，坠落到无尽悲痛的涟漪里。雨水开始湿透四面八方，无以名状的黑暗扩散至明天的所有夜色里。

室友开始低下头，看着酒杯里转起的漩涡，想念亲人的味道卡在喉咙深处，那种苦涩的思念慢慢蒸发在闷热的蜗居里。我从他的世界，看到电视台正播放着一个特别新闻节目，一架隐形或变形的飞机，高速撞向他的眼球，之后消失于时间之外。

凌晨一时三十分，雨水开始侵蚀三月的阳光，电视机一片雪花，室友喝得醉醺醺地爬过来问我：看不见的是否代表不存在？接着他就疯狂地抓着我的手，插进他的喉咙里，我进入了无限的悲哀之中。

《湖州晚报·散文诗月刊》2016年第6期

作者

贺绫声，1981年生。2001年开始新诗创作，有"澳门最浪漫爱情诗人"之誉。著有诗集《时刻如此安静》《南湾湖畔的天使们》《遇见》《如果爱情像诗般阅读》。

评鉴与感悟

贺绫声的作品具有明显的后现代特色，《网恋》通过对现代技术中的一些机器语言的解读，抒写了对数字化时代的爱、美等话题的思考，揭开了数字化时代的一些神话的秘密。《醉驾》写的是一种非常状态或者超常状态，抒写了诗人对于生与死的思考；《失联》则利用一种看似无聊的状态，写出了人与人之间的隔膜，暗示了人性的冷落。（蒋登科）

甘蔗有节

/胡茗茗

如果岁月是根甘蔗，我便是一名种植者、修葺者、砍伐者、鉴赏者，或者一抔肥厚的污泥，或者一只不断攀爬的蚂蚁，或者高处飘忽的闲云。总之我什么都是，又什么都不是。

而此刻，我多想是一把刀，将甘蔗节节寸断。我微微疼痛却目光炯炯……

据说植物被切割时也会因疼痛而叫喊。凡事都有它的临界点。今天我的临界点是凌晨五时，它分割了我的清醒与昏蒙、黑夜与白天。我从不畏惧长久的昏暗以求短暂的光亮，正如我越发习惯长久的沉默。我的白天就是一小时。我抓紧这仅有的一小时清醒坐在电脑前，丢下在键盘上舞动的手指，隐身旁观……我是如此飘忽。

我与过往相对已久，两不相厌。谁被注视，谁即是深渊。

有节的时间随文字流走，我往它的内部投去深深一瞥，这一瞥有何其深？它完全旁观，不肯贴近，也绝不放松，既纤毫入微，又辽阔无边……历数下去，依次是：五年的热恋、六年的喂哺、三年的荒唐、七年的痛痒、十年的蒙昧无知、十年的青黄不接。它们似乎完全隔绝，毫不相通，却共有着一张厚硬的外皮——自由与爱。它们永远是一个问题，没有答案。我总是分不清哪一头寡味，哪一头甜美，甚至根本不知道甘蔗的头尾终在何处，我只知道我能做到的就是不停地长啊长啊，还有，沉住气地等待……

很快就要出生了！躲在母亲的肚皮里张望，我像玻璃后面有尾巴的蝌蚪。母亲拖着笨重身体在黑夜的厂区里寻找我的父亲。四周是林立的沙袋和碉堡，暗处埋伏着无数双紧张而懵懂的眼睛。我技术颇高出身成分颇高的父亲，因"文革"的武斗而困在工厂不能归家。黎明时分我出生，一出生就有了现成的小名"豆豆"，谐音"武斗"之"斗"。我想，从那时起，我就已经学会了观望。

"这是我的地盘！这藤萝架是我的！"……我有了弟弟。处处欺负我的弟弟又在和我抢仅有的游戏。虽然那时候父母工资加起来近百元，不算困窘人家，可我们仍是馋得要命。没有糖吃我们就抓黑马蜂，从它的屁股里挤蜜吃。老家英武的公鸡……算了；邻家喷香的粥锅……算了；没有电视机的时代……算了。我一再提及，一再不忍想起。因为我有着现今小孩不曾有的集体的贫穷和快乐，无节制地生长，无遮拦地对话。

晚自习读书，总有男生为我占座，我爱上了其中一位最像现在当红影星陈坤的公子哥。最喜欢他的眼睛，那里面除了忧郁外，一无所有……大雪纷飞的夜晚，透过红色纱巾看去，不仅是路灯，整个天地都有彩虹的影子令人眩晕……还有满满一箱子红蓝标记的航空信封，再也无法开启，我以为永不会忘记的密码竟然忘记……被煎饼果子弄伤的胃口至今时常反酸。那些伤和伤口，那些魂不守舍，那些偶然中的必然，完全是因为满足，还有绵延至今的空缺。

记得禅宗曾有优美的表述："雪花飘落，片片各得其所。"缘于好奇，终于与一好酒好诗好玩好画扇子面的好人结婚了。婚礼持续了轰轰烈烈的一个月，醉酒无数，花样无数，堪称河北文坛奇闻。一老师级人物在婚礼留言簿上一语成谶："如有第二次喜酒，洒家照喝不误。"果然，那幅画像——红衣红帽的青涩女子，背景部分用了数年勉强完成，画完了我们也就完了。如今他是我足可信赖一生的哥儿们，在圈子里我们堪称楷模，仍旧时常围坐在酒桌上插科打诨，视他如邻座老友无二，醉眼望去，无限恍惚。

那些年月我从没有接近过理想，或者叫作方向，因为根本没有。不是不该有，而是逻辑的不通、心性的不欲、现实的不能。

如果我们走得太急，那么，必须停下脚步，等一等我们的灵魂。

如果我真的丢弃过灵魂，那么四年前我肯定是等到了它。也就是说终于找到了两个方向，一个能说，一个能做。我的言行诚实而缓慢，掏空了所能、所有。屏住呼吸，沉甸甸地靠近，再靠近……孤独、饱满，像被爱充盈的蚕茧，日日吐丝，夜夜缝合。我坚信终将抵达，当一切走向极致。

上帝始终袖手我重新写诗以来的夜晚，永远是床头灯下，独自与内心对抗，与世界对抗，终至和解。我压榨日子里的水，提取结晶，它们犹豫而零散地落在纸上——我的视角发生了变化，习惯探询事物的背面，甚至五官也生发出冷峻的线条。

从没爱上过写诗，而它已是我间断的自然分泌；从没爱上过这世界，而它给予我很多。时常感到自己能够幻变，腾挪于无形，小到成为蚂蚁背上的一粒草籽，深到地心里沸腾的熔浆，高到俯瞰众生的悲悯，而身后，无论走多远的路，甚至十年之久与分行文体隔绝，总有一堵可以倚靠的墙一路跟随，那还是诗。于是我置身于这高贵的手工活儿里，举止轻微。

味道是有生命的，不仅有记忆，更有性别。在一座城市的东南，有一只大瓶子——一座两层楼的别墅。进去的人们带着不同的心情，还有味道。出去时，一律粉面桃花且浑身带满湿漉漉的蒸汽。烤烟型的落魄画家、混合型的银行行长、酱香型的煤老板、精致小苍兰的医生、宠爱玫瑰的记者、檀木般温暖又隔绝的皈依居士、月饼一样的胖姐、鸡汤一样的理发师……真水无香。它的前调：有混杂的金属气；中调：徘徊着烟火与五谷的和谐；后调：延续了婴儿般的蔗糖呼吸。

我在一系列的影像中辨认着自己，我在一系列的人群身上辨认着自己。同样，我也在反观自己的时候辨认着别人。我看到、听到、想到、触摸到、预感到的，似乎都是……都是真实的另一半！我几乎知道另一半究竟是什么，背后的背后还有！可我无法说将出来！我只能深深依赖于表象，不做判断，不停止思考，就像我无法不去聆听大海或飞鸟的声音。

沉默的事物有无限可能，我以远离的方式，接近世界的心。

大风吹拂沙滩，浮在表层的沙砾必被最先吹走。连绵波动的海浪，连同我不动声色的回望，一节一节，一节一节，不苦不甜。我听到砍伐之声

"砰砰"作响，一座又一座物体，应声倒塌……

没有人能回答对真相的盘问。况且，也不需要回答。

作者 —— 胡茗茗，祖籍上海，现居石家庄，中国作家协会会员。曾参加诗刊社第二十三届青春诗会、鲁迅文学院第二十二届高研班。出版诗集《诗瑜伽》《诗地道》等四部。

评鉴与感悟 —— 胡茗茗把岁月比作甘蔗，而甘蔗上诸多个节，就像生命历程中的节点，恰好串起了诗人的一生。哪怕是疼痛和不幸，也是生命不可缺少的部分。诗人以回忆或者追忆的方式，借助文字重新回味了个人生命旅程中所经历的多个生命节点，进而重新审视灵魂，感受存在，体悟生命。在诗人看来，出生、童年、成长都是很重要的人生课题，但是最为重要的还是对自我的辨认和对理想的寻找。自我辨认和寻找理想二者又是相辅相成的，只有认清自己才能找到适合自己的理想和发展方向；而找寻到合适的理想是认清自己的一个重要途径，在确认自我的基础上，认清世界，接近生存真相。（范云晶）

画　面

/黄小霞

小女孩的左边是油菜花的黄，右边是麦苗的青。

空气里有泥土混合了花香的味道。小女孩的目光尽头，走来一个荷锄的人……

一位老人在墙根下晒太阳，一只猫在老人的膝盖上打盹。三五只鸡仔在老人的脚下刨食。婴孩的啼哭从屋里传出来的时候，惊飞了树上的雀鸟儿。晾衣绳上的衣服正有节奏地滴滴沥沥。一个下学的少年一边踢着石子走路，一边和晒太阳的老人打招呼。老人的眼睛眯成一条缝，笑，直到少年走远……

池塘里有鸭子在游，有鹅在叫，有青蛙在跳，岸边有调皮的孩子拿着柳条作垂钓状。有人在饮牛，有人在往菜地里担水，有风筝在飞，有稚童在跑……

——这是我曾生活和熟悉的画面，可是我今天看到的却是：灰旧的村庄，留守的老人和儿童。

我一直拒绝使用"留守"这个词，悲哀的是，我却无法拒绝它的存在。

《星星·散文诗》2016年第5期

作者

黄小霞，供职在中储粮系统。湖北省作协会员。文字散见于多种刊物。

评鉴与感悟

在篇幅不长的散文诗《画面》中，黄小霞为读者描绘和展现了两幅画面。一幅是充满生机、动静相宜、人事和谐的农家田园生态图，另一幅是灰暗、空荡、了无生趣的农村空巢图。前一幅画面，诗人用文字描绘得异常生动，极具画面感。黄色的油菜花、青色的麦苗、可爱的小女孩、晒太阳的老人和猫、悠闲地觅食的鸡仔、随风飞舞的晾晒的衣服、放学的少年、水里游泳的鸭子、欢叫的鹅……可以说，诗人在事无巨细地勾勒一个个美好事物的线条，更希望可以留住这幅和谐美图。后一幅画面，诗人没有浪费过多笔墨来描述，但是加上前一幅画面的反衬，短短几个字已经将读者可能想象出的所有细节引出。农村留守儿童和老人的问题早已成为一个难以解决的社会问题，诗人没有逃避现实而是选择以克制的方式将之转化为散文诗，值得尊敬。（范云晶）

彰化鹿港,天后宫

/黄亚洲

我要以这样的联想来理解妈祖的意义：如果在台湾中央山脉的主峰上，立起一面巨大的风帆。

一个岛屿的劈波斩浪，比任何一条大船所遇的风云，更为诡谲。

台湾原先就供妈祖，清将施琅打台湾，又从湄州带来一尊。就此，我猜想，妈祖一直在以自身分分合合的灵性，思索这座大岛的命运。

神龛里，几位妈祖均垂眼默坐，以余光看我。她们同意我的思路。

但我惭愧自己不是大副，甚至，也不是水手。我嘴里没有口令，心间没有航向。海草里一只垂直跳起的小虾，都可能比我有力。

波涛上蹿，历史落泪。

中央山脉上的那根大桅，这一刻，满风了吗？

我很想呐喊，但又不知为谁吼叫。

妈祖，似乎并没有这么感伤。她只垂眼，甚至顾不上继续看我。真相是，她拥有太多的波涛，太多的珊瑚与暗礁，太多的惨叫与欢呼，航线自在其中，而且非常准确。

微信公众号"中国散文诗研究中心"2016年9月4日

作者 —— 黄亚洲，《诗刊》编委、中国诗歌学会理事、中国电影文学学会副会长、中国作协影视委员会副主任。曾任第八届全国人大代表、第六届中国作家协会副主席、中共十六大代表、浙江省作家协会主席。已出版诗集17部，先后获第四届鲁迅文学奖、首届屈原诗歌奖银奖等。

评鉴与感悟 —— 莫泊桑说："人生活在希望之中。"这首散文诗当是应景所作，游历至此，黄亚洲的思维也如同精灵般跃动，诗中奇特的想象，真挚的情感，让读者身临其境。"妈祖一直在以自身分分合合的灵性，思索这座大岛的命运"，字里行间透露着作者的担忧，可是担忧是与希望并存的，历史的伤疤会随时间的良药来愈合。文字在黄亚洲手中，变成了船桨，变成了海浪，变成了希望。

综观全篇，运用巧妙的比喻，将妈祖这个两岸尊崇的神话形象比作风帆，暗示两岸发展方向犹如大海中船舰的航向，既固定却又充满未知。这种以小见大的创作方式，给人一种新奇的启示。视野的开阔必然会引领诗歌的豪迈，由共同信仰上升到国家情感，这首诗负载了太多，负载了作者满心的希望、坚定的信仰和无悔的决心。

将历史融于散文诗中，使得诗歌的纵横度更加宽广，也让诗歌更加有血有肉，在有限的篇幅中进行无限的情感延伸，使得诗歌更具有张力和感染力。（范快）

爱人（外一章）

/姜桦

通向野麦地的路上我捡到了一双绣花的鞋子。

啊！我的爱人，快告诉我你在哪里？

我的爱人！一百年前就已经死了。夜半，当我翻身、坐起，窗外的月亮，运载着一船旧年的铜绿。

草根里的月光

最后，露珠从叶子上滚下来，月光也一样。

乡村里的月光，最终，基本都是烂在了草根里的。所以月光才这么绿，月光才一直这么流。流过山羊的脚窝，一直流到一条条小河里。

向草根学习，学习它们如何度过这长夜；学习它们面对平常生活的姿态。

《诗潮》2016年2月号

作者

姜桦，江苏响水人。2009年加入中国作家协会。著有诗集《灰椋鸟之歌》《大地在远方》《老吉它》等，作品曾获《诗刊》《星星诗刊》《诗神》《扬子江诗刊》等各种诗赛奖。诗集《大地在远方》被评为诗刊社优秀诗集。

评鉴与感悟

姜桦总能在短小精悍的散文诗中制造出"意外"。上述两首散文诗就是如此。虽然内容不同，但是都可以称得上是"意外"。第一篇题目叫《爱人》，按照惯常思维，应该是献给爱人，表达爱意的甜蜜之作。诗人开篇就甩出了一个颇具悬疑色彩"道具"——一双绣花的鞋子（这一意象本身就具有悬疑可能），接下来是采用疑问的方式试图寻找爱人。在文本的第三自然段，故事情节出现了反转，爱人无法找到。行文至此，谜底才被揭开：所谓"爱人"，极有可能是诗人设置的一个情感倾诉假想对象，借此完成对过去、对历史的缅怀。《草根里的月光》同样如此。诗人以备受古典和现代诗人青睐，甚至是寄托了中国人无限美好情感的典型意象为题，按照正常的言说逻辑，应该是极具抒情色彩，至少是美的，富于诗意的。但姜桦又一次让读者的审美期待落空，不但将月亮可能携带的诗意因子消除，而且走向了反诗意，以无关痛痒、不伦不类的说理作结，却又说出了一个极为重要的道理，那就是如何展现真实，面对平淡。当阅读太多过于诗意和按照既定思维言说的散文诗作品，姜桦的诗歌恰好可以带来别样的趣味。（范云晶）

奔逃的黑夜

/蒋默

也许，我们对一只猫的理解局限在片面的感知里。自从谣传中与老虎竞赛失败后，猫越来越低调，最终退出了江湖，选择了隐居。

人与猫的相识由来已久，在最初与鼠辈抢夺粮食时，猫帮助了人，成了人类的伙伴。人与猫的相依相偎，是在生存的抗争中养成的相互舔伤。

这个早上，在成都的某个街头，我看见一只奔逃和哀叫的黑猫，人一样穿过人行道，有些落魄和仓皇，仿佛一个熟悉的老友，也似一个陌生的新识。我想将这瞬间的迷惑说出来，我想这茫然会不会感染路人。这个早晨的脚步十分密集，如同非洲的黑旋风，鼓点敲击水泥地，掩盖了发自肺腑的喧嚣。

一只受惊的黑猫淹没在人海里，包括它的鸣叫和鸣叫中的哀伤。我不能将一瞬间的不悦放大，又难以忘怀。

也许，猫早已不是传统意义的猫了。猫的懦弱只是它们的外表，猫的谦逊只是它们处事的习性。

它有它的梦幻和狂想，它有它的帝国。

它是它自己的世界，它的一切，包括它的高尚与卑劣，它的天才创举和野蛮行为，它的英雄气概与奴仆意识……

一只猫选择了黑暗，忍受黑暗的讥嘲和侵扰，守候着愈来愈破碎的宁静，捕捉稍纵即逝的响动。

猫有猫的气节，猫有猫的秉性，狭隘和小气是弱小者筑起的围墙和架设的篱笆，用不了多少努力它们就被攻陷和坍塌。猫挑食、猫节食，猫不食老鼠就将丧失视力，正如老鼠不啃噬磨牙，牙齿就要疯长、变形。

猫不与虎斗，也不与狗斗，更不与没有多少斗志的家禽斗。猫一旦选择了与人为伴，就接受温驯和容忍。猫的温和是一种自我保护，它没有固有的仇敌，譬如常规意义中的老鼠，也是人为强加于它的。

早些时候，人们通过猫的瞳仁判断时辰，那是因为猫在一个偶然的机会掌握了时间。时间本是一个海绵体，饱满和干枯自如，膨胀和收缩有序。猫在时间中控制了内心的情绪，也抑制了自身的生长。时间却在猫的眼中潮起潮落，像一些光滑的泥鳅和海鳗。而人们从未弄懂，以为猫总是依赖于黑夜。

猫将自己的毛发染成夜色，是便于躲避和隐藏；将自己融入夜幕中，是便于发现。猫发现了黑夜所有的秘密，但它没有告诉别的动物，也没有告诉人。

也许，猫对人心存芥蒂，有着本能的防范。猫不能理解人的自信与相互利用，也不能理解人的自私与相互欺诈。在黑夜的秘密中，人类有着不可忘却的罪孽。在黑夜制造和暴发的灾难中，人类有着不可推卸的责任。

这个早上，猫匆匆走过一条喧闹的街道，抱怨的叫唤，是对自己的不满，抑或对昨夜的不满？我不能拦下它，就像不能拦下黑夜。我对弱小者的理解，是因为自己的弱小。我不能用我的粗暴，对一只受伤的猫造成二次伤害。

我记下这些简短的文字，不仅仅是对那只熟悉而陌生的猫。坦率地说，是对自己的考问和测试。在人群中，猫不过是一片朴实的树叶，一串含混的声音，一团漂浮不定的影子。它存在于我们的身体，又远离我们。

这个早上的偶然也成为必然，猫已将咬碎的时间释放出来，黑夜之鼠，逃进光明之洞。

原创首发

作者 ——

蒋默，四川岳池人，主要从事散文诗的创作和研究，著有散文诗集《海韵》《陌生的水域》《曾经的树》等。系中外散文诗研究会会员，四川省作家协会会员，《小小说家》杂志社总编辑。

评鉴与感悟 ——

黑夜，总给人以紧张焦虑的感觉。猫的悲剧让人扼腕，作为人类的朋友，或者说人类的守护者，在蒋默的笔下，它们失去了地位，失去了往日的辉煌光彩，字句中显露着哀伤。这首诗的成功之处在于，蒋默的笔尖触碰到了人类最为敏感的神经——人性。猫的经历如同人一般，它们如同老鼠过街，竟显得仓皇和落魄，这巨大的反差让作者擦亮眼睛，去辨析这个世界的黑与白、是与非。小人当道，这或许是猫的命运。黑夜，本是属于老鼠的独有时间，亦或是老鼠的天堂。现今猫却闯进了这个时间，被人类所丢弃。人性最可怕的地方就是自私与罪恶，而黑夜仿佛成为了人性污点的保护伞，人们喜爱黑夜，喜爱那种感觉，却讨厌黑夜中的亮光，犹如讨厌猫一般，他们容忍不了黑中生出了白，他们要同化它们，抑或是消灭它们。蒋默的这篇散文诗就像一篇檄文，他在声讨着黑夜，让猫奔逃的黑夜，就像在反抗着人性的弱点，考问人性的污点，撕开保护伞，他想让清晨的阳光随着裂缝透射进来。殊不知，白昼到来，一切罪恶都披上外衣，化作空气，弥漫在天堂之都，等待着一个又一个的黑夜。（范快）

生命的另一度

/敬笃

借助疯人院的墙体，翻越人间与地狱，抓住众神的手，探讨生命的另一度。

死亡并不是急不可待，只是那岁月匆匆如是，而我们忘却了，归去来兮。

倘使我们拥有一对可以飞升的翅膀，谁也不会轻易选择平淡地度过此生，可事实却与之相悖。

有一种来自神秘国度的语言，可以超脱红尘与世俗，做一场隔空的对话，这对话体并不是诗。

微小的词语，跌落在树杈上，倒满一地的雪，见证着未来北方的足迹，你可曾踏过此地。

在生命之间，有一条横亘的河流，撑一只长篙，流向你所未知的地方，那里有你想要的天堂。

敬笃新浪博客2015年12月12日

作者

敬笃，西方哲学研究生。河南永城人，青年诗人、诗评人、译者。诗歌、评论、翻译、散文散见于多种刊物。作品入选各类选本多次，奖若干。出版有诗集《夜半听雨》。

评鉴与感悟

柯蓝在《中国散文诗大系》的题词中曾说："人生苦短，岁月匆匆，穿越激流之后，如有顿悟，我想这才是真正的散文诗。"散文诗创作真正的价值所在，正是诗人经过岁月磨砺后，由生活的认识、感受中所凝聚出的，富有个人特点和深邃哲理性的诗意。抛开华美的叙述与词藻，唯有存在于诗歌之中的闪烁诗人思想光辉的哲理，能够产生震撼人心的艺术魅力。在这一点上，《生命的另一度》确确实实地展现了诗人对于人生的特殊感悟。在诗的开头，诗人提出要"探讨生命的另一度"，但"生命的另一度"究竟为何，诗人并未道明。在诗歌的最后，一句"流向你所未知的地方，那里有你想要的天堂"，似乎朦胧地阐释了诗人心中生命的一种形态。通读诗歌，读者能够了解到，"生命的另一度"无关死亡，也与人性的挣扎没有关系，只不过是在度过一切磨难与挣扎，超脱了红尘与俗世，于纯洁之雪和被赋予了似乎与桃源乡同样意义的北方之中，回归了徐志摩诗歌那般既富丽又悠长，流动着诗意旋律的体悟里。也正是在这一瞬间，读者真正接触到了诗人沉淀在语句之中那所谓的"生命的另一度"——存在于生命和生命之间的短暂混沌，一种黎明将至，未来的不确定状态。（张彬彬）

隐约有离场的动静（节选）

/懒懒

1

进入秋季，遇见野外成片疯长的叫不出名字的植物。

让人心生恐惧，又生出归属感。

天气陡凉。他发来修改一年的情诗。

我告诉他我最近的语言障碍：缘于向内生长的执拗和皂罗袍。

他说，一个人想具体但具体不起来，感到难为情。

"受过伤的人最危险，因为他们总能履险而幸存。"

扯了两根我的长头发，看见它们交叉落在你办公室乳白色的地砖上。

我认可了这种披头散发的日子。

2

一整天都想写首诗，凑了几个词汇：蓝色的冰冷的荷叶状的咆哮。

还有些片段，我不知该怎么链接：白天在红树林海湾，看见石头，看见它们身体上泛微小的光。

你要求我走到你身边去吻你，于是我走过去吻了你。

关于自省，不敢问的恐惧总是大于不敢答的恐惧。

楼上的女人半夜里回来，高跟鞋声音总是过于沉重。

她每踏上一步楼梯，就像有一把狠心的匕首想更深入地捅入一个无头人漆黑的腹部，直到她推开门。

好的睡眠，就是没有人经过你的坟墓。

5

天气冷得刻薄，它要腐烂的部分自然剥落。

T字路口，站着一老一少两个女的。那皱巴巴的老女人说，四十几年前，村子里的女人都咬牙切齿骂她一副婊子相。

少女在听，又像没在听。

马路在下午三点显得空旷，由于没有遮挡物，好像所有的阳光都打在年少的女孩身上。

梦见被J鼓动去裸泳，穿过几个胡同。并没有河场，只是断垣残壁。后来大家坐在残壁上等浅滩出现。水浑浊冰凉，各种泡沫，藻类，小蛇浮动。没劲，我先上了岸。

住在我楼上的大姐扯下她身上的大号蓝花衣衫给我穿。

对付你，我只拥有仁慈和善良是不够的，还必须具备虚构的能力。

10

人群是没有伤口的。

"写作使我过上了两个人的生活。"

梦见的再也不说，自然就形成了体内的斑马纹。

和一个远方的人短信里说自己怎么就写诗了。

中间他即兴写了一首，很明显地闻见草灰味。

每次到快下雪的日子，总会想到煮雪花。比如，那时她坐在临窗位置。

他说今天的气温正好，不冷不热。她心里想，他是否太轻浮了。

《星星》2016年第1期

作者

懒懒，原名蔡琼芳。2010年开始写诗，湖北省作协文学院第十一届签约作家。2014年《汉诗》"新楚骚"诗人，2015年《诗歌月刊》头条诗人；诗见于《诗刊》《星星诗刊》《诗潮》《扬子江诗刊》《新世纪诗典》《青年文学》《长江文艺》《特区文学》等刊及诗年选。著有诗集《她来自森林》，居湖北监利。

评鉴与感悟

不管是分行诗，还是散文诗，语言的同质感太严重了。对于懒懒这组暗色调的作品，我犹豫了很久。我犹豫的不是懒懒这组作品的语言，而是色调。也许是我想要作品有一个光明。毫无疑问，这组作品是有异质性的。在日常的琐碎生活里找到诗意，是一个诗人应有的品质。这是一组有关内心状态的作品，揭示的是人性最本质的，那种有着矛盾体的情怀。懒懒突出内心的波澜，词语近乎撕裂的沉稳，将一个人的内心打开。复杂的社会和单纯的责任，在诗里交织。意境的挖掘和铺设不露痕迹，表现了一个诗人写作的技巧。这是一种难度写作。散文诗需要新鲜的血液来补充。这组作品也许正印证了散文诗是私人的一种宗教仪式，自由而随意，但又不失庄重。（亚男）

只有麻雀

/雷霆

比初雪高出半个翅膀，低过干瘪的草筛。饮马的泉水和喂马的草料同在一个石槽。日月之下我们都得俯下卑微的身躯，才能躲开世间的灰尘。麻雀结队压过来，假如剔除了飞翔，还有什么功名可言？

落叶的时候，大地腾空芜杂的心事。三三两两的麻雀，组合成松垮的家族。

它们低头检点阡陌上的蒿草，抚慰走风漏气的羽毛，与土地接近的色彩，时不时隐入羽翅，就像逝去的老人带走村上泛黄的往事。

照壁上的砖雕，浮现老匠人的手艺。岁月不忍心，靠风吹雨蚀剥落自己，那细微的，都是被我们称之为美丽的。因为苍老，才留恋半途的草木和花香。

那时，树叶在阳光下闪烁，人影稀疏的像简笔画的线条。

我们还固执地活在人间，一再望见缥缈的炊烟和风口里旋转的车轮。所谓缭绕，不过是世上的赞美越来越少。而当伤痕开满花朵，当中年侧身闪过，我们能够做到的，除了守望旧时的马灯，就是低下头来默默祈祷来年风调雨顺。

那比麻雀更加依恋山峦，雪后的枣树，需要备足多少花瓣，才够得着你短暂的盛开？是不是这时光的碎片，需要短暂的复合？即使这样的风雨中，也得保留愧疚的心灵。关键是能不能一眼认出官道梁上的雾霭，还能孤独，直到滹沱河褪尽最后的波光。

《星星》2016年第2期

作者 —— 雷霆，1963年生于山西原平。中国作家协会会员。1994年参加《诗刊》社第12届"青春诗会"。出版诗集《雷霆诗歌》《大地歌谣》《官道梁诗篇》《我的官道梁》。并获得过"郭沫若诗歌奖""赵树理文学奖"等奖项。

评鉴与感悟 —— 散文诗，在语境的把握和诗意的营造上，都有着其独特的艺术感受。其写作一点也不逊色于分行诗。雷霆这首散文诗，根植于他的故土，以坚毅的笔力，摒弃了生活中的杂草和喧嚣，让内心沉静。有着质感的表达，透露了诗人内心的不浮华。在节奏上，有音乐的磁性；在画面上，有绘画的深邃；在情感上，沉稳而内敛。这些无不显示着诗人洞悉事物的胸怀。山川之上，是诗人一直都在书写，对于散文诗的思考和探索，雷霆一直都在进行。散文诗不再拘泥于小花小草。沉默的故土，在汉语里崛起。这也是散文诗应该深度表达的。（亚男）

清明遇见流浪的孩子

/冷雪

你的头发已被雨淋湿，孩子，在这如尘的雨中你听到了谁的暗泣？

花朵还没有完全开放，早到的蝴蝶多像你单薄的内心？

掠过驿站上空的鸟没有留下痕迹，置身祭日里的孩子，你可感觉到我亲人般的目光，正遍体地抚摸着你？

走出驿站的大门，我就看见了岩石，干净而整洁的岩石压在你的战栗中。

我能听见你心跳的声音，像最后的音乐向上弥漫，抵达阳光深处。

只是，你看不清阳光的位置，这样模糊而疼痛的日子又能看清什么？

清明中唯一的孩子，双臂紧紧相拥在一起取暖，那件遮风挡雨的外衣何时脱落？

似曾相识的孩子，我看不见你的泪水，你的泪水是否已淹没了去年的哭声？

从苦海中挣扎出来，我的身体至今还残存着最初的泪渍，那是一种怎样的疤痕啊！

站在那里像岩石上还清晰可见的文字，孩子，雨还在下着，我无法伸出手去握住你今后的日子，我们之间还有一段距离，走完这段距离，我们就走完了一生。

微信公众号"鸿雁文苑"2016年9月2日

作者 ——

冷雪，原名张玉宏。著有散文诗集《暖阳如雪》，诗集《驿站》《冷雪诗选》。获"中国首届网络文学大赛"诗歌奖（组诗奖）、牡丹江市首届文艺精品奖文学类三等奖。

评鉴与感悟 ——

郭沫若诗歌理论的核心是"主情说"。他曾在《革命与文学》中提出"文学的本质是始于感情而终于感情的"这一观点；并在《论诗三札》中提出诗歌的内在韵律便是"情绪的自然消涨"，"情绪的律吕，情绪的色彩便是诗。诗的文字便是情绪自身的表现"。可以说，好的诗歌是饱含了诗人情感的精华，而《清明遇见流浪的孩子》正是这样洋溢着诗人丰富情感的作品。

在诗的中段，"似曾相识的孩子""我的身体至今还残存着最初的泪渍"两段文字的出现，为"孩子"这一单纯的物象赋予了更高一层的含义，使"孩子"从受局限的概念中跳脱出来，成为一种更为广阔的意象——人的精神形态。在这一瞬间，诗人与"孩子"的形象重叠在一起，读者亦和诗人的形象重叠在一起，三者之间产生了一种独特的情感共鸣。也正因为处于这样一种状态中，读者才能够真正意义上地伴随诗的韵律，游荡在诗人饱满情绪的河流里，突破文字的界限，跟着诗人的意识流动，穿越时空，在那个下了雨的清明里，和哭泣的孩子相遇在驿站的一角。透过抒情的描写和诗人对"孩子"独白一般的关怀，凝练出苦难和迷失之中心灵的写照，在诗的最后达到"走完这段距离，我们就走完了一生"这样一种人对精神故里的寻觅与徘徊。

（张彬彬）

披褐者（组章）

/李俊功

无我

安置辽阔的聆听。

静默于彼此。

自然安好，一张无限之大的产床，安好于心灵无声的分娩。

度过黑夜的花，举着长翼。飞越山涧的鸟，临近未改的初心。

数一数流年，迎我以惊喜。

但，我于欣喜的花草和鸟语，做到无我。

静态

在身周的平原漫步，无语，河水映亮今年的新叶。

古老泡桐下观云，丈量一万分心愿。

迟缓是最美的怀念。

一群喜鹊探望过一个人平静的秘密，飞过古村、古城，出现在隐喻的
天际。

舍弃旧有罪恶，四野浩大无边。

回眸。瞻望。

等春风频来，我不愿老。

正如谁写下：怀艮附远。

之后，一生辽阔。

城堡记

不灭的脚迹，烧制的砖瓦，手印上烙刻发烧的岁月，终于可以寻觅的醒记。

一切，或者星点的疼，一壶酒的痛饮。

醉。醒。半醉半醒。

假寐者睁着红肿的眼，偷觑历史的漏洞。

争夺嘈杂的制高点，他的溢满骄横的胸腔，宛若一座废城。

在短暂的繁华和破裂砖石上，演出无数次的筑城记。

发疯的尘土四射。一场雨来不及悲伤时，乱飞的云燃烧。谁能够剥开笼罩他头顶的铁锁，以及戴在头顶城堡的华冠。

他有足够的勇气自造无知、谎言和光阴的把柄。杀戮者笑声的粉碎机，埋伏在瓦砾断草与黑夜深处。

看不见的城市。准备既久的逃脱，一条河流穿过垃圾场。

王者揉皱的绶带，扔弃着两条狗的争执。

异国城堡，它的秘密，一次复一次的毁城记，恰似诅咒般长短。

大地之广

豁然敞亮的湖水。记忆的照见。

这个夜晚突然而至，融化的乡愁，擎举无疆灯盏。

开闸的眼泪，惊醒于天地之广。

本性之纯。隐形的脚步，于瞬间抵达。

112

熟悉的江山，一饮而尽的胸怀。

沉郁而孤独地探问，淘井的灵魂，愈加清净，深廓。

命运交叉的悲辛与智慧，绽放无量莲花，有更加邈远的目光，不语的心，只需在雪朵里掌握春天。

只需在一镰明月里刈割悲悯的风声。

《星星》2016年第3期

作者 —— 李俊功，河南省通许县人。作品散见多种选本。获得首届中国鲁藜诗歌奖、中国天马散文诗奖等。出版诗集《梦园》《弹响大地风声》《五种颜色的春天》（合集）、《长昼》等，主编《河南散文诗九家》《中国散文诗12家》等。

评鉴与感悟 —— 李俊功生活在中原大地，如麦粒的汉字在他的意识里，有着生命的疼痛。不华丽的辞藻，朴实而尖锐。这来自内心的孤独，风也是忧伤的。城市和河流，在矛盾的现实中愈发变得不可思议。责任和思想，对于一个写作者来说，是必须具备的良知。他的这种散文诗是诗人对事物和现象的思考。他巧妙地没有铺设多么壮观的景象，而是安静诉说着人间那些不可忽视的痛，其实是人类自己造成的。这种声音是坚定的，也是义无反顾的。这样的作品，与时下一些散文诗是格格不入的。我认为这是值得推崇的。散文诗要跳出一种小我的境界，大写人类。我认为是不能遗忘这种写法的。（亚男）

古朴的农具

/李凌

我依稀认得他们:

大斗、石磨、坎土曼、马灯、腌菜缸、马镫、手钻……

在这个上午,一一打量他们,就是在喊颂我的兄弟姐妹。

在那令人心醉和痛心的年代,他们镶嵌着我的多半个童年,尽管那时他们也竭尽全力,耕地、刨土,打粮,颗粒归仓。

照亮路程,打制家具……让每一个日子都丰富饱满。

当然,还有那硕大的大斗,自然也埋下仇恨的种子。

而我却再也无法把他与"五体不勤"互为映照,那些已经走进记忆的场景,不过是陪衬,陪衬着日子由远而近。

而这些古朴的农具,他们也不愿再开尊口。

他们说完了自己要说的话,干完了自己要干的活儿。

就像风烛残年的老人,表面的平静下面,暗暗流淌的血液。

有血雨腥风,也有艰难困苦,有改造自然,也改写历史。

有扑朔迷离,也脉络可循。

即使渺小,只要他们停留过的地方,就会生长五谷。

无论是在高处还是低处，也构筑了自己精神的高地。

只要我们凝神静气，就会发现，它们身上仍然炊烟袅袅，散发着浓郁的奶香。

《诗潮》2016 年 7 月号

作者 —— 李凌，生于 20 世纪 60 年代末。著有散文诗集《西极》，散文集《和大地一起跳动的鼓声》《紫葡萄绿葡萄》。散文诗、散文作品多次获奖。参加过第十四届全国散文诗笔会。

评鉴与感悟 —— 历朝历代，农具不断得到创新与改造，每一时代的农具都千差万别。农具在某种意义上，承载着信念，同时又是一种劳动的图腾，凝聚着游牧民族人的勤劳与血汗。"大斗、石磨、坎土曼、马灯、腌菜缸、马镫、手钻"等这些古朴的农具和那个时代的人们融为了一体，是我们现代人所无法感知的非机器时代。它们勤勤恳恳记录了这个时代的所有，即使默默不语，身上的风霜也足以扛鼎。在那个令人心醉和痛心的年代，人们的生命在此地上被消磨，这些农具的生命也在此地上被消磨。硕大的大斗埋下仇恨的种子，构成了作者生命记忆的一些碎片。通过这些碎片组成的意象，传达作者对生命的深刻理解。当最美的年华被消灭殆尽后，也就变成了风烛残年的老人。这些古朴的农具与人们饱经沧桑，经历时代的变化，感受着这个时代给他们带来的酸甜苦辣。这种滋味只有经历过后，才能慢慢去回忆与品味，因为那是刻骨铭心的痛。无论如何，它们为那个时代做出了重大的贡献，谱写着时代的赞歌。诗人用最简单的文字，最通俗的语言，向我们传达了他生命的一些碎片的记忆，用这些记忆组成了那个时代的声音，让人回味无穷。在诗人的笔下，古朴的农具变得不平凡，具有了生命的力量，拟人化手法的运用，更为诗歌注入了新的活力。（何文霞）

仓颉祖师在上

/李明月

一场词语的大雪，在这个夜晚，纷纷扬扬，落满了我的四周。

我却对渴望了多年的夜晚感到惶然与无奈，我感到了满眼白色的虚无。

一场铺天盖地的词语大雪，从我不可及的高处突然君临，让我猝不及防，让我感到柔弱和紧张，让我一阵阵透骨地冷。

我想找到和温暖有关的词，可我看不到它。

我想找到力量的词，我也找不到。只有白茫茫的，雪在雪上。

我甚至要找恐怖的词，借助它壮胆。平时它总是让我在夜晚惊醒，现在，没有。它不再恐怖了，它像一只把头缩在壳里的小蜗牛。

那些名词、动词、形容词、感叹词一个也不肯走出来。

我渴望多年的夜晚，成了一个人和一场大雪。

突然，有声音向我围拢。它们，这些词，它们想干什么？它们会异口同声吗？还是要借我的口说什么？哦……

"我知道你们！想要回去，但现在不行！"我终于大声说出了。

此刻，我跪在雪地，叩首：仓颉祖师在上，所有的汉字在上……

一个个活生生的汉字，当初造字的祖师仓颉，从树木和花朵中提取枝条，从事物的原形中绘声绘色，还原于生命的本源中。

一个汉字，一颗心，一个个词组，道在其中。

五千年长歌如诗，每一个汉字都是一颗闪耀的星辰。君臣使左，我们配伍组合，演绎先天，彰显美善与乾坤正气，我们用真心把汉字穿梭织锦，成为一篇篇锦绣，成为传承的经典与人间的精气神……

五千年长歌当哭，现在，这些汉字，被一些邪念利用，被私心物欲污染，被肆意折腾，驱使奴役，呜呼……反其道而行之——

道：乃自然之法，事物的本源，人之先天……

现在，我们渐渐清醒了，一些人已经走在回来的路上……

……

静，空前的静，所有的词语都不作声。

出来一个，踩着别的词的肩，我一把抓住了"调皮"。

身子突感热烘烘的，原来是"温暖"站在身边。

一阵暗香拂面，是一枝梅花在我的头顶"芳香"着。

"美好""清明""纯净""飘然"都一脸萌动，在等着。

一个词对我设置了一个"陷阱"，被我揪了出来。它说"小心眼"。看来，我需要大气些，就像这场词语的大雪，我要借机打开，隐藏在事物中的一个个潜伏的我，不再分别、对比和排斥，才能接受上苍的全部给予——

那些美好诗意的词舞之蹈之；

那些中性的词暂时不露声色；

那些动词和形容词自动配合；

那些阴暗的词站在我的身后，

感叹词一声长啸"啊——"太阳冲出了山顶。朗朗乾坤，清明人间。

《诗潮》2016年2月号

作者

李明月，写诗画画，素食参禅。2013出版文图全彩精装绘本：《每个人都是一盏灯》《每件事都是一扇窗》《智慧的锦囊》《幸福的妙方》，曾出版绘本《美丽心机》《图说养生经典》等。2014年获《诗人文摘》年度诗人，2015年获《诗网络》诗刊年度诗人，2016年获《网络诗选》十大诗人榜。

评鉴与感悟

《圣经》，在《新约全书·约翰福音》开篇便道出"言"与最初世界的亲密关系："太初有言，言与神同在，言就是神。"对于写作者而言，语言的重要性不言自明，而如何保持词语原初的纯澈和自然本色，是语言保持神性以及自在性的重要方式。李明月的这篇散文诗恰好是关乎文字以及词语的反思之作。诗人虚拟了与神灵对话的场景并展开言说。所谓神灵并不是一般意义的神灵，而是造字之始祖"仓颉"，在带有致敬和自省双重意味的对话中，李明月表明了自己的语言观和写作立场。诗人以设置悬念的方式开篇言说，首先指出了词语被役使、被异化以及被篡改，从而失去了天真、澄澈本质的事实。在被污染的词语书写中，"我"也被修改得面目全非，甚至失去自我。在诗篇最后，诗人鲜明地表达了自己的语言立场，那就是返回词语开始的地方，还给语言和生存的"朗朗乾坤，清明人间"。相对于由事件、场景和细节展开言说，用散文诗的语言来说理，阐明自己的语言观，也算是一种开拓。（范云晶）

那些时光

/李需

隔着一声薄薄的鸡啼，淡淡的，像雾，像烟。

摇着拨浪鼓卖冰糖葫芦的老爷爷；

推着小平车卖豆腐的叔叔；

还有，提着夏日的蝉鸣一声紧一声慢卖冰棍的小姐姐。

那些时光，隔着一片薄薄的星光，浅浅的，如梦，如幻。

小小的贫穷，像肋骨上扎着的一个小小的刺；

小小的温暖，像奶奶给我挠痒痒时那小小的疼。

那些时光，隔着一层薄薄的尘土，飞扬着，飞扬着，就把半个世纪淹没了。

我站在时光的这头，伸手去摸。摸到的却是

——厚厚的怅惘！

《山东文学·下半月》第3期

作者 李需，男，1963年生于芮城。作品散见各类文学刊物，入选《中国年度散文诗》等多种选本，已出版作品集5部。

这篇散文诗是李需的一个组诗《内心的散步》中的一章。内心的散步，是诗人心灵活动的记录，"散步"体现了他的自由度与轻松感，决定了其情感、情绪的淡定的走向以及风格。我以为这种淡定的风格、轻松的状态，是散文诗抒情方式的一种可取途径，朴实亲切，没有人为造作的缺点。那些时光，不过是对于逝去的乡村生活的自然回忆，请注意他以"隔着一声薄薄的鸡啼""隔着一片薄薄的星光"与"隔着一层薄薄的尘土"这样三次"薄薄的"事物为媒介的结构技巧，这种重复别具匠心。鸡鸣是黎明，星光是夜晚，而尘土则是一种"隔膜"了。"淡淡的，像雾，像烟"，"浅浅的，如梦，如幻"，用词，意象，都很有讲究，隐含着心理的、情感的色彩，和"尘土"之"飞扬着，飞扬着，就把半个世纪淹没了"形成尖锐的对比。这些地方，作者是颇富匠心的。于细微处见精神，是此诗取得艺术效果的重要原因。鸡鸣和星光中包含着往昔乡村生活温馨的甜美回忆，而被飞扬尘土淹没的，便是远离乡村，生活在城市的"厚厚的怅惘"了。这一对比处理得不动声色，颇见深沉，不仅充满了对昔日的思念，也透露了远离乡村生活在城市的默默乡愁。（耿林莽）

摇椅（外二章）

/李长青

继续静静注视着：祖父，在简陋的书房一隅，用片假名，拼出下弦的余音。祖母午睡于藤制的摇椅，梦中仍曝晒着，一丝一缕，棉质的青春。

继续静静注视着：坐月子的母亲，在新隔间的卧室抚着并且想象：我，长大之后的模样。在工地裁切生活的父亲，将手中安静的硅酸钙板，一尺一寸，铺排成为家的形状。

继续静静注视着：我，身陷陌生文法的玩具说明书，以螺丝起子凿开，一培一搂，全球化的土泥。妻在油盐柴米熠熠熏熏的排油烟机旁，奋力刷洗童话的锈斑，以及锅碗瓢盆里残留的爱情。

继续静静注视着：电视机前的老大，擦拭涂改的国语习作，并且想象那些成语，一字一句，原来的苦衷。老么正匍匐经过，曾祖母留下来的摇椅……

鹰架

黎明时分，它静观风云涌动，却已开始想见初生的暮色。围篱与盆栽都在看，高处，不胜寒。

日正当中，造景已拓印成高山与流水，帆布也晾干了唯一的诺言。犹记得曾经沧海，曾经隐晦。

黄昏低沉的倦鸟，已经不再迷信彩色的羽麾，曾经长啸，曾经短唱。曾经鹰扬凤翔，曾经流离翻飞。鹰架怔怔望着，逐渐淡去的余晖。

行云

额际抚过流苏，漂泊的容颜。

时光折射，隐匿，静止，于天色的回廊；云气类迷我们，铺排我们共存的城市，边界在山海中将暗未明。

行云寂静，勾勒出心事的秘境。云气豢养我们，容纳我们肃穆的形迹。

墙垣在虚实之间缥缈，边界倾毁，我们终于成为一切可能的迷茫；只剩羽翼，极尽一切可能的飞行。

行云抚过额际，漂泊的容颜。在回忆深深处，山岚消散的地方。

《湖州晚报·散文诗月刊》2016年第5期

作者 —— 李长青，1975年生于高雄，现居台中。曾任台湾现代诗人协会理事，《中市青年》主编。现为《台文战线》同仁，台中市文化推广协会理事，静宜大学台湾文学系兼任讲师。著有散文诗集《给世界的笔记》，诗集《落叶集》《陪你回高雄》《江湖》《人生是电动玩具》《海少年》《风声》等。

面对媒介时代瞬息变化的万花筒形态和社会空间的现代挤压感，李长青的散文诗从日常生活事件和人伦情感以及生存状态入手，既表达了诗人对消逝生活的怀念，也传递出其笃定的审美诉求和生活旨趣。他的散文诗在咀嚼亲情的回忆中浸透了岁月易逝的感喟，就情感的浓郁度而言，《摇椅》蕴藉悠长。此外，李长青的散文诗尤善借物抒怀，他借"鹰架"展示生命的辉煌瞬息，暗含生命的哲理。他写"行云"，以静写动，借"行云"在时光穿梭的寂静、虚实之境中的飘动，反衬现代都市生活的庸碌繁忙，抒发无限的漂泊感和容颜易逝的伤怀。（孙晓娅）

静思三聿（组章）

/林锡嘉

烟灰缸

老朋友忘了我从不抽烟，竟送我一个白瓷烟灰缸，方型，缸里会有一条庄严而灵动的金龙。

但它一直蛰伏在白瓷烟灰缸里。

多少年来，烟灰缸，我仍然把它摆在书桌上，既无烟也无灰，好像岁月不再移动似的，静。

有时候忘了时光岁月，遂用手上的笔轻轻敲它一下，发出一声清脆的时间的脚步声。有时拿一只回形针丢到烟灰缸里，让时光在缸里跳动二下，去感觉时间的脉动！

竹剑心事

我的皮箱里藏有一只竹剑；少年时候，自己动手削竹成剑，与玩伴比剑。

岁月久雨，竹剑湿透心，拔不出剑鞘。步入中年，竹剑被弃置在黑暗的心室，在繁重的生活担子下慢慢被遗忘。

中年以后，面对社会这么多刀光剑影，唇枪舌剑，才想起皮箱里湿透了，拔不出剑鞘的少年竹剑。

这一天夜里，我在刀光剑影中吓出一身冷汗。醒来，奋力拔出湿透了的竹剑，冷冷地刺入直不起来的社会背脊；社会叫不动也不叫。

少年竹剑，少年竹剑！

"阿公，您怎么啦？"

阿孙摇摇我肩膀，不意，肩膀竟无力地垂落在荒谬的纷扰中。

水与海洋

不小心打破玻璃杯，尖锐的破裂声音只一下子就消失了。

可我却在桌面上四处流窜的水里听到他们的对话。

"我感激破碎的玻璃杯，我赞美他。就由于他的破裂让我能重回海洋！"

"难道这明亮的桌面，你错以为是海洋？"另一摊水问。

他默默不语地望向青蓝的天空。

锁与灵魂

钥匙，插入你的锁孔里面，一直锁着你的锁，我进去找寻解开你的锁的一些密码。密码，凹的我跟着凹，凸的我也跟着凸，一个斜坡处好像是比较困难的重要点。好像要去解开一个人的灵魂一样，孤独的灵魂尤其不易，孤独里永远有一道坚固的藩篱，堡垒一般坚固。

而当我这把钥匙不断摸索融入，好像又卡到锁的眼睛了，也感觉到灵魂颤动了一下，锁开了，他好像对我眉开颜笑起来，整个地向我开启了。

一个深闭的锁，一个深闭的灵魂，就这样向我开启。

伪君子

夏日午后，骤雨说来就来，为了躲雨，我走入老街的廊道。眼前刚好是一家小商店，有点古老的气氛。橱窗里摆着一个小型玻璃框，玻璃框里展示一条金链子，吸引我的目光。而令人好奇的，是这串晶亮的金链中，我发现有一节生锈的铁环藏在其中。有如一长串优美的音符中突然冒出一个不和谐的音符。突兀，令人不解。而就在玻璃框下方，贴着一片小牌子，上面写着"铁链"两个字。原来这个生锈的铁链才是创作者的本意，这一节小铁环才真正显出铁的本质；而其余一整条金质的链子，只不过是一群美丽的伪君子！

《湖州晚报·散文诗月刊》2016年第5期

作者 —— 林锡嘉，1939年生于台湾。担任大专院校散文、诗辅导讲师及文学奖评审。1980年创编台湾《年度散文选》，成为台湾散文文学年选之典范。2014年创《华文现代诗》并任总编辑，并借诗刊创立"散文诗森林"，作为台湾散文诗作者耕耘切磋之园地。

评鉴与感悟 —— 林锡嘉的组章《静思三聿》平中见奇，从《烟灰缸》《竹剑心事》《水与海洋》，到《锁与灵魂》《伪君子》，这些散文诗都具有于平淡之物中寓人生哲理的特点，理性思辨的意味颇为浓厚。如《竹剑心事》，诗人借"制作竹剑"和小物件——"可娱乐的竹剑"，审视从少年到中年再到中年之后，在不同生命时段中责任与担当的内涵。"竹剑"蕴蓄了一种社会正义的力量，"冷冷地刺入直不起来的社会背脊"，去结束"荒谬的纷扰"，这样的语言有一种穿透力、震慑力。《水与海洋》通过"水与海洋"之间的对话，展开诗人对生活态度的思考，对自然本然规律的崇尚，对生命获得解放和自由权利受到尊重与肯定的渴望。在《伪君子》中，诗人以反叛的姿态揭露冠冕堂皇的"伪装"，揭露人性的虚伪，否定"失真的美"，林锡嘉的散文诗可贵之处在于葆有反省与审视的批判精神。（孙晓娅）

清 明

/林溪

兄弟，我先干为敬！

世间的事情，你说放就放，只是我们庆祝的礼炮，哑了就没法再响起来。

香车、美人、大别墅，都可以逐一而过。

但未竟的雄图大业放在那，就像一颗扔出去的炸弹，它吱吱地响着，摇晃着白烟，拼命为我抵抗数九寒冬。

兄弟，这一杯我敬你！

我怀念你笑而不语的样子。

晃动的红酒杯，在你的手里可以装下江阴，也可以装下上海，当然也能装下人世的酸甜苦辣咸。

我怀念被你简化的光芒。

是你告诉我什么叫兄弟：互相搭台好戏连台，彼此拆台大家坍台。

兄弟，我们再干一个。

疼痛和欢乐一样，都曾充满我们的天空，扯到哪里都会流血，碰到哪里都有泪花。

我正在崎岖的山路上，深一脚浅一脚地摸索前行，不宜多饮；老王把沉默活成了一种态度，但大家都知道，他心里还装着滚烫的火焰。

红桃六是海量，让他陪你再整两个吧，反正你醉了可以继续睡。

《散文诗世界》2016年第3期

作者 ——

林溪，1981生于安徽亳州，2003年毕业于辽宁大学中文系，安徽省作家协会会员，发表散文诗多篇，获2013年金穗文学奖。现居上海，有散文诗集《老虎》、长篇小说《烈焰》等。

评鉴与感悟

清明是中国的传统节日之一，也是重要的祭祀节日。诗人以清明为题，表达对逝去朋友的一种深切的怀念。林溪诗歌创作的灵感源于日常生活，他必然是一个对生活有着深刻理解的人，懂得享受生活带来的快乐与痛苦。读他的诗歌创作，我们内心有一种无声的波澜在涌动。因此他的诗歌是从内心深处真正流淌出来的。《清明》一诗中，诗人将礼炮、香车、美人、大别墅、红酒杯、江阴、上海、天空、山路等众多意象融合在一起，灵动但不凌乱，写出对生活的理解与感悟。林溪驾驭文字的能力主要体现在对诗歌主色调的控制上，这首散文诗带着诗人淡淡的感伤之情。既然朋友已经离开人世，就不要再去牵挂世间的一切，否则将是徒劳。我将坚守我们的目标，因为它能给我力量与温暖。作为兄弟，我感念你的雄才伟略，你的豁达，你的帮助。但是我最感念你的存在，感念我们恣肆的曾经。兄弟，曾经岁月如歌，永远铭记于心，愿我们岁月静好。我们每个人都不会忘记你，都在用我们自己的方式记住你。诗歌用最简单的语言传达着最真的感情，因此他的诗歌纤巧，细腻而灵动，意味绵长，值得我们细细品味与雕琢诗人的别具匠心。（何文霞）

台湾三叠，或者对抗、
和解与信仰

/灵焚

路过苏澳港

一座桥，隔开渔村和军港。

小小海湾，多少年的日出日落。一手提着渔网，一手握着枪。

苏澳港，为了那些记忆中的对抗而备战。涛声拥挤，浪花千万次踮高脚跟，仍然无法把意识形态的渲染望穿。

当乡愁与敌视瓜分了关于亲情的一切想象，回不去的家园，斜阳复残阳。

等待不会因为日出日落突然拐弯，盼望在梦里梦外往还，潮落又潮涨……

也有那么一天，有人说起一个名叫澎湖湾的地方，哼唱那里的"阳光、沙滩、仙人掌，还有一位老船长"。而那时，老人眼中的大海，已经不再波光荡漾。

衰老的船长已经想不起一位被子女们称作外婆的女人。更记不住了，那个女人还等在他回家的路上。

苏澳港，苏澳港，一张破旧的渔网，仍然挂在两杆锃亮的枪口上。

苏澳港，苏澳港，老船长的皱纹还在晚风中飘荡……

2016年4月28日于苏澳港某餐厅

在梅花湖畔寻找桃花姑娘

多少烟雨，南朝的楼台只剩下一座三清宫了。还有这亚热带的初夏，我这被一路细雨打湿的小忧伤。

在湖边，野鸭们的调情相安无事。而我拐进湖边娴静小院。主人说：这里是"小熊书房"，用湖水喂大的咖啡屋。

好吧！那就来一杯名叫桃花的咖啡，让我向你打听一位名叫桃花的姑娘。

去年今日，造访此门的另有他人，别人的人面桃花与我无关。我只是路过这里，来到梅花湖，为了寻找一个名叫桃花的姑娘。

不远处的游船码头，同行的伙伴谈笑风生，我不愿搅乱大家的游兴，只想借此一憩，安放自己的这一朵小忧伤。

临走了，蓦然回首，一块石头矗立湖边，它正双手合掌，祈福我的桃花姑娘……

2016年4月28日于台湾宜兰梅花湖畔

淡水河畔的午后

一只皮箱，一本圣经，马偕博士找到了自己的墓地，找到了缘分中的家园。

在淡水，2016年午后的海风，还在托举着一艘1872年的客轮："海龙号"。人们记住了这个名字，3月9日午后3点，历史镂刻着这个日子。

一个平凡的午后，因为一个传教士的到来获得了特殊的意义。

殖民者？
抑或救赎者？
马偕博士以半跪的形象被后人塑造。

在价值的天平上，任何善良的愿望同样需要接受动机的审判。

淡水河畔，也许一座教堂的落成，并不会改写妈祖娘娘的香火。而一个男人的上岸，却丰满了一部地方历史的性质与走向。

淡水河的午后，我只是路过，像一阵微风，从海上来，取道这里的祷告与香火。

2016年5月1日于台北淡水

在天涯，看不到天涯
此时的北方依然被一条围巾裹着。
在南国，阳光抱着几块石头，脚踩沙滩，面朝大海。来到这里的人们都说，这里是"海角天涯"。

天涯，被浪花拒绝的最后一寸陆地还在脚下。不正是脚下的这些泥土，让大海拥有了边界？
那么，究竟谁是谁的天涯？

我不相信尽头，不相信这个世界有一种结束不是开始。
在所谓的"海角天涯"，多少人手里依然捧着贝壳，依然忘我地俯拾大海的碎片。
没有放下沿途的人，怎能抵达天涯？

一瞬驰思，涛声咫尺。一阵微风足已踩乱来路的远眺，归途的回眸。何必如此自作多情？在天涯，你仍然看不到天涯。

2016年1月11日海南归途中

微信公众号"我们" 2016年6月8日

作者 —— 灵焚，本名林美茂，1962年生于福建，现居北京。日本归国哲学博士，中国人民大学哲学院教授、博士生导师。出版学术专著、合著、译著、编著等多部。"我们——北土城散文诗群"重要发起人、组织者之一，出版散文诗集《情人》《女神》《剧场》等。

评鉴与感悟 —— "三百年间，诗人何为？"郭沫若的追问一直回响到今天。"诗人何为"，我相信这是灵焚以及他和周庆荣等同仁共同推动的"我们"散文诗群最有价值的建构和追问。灵焚的这一组诗呈现了历史的现实路向，通过融合理性和生命的矛盾，建构一种美学思维："对抗、和解与信仰"。台湾，是一种现实，灵焚总是能牢牢抓住现实，关注现实，对这些现实进行审视省察和哲理思辨，他直指当下，也呈现内心。甚至，他更愿意将内心私性的经验寄寓给诗歌，在时空的交错中孕育一种圣洁的感情。苏澳港那位老船长揪心的等待："等待不会因为日出日落突然拐弯，盼望在梦里梦外往还，潮落又潮涨……"淡水河畔那位传教士所遭遇的非难："在价值的天平上，任何善良的愿望同样需要接受动机的审判。"在天涯海角处生命意志的舆情："没有放下沿途的人，怎能抵达天涯？"灵焚一次次在扬弃中肯定那些天光下的澄明，并在混溟的境界中为"言"找到"意"保留了通道。他的诗学探索的意义在于："一个男人的上岸，却丰满了一部地方历史的性质与走向。"以自由生命为本体，于灵焚，不是宗教，而是散文诗。（薛梅）

与六朝松站在一起

/栾承舟

李邕（唐代书法家，他工文，尤长碑颂。善行书，变王羲之法，笔法一新）之书，每一道笔画都从心里一丝丝渗出，有宗教的玄机。

六朝松（南朝文脉流传千年，历丧乱而不息的象征），两位长者，在百世千世的岁月面前，像一篇史记。

它的世界，雷霆万钧，万籁俱寂。

学子佛子（有佛那样的圣性，能继承如来觉世的大业，所以名为佛子，是至高无上的尊号。一般由朝廷加封。最尊者称"佛子"，次者尊"国师"，再次尊为"法王"）一茬茬长大。

山花野草老了，老成山中的一声虫鸣，老成山崖罅隙间的一个水滴。

白鸟，无人无我，飞出天际彩虹，朗朗书声。

肥美的，浆果一样饱满的热望，在每一个前人后人的吟哦间，一个个绿了。

松枝高过尘世，有沉默的指尖，他的心中，有一个须弥世界（无边无际的空间世界）。

一只蝴蝶，宛若是从六朝飞来；宛若六朝兄弟的一个旧友。

它的家，有独立的谷仓和花园。

它的翅，有像太阳一样蓬勃的体温，播撒莲的芬芳……

《东京文学》第6期

作者 —— 栾承舟，1981年开始写作并发表作品，小说、散文、散文诗、评论见诸600余家报刊，入选100余种选本，出版散文诗集《相约在春天》《跨越》《结合部》三部，散文集《为自己歌唱》，小说集《舔刀子的羊》等。2007年，获中国当代优秀散文诗作品集奖。

评鉴与感悟 —— 六朝松是六朝的遗物，是一棵历经千年的古树。尽管这棵古树整个身体都被搀扶着，外皮斑驳，但它的树冠却一律伸向前方，仿佛不愿意失去斗志。与这棵千年古树站在一起，一种历史的沉重感油然而生。栾承舟的这首散文诗充满了哲理性，优美的文字、跳跃的语言将那沉重的历史感一一道出。生命是一道减法，总有一天会归于零，就像花会凋落，草会枯黄。这是自然规律，非人力所能更改。延长生命只有一个办法，那就是拥有一颗不老的心，用作者的话说，就是心中"有一个须弥世界"。这是人间大爱，能够包容世间万物，能够坚韧不屈，于世俗中洁身自好，永远保持一颗积极向上的心。（孙冰）

七月的新娘

/罗广才

　　她更喜欢冬天，喜欢冬日的阳光打暖她如瀑的长发，喜欢暖冬的河流一如往昔地明澈。

　　只是将冬日洁白的雪花默默地收藏，就像她掩饰心碎的忧伤，作为唯一的嫁妆，做七月的新娘。

　　所有的幸福都不是一路走来。幸福也是别人的幸福。

　　七月，是最容易动情的季节，一如她的温度。她的心还活在冬日，静静地结着冰，七月是冰面上整片整片晶莹透明的伤口。

　　七月的新娘寂静地笑着，复制着一张张同样笑容的脸。目光也随之在热闹中游离，脑海里又想起外婆低沉的话语："闺女啊，女人好几千年了，都是这样过来的，命啊，你不信它也照样安排好了啊。"

　　脑海里好像突然长出许多只手，抓啊抓啊，可是什么也没有抓到。想到那只恋母的小白犬，在失去妈妈后好像人一样沿着公路顺着悲伤走，和如今的她一样，从此浪迹天涯。

　　七月，一个离别或者相遇的季节，没有玫瑰往事，爱家的长女成为七月的新娘。七月的新娘，在心中默唱那支歌："夜已深，还有什么人，让你这样醒着数伤痕。"幽忧的林忆莲幽忧的《伤痕》。

　　想想小弟有着落的学费和妈妈可以重新获得健康，决定什么也不再想，从容着做七月的新娘。

西风东渐，七月的新娘，怀抱冬日里珍藏的清凉，羞涩地让过往的阳光失去光芒……

《湖州晚报·散文诗月刊》2016年第1期

作者

罗广才，1969年生，祖籍河北衡水。作品收入《中国新诗300首（1917—2012）》《读者》《书摘》等200余种诗歌选本和文摘期刊。诗歌《为父亲烧纸》在民间广为流传。著有诗集《诗恋》，散文集《难说再见》，诗文集《罗广才诗存》。

评鉴与感悟

辛波斯卡在获得诺贝尔文学奖致辞时说过：诗人总有关起门来，脱下斗篷、廉价饰品以及其他诗的装备去面对——安静又耐心地守候他们的自我——那白皙依旧的纸张的时候，因为这才是真正重要的。罗广才的《七月的新娘》就具备了这样的特点：不是用句子表面的东西来渲染，而是通过语言内部的东西，用朴素、诚实无华，给读者以亲切感和亲近感。（刘萍）

不舍昼夜(组章)

/马东旭

活在干净的人间

黑夜泼溅着什么?

他们的卷曲、偏执,内心的孤独绵延。在小小的蒲团上,我是自己的部落与江山,以草木洁净肉身。以大把的光阴,细嗅蔷薇。闪亮的嘴唇忽然张开。

坐一枝禅香。

我感觉,拥有了平原所有的宁静。淙淙的申家沟,宛转而去,每一滴水都是我的亲,每一滴水里生长的万物都是我的亲。

暴雨骤至。

听松子滚落。

——芸芸众生在大千世界里踢蹄,不舍昼夜(不放弃白天和黑夜,比喻夜以继日)。

空村

我敬拜。

向着广阔的豫东平原。

神呢？在废墟上移来移去，草虫乱鸣。他该如何守住本土的香火、鲜花、梵呗与金顶。

神在申家沟闭上了眼睛，也没有用。

神在申家沟举起了双手，也没有用。

神在申家沟泣不成声，也没有用。

村庄只剩下三五个老妪：耳聋的、眼瞎的、腿跛的，在这绝望的世界里，活着。神穿过她们，像穿过一片衰朽的密林，喧嚷如谜。

愿我在尘世

愿我在尘世。

获取一所房子。愿房子里有香木、蒲团。有神龛，可供养。有我偏爱的蝴蝶环绕。愿我在尘世，获取一匹白马，它的四蹄闪耀，隐在美丽的草原，我偏爱那父亲的草原，母亲的河。

寂静，从四周降临。

辽阔的蓝，降临。

我听见，明亮的花朵在耳旁绽开。想着想着……这黑色的悲痛之大水，就远离了家园。然而，此时，我坐在平原的屋顶冰凉，落发纷纷。

生不出一颗细小的泪水。

归宿

在这个世界上。

秋天深了。

我不再执刀、云游，唱大风起兮云飞扬，返璞归于河南。我提着红灯笼，细细打量家乡的房屋，每一平方米的寂静。与草木，安于这古老的平原，天苍苍，饶益众生；它的高远和宁静，我只能动用修辞的手法。我要做个良人，画荻教子。

收拾自己渺小的山河。

越鸟，你就巢南枝。

胡马，你就依北风。

灵魂受到推搡，去老死他乡吧！

作者

马东旭，1985年出生，河南商丘人。作品散见《诗刊》《诗潮》《星星》《绿风》《诗林》《诗选刊》《诗歌月刊》《散文诗》《青年作家》《青年文学》《山东文学》《草原》等百余种刊物，入选《中国当代散文诗百家精品赏读》《中国年度散文诗》《中国散文诗年选》《中国年度优秀散文诗》《大诗歌》《新世纪中国诗典》等多种选本。获得中国散文诗人金奖、第八届中国散文诗天马奖、第三届中国大河主编诗歌奖等多种奖项。著有散文诗集《申家沟》。

评鉴与感悟

作为一个80后诗人，马旭东的散文诗宁静、笃定、自然，诗中还流露出一种禅意。虽然诗歌语出自然，诗人却又将自己抽丝剥茧，从偌大的生活之网中抽离出本真的自己。对于散文诗，最重要的是把语言的魅力发挥到极致。《不舍昼夜》这组散文诗，其语言是飘逸，极富诗性与美感的。在这多姿多彩的语言中，诗人驰骋自如，很好地驾驭着手中的桨。这组诗来自于诗人对现实的叩问，写了乡村的沉寂、现实的苦痛。全诗通篇主旨在于回归本真的自我，寻找心灵的故乡。《活在干净的人间》中，我即世界，世界如我，我和这世界的风物水乳交融。我安静下来，于是成了自己的王。以草木洁净肉身，听松子滚落，颇有一种佛家尘化，寂然常照的境界。《空村》中，作者展示了现代人在故土与生存之间踯躅，对村庄文化的渐趋尘封表现出了极大的惋惜。《愿我在尘世》写尘世的天伦、家园、自由的眷恋和不得的悲痛。《归宿》里，诗人放下了尘世的执念，多了一份潇洒与不羁，众水汇流，又需要什么预设呢？（何文霞）

是悲是喜

/马端刚

夜的深处，是山川和风雨，等待着重新翻阅，攥着一朵绚烂的花，离散的魂魄回到纸上的故乡，小心地敲打一块块黑色的墙，露出了内心的石头，高楼远眺，那个闪电的身影，召唤来千军万马的雨，将它们反复地打捞，一个个流浪的词语粉墨登场。

在夜里，在凝望的时候，它们纷纷落下一片潜伏的记忆，是父母，是兄妹，是村庄的炊烟。开端，结局，琴声拉长了思念的经纬，锄头与镰刀的坐标里，追悼那些结痂的伤痛，此刻，你是否看见，未邮寄信里渐白的头发。

泪水的光芒，温暖了饱满的土地，幻想起落一张浮动的脸慢慢老去，水面上，安静地退隐，虔诚地耕耘，将种子植入，又一次长久的祈望在深不可测的等待中。咀嚼每一朵云，每一场雨从春到冬，都会有一团沉默的火陪伴着夜。

天籁，柔软的花落入夜，浮在身体的河上，一些盛放，一些枯萎，每一次相逢，热烈沉默。微微颤抖的镜子，见证着生长死亡的紧紧拥抱，这时的春色烂漫，这时的水流湍急，点燃的少年飞翔一盏星光，照亮夜与昼之间的鸿沟，插上祭奠的柳条……

《星星·散文诗》2016年第5期

作者

马端刚，70后，中国作家协会会员，曾参加全国第六次青年作家创作会议，鲁迅文学院第八届青年作家高级研讨班学员。内蒙古作家协会首届签约作家。著有中短篇小说集《午后阳光》《像鱼一样自由》，长篇儿童小说《别把我当病猫》《迷失在玩偶城堡》《谁说我还没长大》，诗歌集《纸上唱》《时光书》等。

评鉴与感悟

或许人生本就是喜是悲。民国时期有位才子，世称弘一大师，其临终前书"悲欣交集"四字并自注"见观经"一纸交侍者，为其最后绝笔，参悟一生，修行一生，最后留给世人的还是"悲欣交集"。"微微颤抖的镜子，见证着生长死亡的紧紧拥抱"亦如庄子的"方生方死，方死方生"。"盛放""枯萎""热烈沉默""雨水""火""夜""星光"……这些强烈反差的词语在反复地碰撞作者的现实与"幻想"，"纸上的故乡"与"潜伏的记忆"也构筑出了作者的"喜悲"。若去《观经》见"悲欣交集"四个字是决然不可得的，同理，"一个个流浪的词语粉墨登场"后，如何窥见"夜的深处"也是绝难的事情。"心迹圆明，悲欣交集"（《楞严经》），唯有"小心地敲打一块块黑色的墙"才能"露出了内心的石头"。文本的"开端"与"结局"确是"琴声拉长了思念的经纬"。如"夜……攥着一朵绚烂的花""天籁，柔软的花落入夜"，夜之花与花之夜是悲是喜，如胶似漆，浓得化不开。夜的深处，"是山川和风雨"，一静一动，指向人的心性。而往往人对自心是无知的，仅仅可以通过悲喜的波澜去关照它，或"记忆"过去，或"幻想"未来，或"浮在"当下。作者敏锐地捕捉到了它，"这时的春色烂漫，这时的水流湍急，点燃的少年飞翔一盏星光，照亮夜与昼之间的鸿沟，插上祭奠的柳条……"（薛梅）

大风吹弯月

/马亭华

大风吹弯月，门环染铜绿。

秋天的灯盏含住了古老的时光，沿着河流回家，那露水和晨曦的姐妹，正走在绿色的鸟鸣声中。

一个少年怀揣心事，在河畔漫步。

这天高云淡的秋日，我们唤回梦中的白马，接受星光的邀请。

江心明月，乌鸦披着群星，远走他乡。

诸神，围在秋天里相聚。旷野，有弯弓射向麋鹿，那些跌倒的流水，让翅膀有了惊愕的飞翔。

风吹着落叶，吹着一枚枚沉沦之心。

比秋天更深的，自然是月光的梦境。河流，带走朦胧的诗篇，悄无声息。

风雪漫游，一粒粒结晶的文字，含住半生耻辱和愧疚。

仿佛沉默的勇士，前世铠甲上飘落的一滴孤单的泪珠。

这秋日浩大而宁静，岁月的风雕刻着街巷。在现实与梦境中，被风带走了缓慢的时光，云朵获得了村庄上空的永久居住权。

树木的年轮，有流水的纹路和旋转的歌声。

在希望的原野上，小野菊彩排着盛大的歌舞，辽阔无边。一枚落叶，奔跑起来，犹如一片轻快的肺叶。

从南到北，从早到晚。

古道西风，旗阵凛冽。

大风吹奏弯月，夜归人摸黑回到村庄，仿佛举着肋骨的灯盏。

晚风，从家乡赶来，它迷失了方向，两腋和肋骨长出了翅膀，但时光也无法把影子唤醒。

而此刻，你写下秋天的诗，让一张宣纸自己开口说话。

竹笛横吹，纸上的旷野，举出了心灵的灯盏。一棵树，正在发芽，一滴墨，在月光的宣纸上慢慢洇开。

词语在夜色中突围，在支起篝火的黑夜。

一滴滴墨，化作大海蔚蓝的眼泪，明晃晃的珍珠，如同飞翔在天空中的子弹。

《诗潮》2016年4月号

作者——

马亭华，笔名黑马，1977年生于江苏沛县。当代诗人，散文诗作家。著有诗集《苏北记》（入围第六届鲁迅文学奖）、《大风》（入选江苏省作协"壹丛书"文学工程）等多部。获第六届全国煤矿文学乌金奖、第五届中华宝石文学奖、第二届鹳雀楼诗歌奖、第14届柔刚诗歌奖等多种奖项，多种作品入选《中国年度诗歌》《中国年度散文诗》《新中国60年文学大系》等选本，多次被媒体转载，部分被译往海外。出席江苏省第四届"青创会"、第九届全国散文诗笔会。

在散文诗《大风吹弯月》中，马亭华为读者展现了一个以的梦方式虚构的颇具动感的场景。这里所说的动感不是指大幅度的律动，而是平缓而持续的流动，就像水。只不过完成流动这个动作，不是借助于水，而是借助于风。风作为贯串全诗始终的典型意象，始终传达着动感。当然，具有动感的绝对不只是月和风，还有渴望回家的"秋天的灯盏"，怀揣心事漫步于河畔的少年，远走他乡的乌鸦，被风吹落的树叶……仿佛所有东西都是活的、有生命的。而所有的动感以及生命力表面是依靠风，其实是借助于文字和词语，"词语在夜色中突围，在支起篝火的黑夜"，可以"让一张宣纸自己开口说话"。词语才能凭借自身的魅力和能力，抒写出如此充满动感和活力的场景。对于写作而言，词语更为重要，具有吹走弯月和吹奏弯月神力的，是词语。

（范云晶）

大地的心窗

/莫独

眨眼之间，一朵云彩一起一落，就是千年。

却别说，百年，只不过是瞬间。有什么沉溺于此，有什么不过是路过？

一只鸟掠过，翅影被影像透射到心上。

一条鱼醒来，眼睑被张望反映到心坎。

犁耙山高耸。三千年过去，仍然以你为镜，为爱的源头。

懂得热爱的人，心存明净。

暴雨过后，迷雾弥散。大地的心窗，没人能蒙住。

《青岛文学》2016年第2期

作者

莫独，哈尼族，1965年生于云南绿春。中国作协会员。出版《守望村庄》《雕刻大地》《祖传的村庄》等14种。获全国第六届少数民族文学骏马奖、纪念中国散文诗90年中国当代优秀散文诗作家（十佳）、"古贝春杯"河北省第二届散文大赛一等奖及《诗潮》《星星》《散文诗》《散文诗世界》《人民文学》杂志征文奖等奖项四十余种。

《大地的心窗》这首散文诗篇幅不长，字里行间透露着作者清晰可见的纹络。眨眼就是千年，百年只不过是瞬间，蕴含着诗人对于时间的相对概念。什么东西能够沉溺于此？什么东西只不过是路过？在时间的流逝中，有些东西亘古不变，有些东西转瞬即逝。什么才能真正永存心底，似乎只有鸟、鱼，还有犁耙和山，唯有大自然的东西才能流入我们的心坎。我们只要热爱自然，就心存明朗和洁净。经历自然灾害的侵袭之后，我们能够更加心胸坦荡。大地的心窗，将是广阔无垠的。因此我们应该静心以待，歌颂有容乃大的大地、自然，更加热爱我们的生活。所有人、事、物都以大地为综纲，靠近你而汲取爱的能量。江山易手，风物易换，只有你清清白白屹立不倒，供人朝觐。天南地北的自由者们只有依托你的心窗，才能从心里淌出爱的温泉。这首关于大地的散文诗温婉清丽而有分量，诗意浓郁，字字千钧，诗人将喷薄的热情与坚守化为绕指柔，在最后一节中作出明示。（何文霞）

白马过隙

/墨未浓

　　广阔的世界不缺这个狭窄逼仄的缝隙，一根针眼里能穿过浩浩荡荡的游龙，当然也可以飞过这匹老态龙钟步履稳健的白马。

　　针也在寻找缝隙，针的尖钻刁滑是举世闻名的。稍有一丝一毫的缝隙针就能站住脚，而且是愈站愈稳，愈站愈深，深入骨髓。针的拿手好戏是见缝插针。

　　针也有钝的时候，就像时光，走着走着停滞了。停滞了的时光就像一张划痕深烙的唱片，反反复复地吟唱着一句话。即使从头开始，也迈不过那道深邃幽深的门槛。钝了的针就是一根粗老笨壮的木头了，放在哪里哪里碍事，插在哪里哪里不牢稳。即使使出吃奶的本事，也赶不上一根投机取巧的针。名声和名誉是一种噱头，常常被假象所迷惑，不是生命的本质。

　　时光是一匹奔跑着的白马，一会儿跑过了你的田野，一会儿跑过了你的村庄，跑得你的黑发成了白发，跑得你的眼睛愈来愈混浊，跑得你的牙齿一颗颗掉落，跑得天越来越黑了……

　　有时候想抓住她的尾巴，一伸手是满把的伤痕；有时候想请她坐下歇息一会儿，一转眼她已经跑进幽深的时光隧道。

《诗潮》2016年5月号

作者 —— 墨未浓，本名刘勇。现居山东新泰市。1970年11月出生，1994年毕业于山东科技大学。作品散见于《诗刊》《星星》《散文诗》《北京文学》等刊物。出版诗集《绝恋》《在水之湄》等。

评鉴与感悟 —— 墨未浓的这首诗散文诗试图表达和阐述的核心命题是时间。但是，所不同的是，诗人没有直接由时间切题，而是出人意料地选择了最常见的，用来隐喻时间逝去之快的成语"白马过隙"（由白驹过隙演变而来）为言说起点，把它掰开揉碎并直接进入这一成语的内部，将之作为言说重点。如此一来，看似老生常谈的话题反而变得别开生面，具体且富于趣味。诗人先是从"白马过隙"的字面意义谈起，然后再通过独特的联想和想象将意义延展并加深。诗人大致通过这样一个联想链和意义序列将言说之物变大和加深：白马，缝隙——针眼，针——见缝插针——钝了的针和投机取巧的针——迷惑人的假象，生命的本质。在由一个成语开始将言说加深加大以后，诗人仿佛又回到了言说的起点——时间以及无法阻止的时间流逝，又回到了最初的问题。但此时再谈时间的流逝，所包含的意蕴却比开篇便说时间丰富得多。因为诗人在言说过程中已经将时间所能引发的思考做了颇具个性化的延展和扩容，时间得以与人的生命，以及生命历程中可能出现的种种经历联系在一起。（范云晶）

一切皆是背影

/牧雨

1

2015，某些事足以复制，足以覆盖雨的废墟，悬浮的爱载着我，从乡下到城市，收听同一鸟鸣，随翅膀，湮灭低音的草丛，随鱼虾，漫衍妄念，即使定居黑夜，也不酝酿怎么硬化缄默，硬化从门到草坪的距离，每个三月来临，习惯反复梳洗，到很远的山冈，呵护甘霖，疼爱桃花，记住她们的习性，分赠更需求的人，尽管肉体昏聩或迟钝，坐卧不随内心，开心微笑的仍是我一人，略带春意。

2

2015，没有过度去开发月光，修建神庙，掩埋烟火，习惯在有泪或无泪的黎明，清理体内的残夜，随琴音、露水，私奔歧途或过错，穿过生活的罅隙，去看你，从格律工整的春天，再到散文化的秋天，仪式陷入无题，老想从低处的蕨菜、高处的流星，找到万象的起初，或一个人待在后院深处，为葡萄准备酸味，再调制甜味，或让抒情的苹果、叙事的白菜，都言听计从，随我迁徙常理，从泥泞，拎走灯笼，命名星辰，包括流窜的雪。

3

如今，月亮整夜修补木窗，小河窝藏很多星星，一群树，行进更深的夜，稀稀落落的光，住了它们根系，却遮不住它们沉默如谜的样子，比我更木讷的鱼，拨弄池水，用唼喋，安慰离散再见的水草，等我，再走进你，台词是预先定制的："一切皆是背影"，眼睛攒满议论，呼吸滞留白纸，翻新之后的忧虑，沉落杯底，——我们不属同一分区，我的早晨，只需响声，我的血液，只需流向。

《星星·散文诗》2016年第4期

作者

牧雨，四川人。四川作家协会会员。曾先后在《诗刊》《星星》《诗林》《诗潮》《散文诗》《海峡诗人》等刊物发表过诗歌，入编多种读本，著有诗集《被世界借走》。2014年，在中国《诗刊》的征文中，获"中国·永济诗歌节"二等奖。

评鉴与感悟

阅读该诗就像在聆听智者一个美丽的故事，它没有波澜起伏的故事情节，也没有精雕细琢的人物刻画，但却给人一种艺术般的美感。诗人把记忆从此刻拉回2015，再从2015想到此时此刻，从乡下到城市，诗人的那颗积极、豁达的心并没有因为环境的改变而改变，诗人尽管"肉体昏聩或迟钝，坐卧不随内心"，但他依然如春天般微笑。

在他的诗歌中，读者能寻求到一种安身立命的精神依托，诗人顺应自然，傲视苦难，通达乐观的人生观与大自然融为一体，构成了幽深清远、自然淳朴的诗意风格，形成一种阔大的人生境界。在诗人的笔下，花草虫鱼等都有自己的意蕴，就连苹果、白菜、蕨菜等都别有一番风味，这都源于诗人一颗宏阔的心。诗人从日常生活的细节处发现不同，于平凡中发现不平凡，无论是地上的、水里的，还是天上的，这些都可以成为诗人吟咏的对象，给予读者一种美的享受。（宋秀敏）

一粒米打开的天空

/那曲目

一粒米有历史的厚度，低时低成深渊，高时高成震颤。

内涵是米，外延是"背灼炎天光"，闯关东，马蹄，旗，冷兵器。

细小与巨大并无距离，江山就凝在它的釉质上。站在歌剧的角度，它是喜剧；站在话剧的角度，它是悲剧。

折腰与不折腰取决于骨头的硬度，硬度的基数仍然是米，无关多寡，只关吸纳和转化。

一粒米打开的天很蓝，很饱满。解放后的手本与犁亲昵，与青苗互为知己。

当冬天的忧虑大于松鼠的收集，松果体植入魔性的黑。它们攻城掠池，用火的舔舐，冰的牙齿，泪的涤荡。

米的香，反复被淘洗，挤压。众神华衣，大厦，不染尘泥。

盐白苦涩，鱼群涸辙，胃口兼及皮肤缩成喑哑的悲歌。

美人在心尖上，其实心尖在一粒米上。米可载道，亦可覆道。它既能收服阳光，也能收服山河。

千年漠漠，丰碑倒下一座又一座。米穗低垂，不是卑恭，不是参禅。而是，磁针指向黑色的土地，指向所遇所循的皈依。

一代代活着，活着是王，活着是广阔，活着是根，活着是核，活着有风吹过，活着有偷食的鸟儿嗛住稻壳儿。

陷入历史终究悲壮，但需空间秉烛，时光备案。

盛大的潮音已来，囤积的沉疴化归云层深处。

《诗选刊》2016第8期

作者

那曲目，本名孙玉荣。中学教师，70后。参加河北省2014年《诗选刊》第七届青诗会，河北2016年青年诗人改稿会。诗文入选多种选本。

评鉴与感悟

诗人选取日常生活中的一粒米作为一个支点，运用了以小见大的手法来描写一粒米的伟大。小小身躯的一粒米有着历史的厚度，低时低成深渊，高时高成震颤，它就是那么的不平凡。它向世人证明，细小与巨大并没有距离，站在不同的角度，就演绎着不同的角色。诗人没有用过于华丽的词语，也没有用过长的句子，而是用简短、自然平淡的语言从里及外来细致地描写"一粒米"，从它的生长到它的味，再到它的精神，这无一例外地透露着对一粒米的赞美。面对米反复被洗涤之后的香甜，那些鱼、盐等只能喑哑成悲歌。一座座丰碑经过历史的沧桑，会慢慢地倒下，而米穗的低垂，不是卑恭、参禅，而是向土地的皈依，就像一代代生活在土地上的人们一样，活着就离不开土地，最终也要皈依。于无声处发声，于平凡中发现不同，于细小中发现伟大，小小的个儿，有着大大的价值。诗人就是这样，用悠闲平和的语调描写了米的不平凡。（宋秀敏）

潮河源，探寻一条河的来路

/娜仁琪琪格

半亩方塘一鉴开，天光云影共徘徊。

问渠哪得清如许？为有源头活水来。

——朱熹

恍然一梦中，我束着红手链的手放在了一个硕大的大手掌上。在耸立的崖壁上，它是古山戎人的图腾。和我一起来的有许多人，他们把背景给了我。

我确实来过，为探寻一条河的源头，在2016年7月5日的中午，和我一行的有诗人、作家和记者。

我们沿着一条清石铺成的小路，在柔软的草木间穿行，溪水在身边欢快地奔流。奔走在河谷中，眼睛被明亮鲜丽的花朵吸引，而脚步停不下来。

"我要顺着河流有一所自己的房子，然后在那里停下来。"

在漂泊的人生旅途，我痴人说梦般地呓语。梦就是为自己描绘的蓝图吗？多年后终是在一条河边停了下来。逐水而居是我血脉中的情感，它在我的身体中深居已久，而我只作为梦语，不敢奢望。

上天是如此眷顾一个爱做梦的孩子，允许她指鹿为马，又让她美梦成真。我在潮白河边清晨奔跑，晚间漫步，坐在河边听鸟鸣清脆，看菖蒲荡漾，娇艳的水莲铺展于水面，水盈盈的碧波就更柔情了几分，蓝梦生烟，袅袅渺渺。

我经常是坐在一束鹅黄的苦菜花旁，有时是洁白的小花把自己欣欣然地开放在茂盛的蒿草的一边，看它们彼此相映，妥帖自然。总会有一些小水鸭，在水面上花样游泳，有的把自己表演成小汽艇。我就抑制不住欣喜，站起来张望。看它们玩得有趣，我会笑出声来。

我是多么贪婪，爱这里的每一个晨昏，每一株草木，每一只飞鸟，每一尾游鱼，不舍得错过四季更迭中每一日的变化。每日的清晨都是柔软、清澈的。每日的黄昏都是绚丽、壮观的。

在清晨，经常是被水亮亮的鸟鸣唤醒，当我从阳台望向潮白河时，我就看到了光影的脚步，有时是雾霭从远方的河道上蜂拥而来，我还以为它们将把整个河面灌满时，雾却又在西岸密集的森林处分流了，一股强大的势力拐入森林，一小股在河面上变得微薄。于是它们停了下来，在河面上起舞，弥散。傍晚，落日、余晖、云霞把自己倒映在水里。不舍离去的渔人，小舟载着他潜行于经久的画面。如此，每一日，潮白河把万物呈现在眼前时又是不同的。正是那些微妙的变化，让我的心颤动起微澜。

我曾在一个雨后的黄昏，把自己挂在高高的窗口，身子探出去，仰着头，举着手机拍下每一个瞬间，云霞涌动、舒卷，就变化出了龙腾、凤舞、巨象、雄狮、燃烧中的火烈鸟，瞬息万变里的气象万千，天光一泻千里，倾入潮白河，与远处的树影、水中的苇草、突然飞起的鸟儿，辉映出大美。当我的目光随着奔涌的云移到对面的高楼，一切都进入了神秘，这梦的城池仿佛不在人间。

悬挂在窗口的我，是宇宙神秘的见证者，我看到神迹在潮白河上空挥洒壮阔，它指挥了千军万马。潮白河，保持着它的缄默，敞开胸怀收存起这一切。我怎么可以用文字来表达？说出它们，需要淋漓的墨、泼出去的色彩，在潮白河仅一个诗人是不够的，还要加上画家的彩笔与魔力。

潮白河，你从哪里来？这个养育我身心，润泽我中年生命的河流带给我新的问寻。

就在这里，河北丰宁，在潮河源村，我找到了潮白河的源，它掩映在山水如卷的画廊。

我倚在写着大字"潮河源"的石头上拍照，在青石板的小路上悠悠地穿过柔草，低头与明艳的花朵对话，我深深地眷恋，不舍离去。潮河源，不见浩荡的烟波，更没有潮起潮落的澎湃喧响，它清澈而宁静，恬然得如一个婴儿。更多的水流潜入地下，它们流过植物的根系，一路行进，与牤河、汤河、天河以及更多的水流去汇合，而后，它一路奔流，去与潮白河的白河汇合。

在转身离开时，又拍了一张相片，我红艳的袍子映入青山绿水，有这样几个字出现在背景中：山戎魂·京都大元。

《热河》2016年第4期

作者———

娜仁琪琪格，蒙古族，辽宁朝阳人，现居北京。中国作家协会会员。大型女性诗歌丛书《诗歌风赏》主编，大型青年诗歌丛书《诗歌风尚》主编。参加诗刊社第22届"青春诗会"，著有诗集《在时光的鳞片上》《嵌入时光的褶皱》。诗集《在时光的鳞片上》入选21世纪文学之星丛书。获冰心儿童文学奖、辽宁文学奖、《现代青年》2015年度最佳诗人奖等奖项。

评鉴与感悟———

诗人以一个"寻梦者"的身份探寻着潮河源的来路，最终实现了梦想。诗人和同行人来到了潮河源，是为了探寻它的源头。这条河养育她身心，润泽她的中年时光，她对此有着特别的情感，那不言而喻的爱时刻流于笔尖，这不仅体现出对潮河源的爱，还有对大自然、对生活的爱。诗人从草原风物的一般描摹中走了出来，在大千世界中寻找诗意。清晨，诗人在潮河边奔跑，夜晚，在潮河边漫步，听清脆的流水声。诗人作为宇宙神秘的见证者，欣赏着潮河源的变化与壮阔，用自己的爱将这朵水之"花"付诸于笔端，使它在文字里流淌，流向更多读者的心田，滋养着每一位热爱生活的人。（宋秀敏）

晚风拂过琵琶岛

/南小燕

当城市拥有一座岛，人们眼神里便有了火光，有了羽翼，有了能安抚一切的柔情。

踏上这一片土地，你从来都不是一个孤独的人。流水，送来了神曲！寺庙，送来了钟声，这一片叫"琵琶岛"的水域，会让一座沉默的山城陷入一个人的歌声里。

水鸟，游鱼，炊烟，云朵……一幅水墨，吹开眼睛所有的苦涩！

从遥远，到咫尺。

读过的千山万水，闪烁在青黛色的山水里，你不想再为莫名地等待张望，崖下抚琴，举杯独饮，那妖媚的绿茶是最浪漫的情人，你甚至想退出众人的宫殿，进入母语的深处，在琵琶岛潋滟的波光里细数所有跋涉的传说……

你甚至想为每一朵怒放的油菜花起一个多情的名字，为每一株树木根植灵魂，如果你是一个诗人，那饱满的诗句已经翻滚在与春天有关的意象里！

微风，偷走浓度很高的困倦，时光慢悠悠地往后走……

157

漫步在琵琶岛上，你们互为镜像，或者一同回望。

把命运重重摔下的叹息，骨齿间的寒冷，放在大地，这一页苍茫的纸上。你意识到偏头痛，腿无力，眼干涩……这些身体的对抗，都是因为以往的人生只懂得奔跑追逐，不懂得停留和坚守！

在琵琶岛，每个人都是歌者，大自然已经准备好了最完美的乐器。

你只需要把在路上遇见的那些人还给道路，把过往的那些事还给过往，把一些误解交给时间，把最真挚的爱留给身边最亲近的人……

像这里的一花一木，不论是在孤傲的枝头，亦或是在卑微的泥土，都只为自己开放，都选择安静而幸福地生长！

晚风拂过琵琶岛。

空如梵音。

一切恬淡安详，都是自然的神谕！

《安康日报》2016年7月7日

作者

南小燕，陕西兴平市人，中外散文诗学会会员。获第六届中国散文诗天马奖，九寨沟国际散文诗征文大赛三等奖，《大河诗歌》第二届"陈贞杯"全国新诗大赛三等奖。出版散文诗集《一滴水的修行》。

评鉴与感悟

人生是一条奔腾不息的河流，敦促着我们不断地前进。生活的节奏越来越快，喧闹的城市、繁华的街道、高度紧张的神经时刻压迫着每一个人。以沉重的脚步艰难地行走于世，心中的那份宁静渐行渐远。琵琶岛犹如这个城市中的桃花源，能够给人带来一份宁静、一份淡然。南小燕的这首散文诗以优美的文字诠释着自然，诠释着人生，如夏日的凉风，轻轻地拂去心头的焦躁不安，给人一种淡泊宁静之感。一个人似乎只有回归了自然才能真正摆脱世俗的困扰。"默默坚守一种最纯粹的独白，用文字诠释人生的温暖和真实"是南小燕所坚持的诗歌观念。正是这种诗歌观鼓舞着她将自己的所观所感以最纯粹、最优美的字句抒写出来，给人以美的享受的同时，引起读者对人生的思考。"以往的人生只懂得奔跑追逐，不懂得停留和坚守！"这是大多数人命运的写照。人生有时需要停下脚步，看花开花落，观云卷云舒，也不失为一种幸福。（孙冰）

旧约（节选）

/潘玉渠

1

我们狠狠地击打时间的鼓面，让世界急速裂变：

影子呈现刀的形状；天空与道路同样泥泞不堪；孱弱的云，枯木和路障，从大海一直铺到高原。

旧有的约定，无从销蚀此刻的心。

春天有生，亦有死，有衰败的高贵，更有盛开的卑贱。

故而，我们早已习惯的风景，文火熬制而成的表情与肢体，最终都在镜框中遭遇了强拆——

仿佛从来不曾有过。

2

阳光在云隙间探出根系。

我们却不能将这块红色的烙铁，视作果实。

老房子一旦坍塌，深埋的地基也将被当作一纸草稿，涂了重写。

墨绿色的血，凝结在地上；长有四肢的鸟群，深陷于地上。还有旁观者凌乱的脚步，被剔除了标志的方向与墓碑，全都碎在了地上。

地上。一切都在地上——

没来由地生，没来由地死。

3

蛛丝马迹般显现，又隐藏。

一个人，就这样成了另一个人的客居之所。

丰沛的雨水，将洗劫瓦檐上的草，并击溃盘踞于篱墙的紫色花朵。

我们没入春天的双脚，不曾确诊大地的痼疾。我们镶嵌于梦境的眼睛，又如何收纳这空旷的暮晚？

冷的风暴，来自嘴角的那抹不入心的笑。

锋利，而又陡峭。

《四川诗歌》2016年第2期

作者 —— 潘玉渠，1988年生于山东枣庄，现居四川，中学教师。作品散见于《星星》《散文诗世界》《散文诗》《诗选刊》《中国诗人》《四川文学》等刊物，并有部分作品入选多种年度选本。

评鉴与感悟 —— 旧约于心，有一种尺度，是难以逾越的。对于潘玉渠这样年轻的人用这样深沉、深厚的笔法来写一件旧事，并不流于表面而感到高兴。语言是艺术的，对于诗歌更是如此。对这组作品来说，语言的张力和弹性，一点也不逊色，表明了诗人对事物的领悟与理解。在把握结构和意象上诗人也有敏感的处理。（亚男）

最后统一于我们的口径

/潘志远

……也可以定义为一种积习。

繁衍、传承……百世千载而不衰。沉溺于我们的血肉和细胞，钉子一样钉进祖辈的骨头而不拔。

没什么神秘，其实很简单。无非是与地域和季节相关联，与几样农具联姻，千丝万缕，血脉相融。

与几个动作绑定，连锁。

令我痴情，循环往复，乐此不疲。

不惜让我的额头下一场雨，脊背淌一条河，手指因你歃血而盟。

身子弯成又一把镰……

比祭拜祖先还毕恭毕敬，比跪拜父母还虔诚百倍。没有更大的目标，没有更多更深的贪婪。

只为养育，只图一时口舌之快。

遂迷恋瓦缸里、铁锅中、饭桌上、瓷盆里，那一顿粉粉的白，柔柔的白，细细的白，雪雪的白，及香。手法可以多样，过程不拘琐屑，形式各取所需，风格随心所愿。

酸、甜、香、辣、咸……最后统一于我们的口径。

我的皇天厚土！

我的远亲，又近邻的麦粮啊……

微信公众号"我们"2016年7月21日

作者

潘志远，男，安徽宣城人，1963年生。获中国校园作家提名奖、中国小诗十佳、中国网络散文诗赛亚军，出版诗集《九诗人诗选》（与人合著）、《心灵的风景》，参加第十四届全国散文诗笔会，"中国好散文诗"主持人之一。

评鉴与感悟

潘志远的散文诗《最后统一于我们的口径》，绝对称得上精致和别致。整首散文诗，字数并不多，每一段都短小精练，节奏上非常简洁明快。题目新奇巧妙，引人无限遐想，且与内容契合度非常高。将"统一于我们的口径"所有可能联想到的人为强行赋予的隐喻意义全部摒弃，回到词语的初始意义上来，才是诗人真正的言说意图和表达初衷。诗人给予了人们赖以生存的粮食尤其是麦子以无限的赞美，想法之新奇，语气之虔诚，皆值得称道。麦子是粮食，麦子的最初家园和最终归宿却是土地，土地不但提供了人们赖以生存的实物，更是精神和灵魂之根。（范云晶）

你要相信

/庞白

习惯看天，看云，让一只鸟安然站在肩膀，一声不发。

还要整天闭目冥想。

你要相信，这不是我们喜欢的生活方式。

你要相信，一定有神仙或者鬼魂与我们朝夕相处。我们喝酒，他们也喝酒；我们发怒，他们也发怒；我们什么也不想，他们也什么也不想。但是我们睡觉后，就管不了那么多了，他们爱做什么就做什么。

你要相信，巫师关心的，都是我们关心的。巫师不关心的，我们也不会忽视。我们的目光，用来看天象，而不是人。

大海茫茫，人只是想象。

你还要相信，在这个既坚硬又柔软的世界里，不存在那么多意义、邪恶和英雄。当风平浪静时，对酒当歌，一切生机勃勃；而当风浪来临时，我们必须打开死亡的大门，向不可知的深处，使劲地晃动手臂。

《防城港日报》2015年4月7日

作者——

庞白，本名庞华坚，广西合浦县人，现在北海市工作。中国作协会员、广西签约作家、北海作家协会副主席。出版有散文集《慈航》，诗集《天边：世间的事》《水星街24号》等。

评鉴与感悟——

诗人的思维是敏捷的，有时用恰到好处的文字更能体现自己内心的心境。但是对于诗人庞白，缄默比言辞更适合他。这个曾经与海有着密切接触的诗人，总是能潜到海底深处，捕捉诗的灵感与喜悦，同时与平凡的生活相碰撞，激发出诗的光芒。庞白的诗自然、安静、固执，用舒缓的调子不急不慢地书写着人间的事物，又显出一副从容淡定、不急不迫的姿态。诗人在诗中向我们娓娓道来，其文字具有一种富有张力的诗性空间，这种空间处在日常生活与非日常生活之间，很好地做到了"入乎其内，出乎其外"。《你要相信》这首散文诗，表达了万物有常的道理。这个"常"即定律、规律，也就是一种原始强大的自然力，它作用着我们周围的世界，我们窥探不到它的神秘力量，所以我们看天，看云，看巫师所不能及的地方。那些"意义""邪恶""英雄"诸类，不过是我们人类强加的定义，在不能窥探绝对真理的时候我们需要用这种相对感性的道德定义来掩盖我们的有限。但在我们无意识的时候，世界还在进行着它们的有规律的运作。所以我们人类的一切行动和思想只是一种试探性的想象，是被逻辑之链箍得死死的所谓猜想。我们无法左右生死伦常，只能听从自然的安排并作出极为有限的抗争。也就是说，总有一些超越人本身的事物存在，比如神或鬼魂、巫师，这些未知的事物使生活充满了意义，并且带着几分孤独感。因此我们应当相信未知，相信世界之大。（何文霞）

上城笔记（节选）

/蒲素平

1

在江湖行走，就难免被放在火上烤，竹子或弯曲或爆裂，之后，学会了让火在身体的空隙处流动。

居于野，倒出身体里的豆子。清香、宁静的竹影，在宣纸上轻轻摇动。一定是清晨或黄昏，旷野无人经过，亦无人为一段时光作证。

那就在内心，沿着一滴水汩汩而去。那就用一粒白米，乘着芳香走到齿唇旁。

在河边，在雨后，在明天。

地下的春笋开始萌动，一波连着一波，阵势浩大，无边无际。

2

大水泱泱，小水涓涓。

大水遇见山，抱石而行，携乌云而走。大水把土地这把老骨头冲刷得龇牙咧嘴。大水在喊，大水翻着波浪，大水消失于海，消失于内心。

小水遇见树木，把树叶冲刷得锃亮，把腐朽冲刷成新人，把尘埃归还给天空，推动血液进入纸张。

一把春秋的石斧，一块鹰眼的滚石，一把陈旧的口琴，一张墓园的石

166

凳。疲惫的已疲惫不堪，干净的一尘不染。大水之后，沃土产生，小水之后，生命啼哭。

远走的时间，流逝的水声，这一切看来，茫然而又堕入虚空。

3

在导线上行走的，除了鸟，就是我。一条绳子一样的道路，在空中摇晃着。那里的风更加令人亲近，掀起我内心的波澜，令草木在脚下指指点点。

一走一晃，我无法鸟一样保持绝对的平衡，我只好以晃动来达到平衡，以平衡来保持头脑的清醒，以清醒来完成每天的工作，以工作来完成命运的指派。

就这样，我每天在别人的头顶上行走，在草木的上空行走，无声无息的时间悄悄地安排一切，我才不至于从空中坠落，不至于被秋风收走。

每每想到此，我就会满含热泪。

8

春天的绿多么茂盛啊，发出远方风来的声音。要是父亲在，该多好，他会望着远的近的绿，内心涌起欢喜；他会狠劲挖下一铁锹泥土，用手摸摸，查看土地的墒情；他会弯腰拔下一把野草，置于太阳下，嘴里念叨着越毒越好；他会大早起趟着露水走遍山冈，在一个土坎上收住脚，把生活细细打量；他会在母亲的唠叨中，摇头晃脑自顾自地唱——我在城头观啊风景，一脸的认真。

可是父亲已走了三年。

如果父亲还在，他还会这样，在漫天的绿里，把头一低再低。不是为了啥，只是一种生命的习惯，只是一株谷子对收获的习惯。

父亲，你已不在我的心里了，也不在生命一样的绿里了。

从此，我找不到你了。

9

当我再一次站到铁塔下时，他们正在天空的导线上远远地向我走来，阳光里，我却看不清他们具体的动作和表情。我想，总有一些看不清的事情，真实地发生着，哪怕就在高空，就在阳光下。

比如，他们在导线行走，边走边检查导线的质量，他们的脚步就看起来轻盈欲飞，他们漂浮在空中，他们在空中把半个侧面留给我，剩下的留给了高和远。

我喊了一声，声音传得老远，试图到达他们的面前，试图与他们进行一次声音的沟通和互动。

但，他们自顾自地忙着与天空为伍，无暇顾及我这个闲逛的人。

《星星·散文诗》2016年第7期

作者 ——

蒲素平，笔名阿平，中国作家协会会员，河北省文艺评论家协会理事，作品散见于《诗刊》《文艺报》等，著有《大风吹动的钢铁》《唐诗的另一种写法》等多部，入选多种年度诗歌、散文诗选本。

评鉴与感悟 ——

阿平素有修史情结，《唐诗的另一种写法》暴露了他的野心，他在走一条直通古典道路的同时，也使这"另一种写法"有了校注的意味。其散文诗《上城笔记》则以"笔记"这种古代记录史学的文体入题，来完成一个村庄的史传。从全景式的描绘所烘托的空间感，再以好莱坞大片的推拉镜头式位移，细致地描绘了一个属于"我"的小空间，注重时间的成长感。最后再以细节的定格，将父亲在时空中交错，并与"我"构成了崭新的故事。过去与现在交织，村庄与人事相牵，风物与情感映衬，实境与虚境贯串，阿平的这篇散文诗走得天高地远，深邃饱满。尤为可贵的是，阿平的上城有一种原野的开阔舒展，若大江大河，似旷野的繁星，朴素、自然，而又细腻婉转，兼具一种苍茫和悲悯的情怀，不掩饰，不遮蔽，不作误导，生动呈现，留给读者去辨明，去品评，去回味。找不到的父亲那一低再低的头，塑像般高高矗立。"导线"和"鸟"都是有意味的意象，是自我的一个参照系，从而见证了生命的种种可能，抑或"命运的指派"。尽管我不愿意承认，但我不能不说，在艺术感觉上，这篇散文诗太像是《呼兰河传》的缩小精雕版，清淡里有不尽的未尽之言。（薛梅）

红蜻蜓

/樵夫

一次偶然，在一株芦苇的芒刺上，我遇见了你，就像我遇见的一次轮回。

芦苇像哲人一样，在水边，在滋润和潮湿里挺直了身躯，舞动着洁白的芦花，用一种沉默思考着夏天与秋天。在它尖锐的芒刺之上，没有谁可以站立，那芒刺锋利得像刀，像剑。在芒刺之上搭起陷阱，但你来了，你毅然决然地站在了它的芒刺上，站在芒刺的风里，我不知道你身体何以在阳光下红得那么鲜亮，像一滴飘扬的血，又像一点星火，更像一抹夕阳逝去的尾巴，伤口里渗出的一滴生命的清响，在盛夏的水塘边，点亮绿色，点亮风，也点亮了芦苇芒刺的温柔。

芦苇一直想做一株高贵的草，像竹子一样每一节都俊秀挺拔，水塘的泥泞与潮湿无法让它像草一样浪迹天涯，它的空间只有一片无法遥望的水塘，很多梦都淹没在水里，无法肆意。

它只有高高地举起芒刺，用一种锋利照亮自己，然后不断地坚挺下去，有时，它也会把自己割伤。只有你振翅而来，用惊艳的驻足掀翻整个季节，让命运的呼吸从芒刺上滑落。

"山照澄波发鬓青，新蒲梢上立蜻蜓"，水光山色再也无法旖旎，连风都不敢喘息，这个午后是静寂的，没有一点声音，你的蝉翼无法遮挡你的鲜红，也伪装不了你的停留。

《星星·散文诗》2016年第9期

作者 ——

樵夫，本名孙可歆，内蒙古作家协会会员。作品发表于《星星》《诗选刊》《解放军文艺》《草原》《绿风》《诗潮》《诗歌月刊》等刊物。有诗作收入多个诗歌选本。现居乌兰浩特市。

评鉴与感悟 ——

诗人采用对比、衬托的手法来赞美红蜻蜓的勇敢与自我牺牲精神，芦苇就是在红蜻蜓的衬托下，才有了生命的气息。在没有谁可以站立，锋利得像刀的芒刺上处处弥漫着死亡的气息，那是生命唯恐避之不及的陷阱，所以，诗人被红蜻蜓的驻足所震撼，红蜻蜓毅然决然地站在了芒刺上，牺牲自己，点亮芦苇的生命，使芦苇的梦扬帆起航。诗人用表示颜色的"红"来描写蜻蜓的身躯，它的身体红得"像一滴飘扬的血，又像一点星火，更像一抹夕阳逝去的尾巴"，三个比喻句构成一个排比句，把蜻蜓牺牲时的那种壮美描绘得可谓淋漓尽致。最后，诗人引用陆游《泛舟》中的一句诗来说明红蜻蜓到来后，万物都销声匿迹的一种状态，这更加衬托出红蜻蜓的伟大与崇高。（宋秀敏）

风从南来（外一章）

/青槐

风从南来，它告诉我空旷与厚重并没有本质区别。

我在东边，渤海的风穿过风尘之后，褪去了体内的盐，像初孕的稻穗退去了浆。

像我，褪去了方言。

月是旁观者，以上弦的力度弯过岁月。

白云在尘世之外，它的纯洁与清高跟人心无关。

窗外，远方是透明的。我在窗台看云，用晚风丈量体内的泉水与落花。低头时，秋凉正紧。

街道上，车如虫壳，人如群蚁，奔向各自的家园。

柿子树下，有孩子在嬉戏，他们的叫声闪烁出柿子金黄的光泽。

脚下的影子，是我的祖国。

时光之内

时光之内，我是寡言的，像飘行的月。

月在离开土壤之后，发现行走是一门艺术。脚下的直线不一定是捷径，要学会把路走弯，才不会掉进陷阱。

圆与缺，总是在死与活之间叙说生活本分。月飘行，所有的光芒风一样轻，轻如所有影子牵扯着的溺色讷言的生命。

"语言苍白时，要学会用眼神交流。"月说。

星星擅长眼神交流，它们思想闪光，言辞比饺子更有营养。私语时，每句话的长度刚好等同一次挥手。

天空用一把茶壶煮星星，煮我，也煮夜色里越来越亮的都市。

一些刀剑列阵，吞吐霓虹，像酒吧里的男女吞下火，夜归的行人吞下风。

像我吞下一枚白月亮，让它在肠子里飘。

月在飘。星星不说的话，我的寡言能懂。

比如：老乡亲的田埂上，虫鸣越来越厚；泥鳅与黄鳝搬家了，越来越瘦的田泥撑不起它子孙满堂的热望；田里的稗草因过分茂盛而惭愧地低着头……

比如：小区美女用肚皮不停地炒男人，也没有把爱情炒熟；李大爷摔倒了，用了56分钟才把自己的腰扶正；初中孩子从六楼飞下前，一直想用心房的那缕火，温暖天上的一朵云……

《湖州晚报·散文诗月刊》2016年第1期

作者 ——

青槐，本名袁青怀，1970年生于湖南新化，定居天津。天津市作协会员。作品见于《人民日报》《诗潮》《青年文学》《星星》《诗歌月刊》《上海文学》及泰国《中华日报》等报刊，入选多种年选。

喜欢青槐的《风从南来》，他的叙述似是波澜不惊，从容有致，不疾不徐，偏又能从语句中寻得最美最亮的思想，他懂得克制自己的情绪和态度，诗句越不带倾向性，它的倾向性会越棒，相反越带倾向性，反而会减弱它的艺术感染力，减弱表达的效果。以退为进的写作手法，在艺术上才会具有意义，也只有内心安静祥和了，才不会被外界众说纷纭的写作方式所左右，心如莲花般纯净，诗句才会芬芳无畏。（刘萍）

独 唱

/青玄

夕阳隐退，盛夏携带最后一些热烈的词语离开。

我的牧场安静，没有高声部的合唱挤占静谧；没有身怀绝技的羊群冲破栅栏的讨伐；没有追随短鞭呼啸而来的鹰隼，占据半空；没有永远，没有世纪。马车扬起的尘烟已消散在孤零的小道两旁。那些随意丢弃的石头太旧了，只裸露出时间的痕迹，一个人的空旷。在这里，夜一旦拉上幕布，就只能听见水流声，带着时间的刻度昏睡。

我小心地收藏着四月的一些雨水，和被雨水洗透的清白，试探着靠近它们——
我丢失已久的故园。
挤进胸腔的热烈，捧出培育后的新鲜，落尽一片茫然。
短暂是一条流经的河被风带走的过程。
我找不出音阶的错误。
我的慢，终究远离了合唱。

《星星·散文诗》2016年第3期

作者

青玄，本名李雪梅，系新疆作协会员。作品散见《诗刊》《诗歌月刊》《诗选刊》《星星》《诗潮》《绿风》《西部》等期刊，有作品入选年度《大诗歌》《中国年度散文诗》等选本。现居新疆博乐市。

评鉴与感悟

这首诗简短有力，把诗人茫然、孤独的心情很自然地表达了出来，它没有华丽的词藻，也没有冗长的句子，但字字都情真意切地书写着诗人的心声。夕阳西下的盛夏很安静，那里"没有高声部的合唱挤占静谧，没有身怀绝技的羊群冲破栅栏的讨伐，没有……"，有的只是一个人的空旷。在夜深人静的晚上，诗人独自一人，咀嚼孤独，他试探着靠近丢失已久的故园，却落得个茫然，时光太短暂，以致诗人被迫"独唱"。感伤的线贯串整篇诗文，它使读者能够真切地体会到诗人的那份惆怅与孤独，与诗人达成情感的共鸣。（宋秀敏）

闭幕辞

/宋清芳

1

火焰灼灼。

有灰烬飞起来，有灰烬落下去。

在现场，你在一棵树下仰望到的果实，欺瞒了你几生？

华衣裸露，那个托钵之人，把灰尘，一饮而尽。

2

他们有一连串的证据。

僧衣下窝藏祸心；地狱门前的恶狗指着一堆瓦块，喊亲人。

这些我都信，可是。

我终究不能在五台山的迷雾里，把落单的异类挑出来，插上标签。

3

观音寺我们许愿。

多么虚假的路！一夜有雨，夜夜有神明暗示。

每一次梦境重现，都是回不去的故土。

谁能把一个违心的誓言开成菩提，谁就是西藏礼佛路上的白骨。

我愿意匍匐，为这石破天惊的真相，祈求宽恕。

4

水里点灯，花开花落。
梦是前世的梦，疼是下辈子的疼。
这样，不如拆开轨道，让那些异乡人，住在他乡，种菩提。
所有的呐喊都低于沉默，所有的流水都暗含漩涡。
你究竟在哪里重生？

5

时空逆流，我们的船只，被一只蝴蝶淹没了。
救起我的不是宿命，不是因果。
破开夜色，我能看到那颗闪闪发亮的星辰。
因为祭拜，她成了自己。
因为祭拜，她遗失了自己。
而幕布，在不远处徐徐落下，像极了那个梦。
墙角有蛛网粘住了飞行。
用手揪住的月光，刹那间点燃了一座城。
城里人面无表情，目不斜视。

微信公众号"彼岸诗林"2016年7月6日

作者——

宋清芳，曾用笔名山丹芳子，山西省作家协会会员，山西省诗歌研究委员会朔州市分会秘书长。《朔风月刊》编辑，《左诗苑》副主编，《关东诗人》编辑，多家民刊特约编辑。

宋清芳的散文诗，从意象开始而又终于意象，在意象的跳跃中传达出深刻哲理，表达出对佛教信仰的质疑。果实在佛家观念里对应物是菩提果，是觉悟的象征。在所有毁灭之后，继承相信佛教信仰的托钵之人，还是将钵中"灰尘"一饮而尽，不肯醒来，继续沉迷。佛像的碎片成为一堆瓦块，对于恶人来讲，瓦块也是值得亲近以求得救赎的慰藉物。五台山的迷雾，象征着某种道教的传承对人的遮蔽，在这样的迷雾中，确有清醒着的人，即所谓的"异类"。这里运用反讽的修辞手法，极具艺术表现力。人呢? 拯救自己的不是宿命，不是因果，更不是祭拜。人因为祭拜，找到自己却又由于过度祭拜，而失去自我。闪闪发亮的星辰象征真理、真知、彼岸，这便是诗人所追求的。"用手揪"不是通过祭拜等等类似神迹昏聩的信仰去完成自己的追求而是"用手揪"。诗人此刻是一个真真切切的人，她点燃了一座城。可笑的是城里的人却一点都没发觉。诗人运用反讽的修辞手法，被一场大火烧成灰烬，却不会发觉。宋清芳善于在跳跃的意象中运用象征与反讽的修辞手法，极具表现力。这首散文诗最为精彩之处在于诗歌的最后一节与第一节对接起来，是一首构思精巧的散文诗。（李及婷）

馈赠（节选）

/清水

这是一条河流。
这是一个早晨。
听它歌唱，那枯萎了的苹果树
——散发着幽香。

一

人们开始怀疑关于年轻的心灵或古老的命运。
怀疑命运缄默，白石寥寥。
但我听到的穿透黑暗森林的声音来自何方？
你以黑夜的笛音重返的奏唱。

二

你的奏唱——
带着老树的褐色珠光。
树王打开了隐于山中腹地的渊薮。这绿林宇宙，渐渐之石多么陡峭！
种子纷纷复活，深草里，有甘甜的水流过。
仿佛得到时间的秘示，你的鸟群不知疲倦，它们躬耕、看护快要成熟

180

的麦子。

时间离它们远去。

更多的光影湮灭在水里。从黑夜到黎明，从日落到又一天的太阳升起。

一些事物平静地出生，尔后平静地死亡。一些则在剩余的时间里寻找返回的路程，然后还原为荒草，钟声，河流，谷物，光明或黑暗。会不会有复生的智者的灵魂？

当我说出这句话的时候，我看见你一步一步往前走。我看见你在前面走。

而雪，在你身后飘落。

三

雪终于来了。

天空向深处滑行。

起初在船上，后来在白色的陆地上。我发现奔跑的房屋和人群。

暮色降临，钟声敲响暮霭，一声接着一声。钟声从何处响起，又往何处而去？渐渐地，再也听不到那一击，这最后的钟声连钟一起消隐在了绵延细密的雪的时空。古朴淳沉的木杵，眼沉如水的高僧无从寻行。

人们站在皑皑的白雪。相信一场如期而至的大雪是另一个世界。

四

被澄澈的灵魂指引的我进入一粒雪。

传说中的雪的神峰白云缭绕。

神峰下的海水里有贝壳。

贝壳上，天空里一点点蓝的颜色。

五

我们用鱼的语言交流。

我们潜入水下，游向天空。

我们分享同一种陌生的兴趣或者突如而来的忧伤。

一些水流进了我的血液。我试图破译某种古老的令人愉快的细节——

一页密码。一行墓志铭。一个梦的赠礼。

可是，那透过你用我无用的双眼寻找的，你青铜的菱镜，你裁下的智慧的言辞，你第一次看见我又遗忘了我的你的勇敢和慈悲。

黍苗离离，泉流清清，此刻的，你的黎明！

《诗潮》2016年9月号

作者

清水，本名朱红丽，1971年9月出生于上海，居浦东。作品散见《诗选刊》《诗歌月刊》《星星》《诗潮》《诗林》《散文诗世界》《中国诗人》《上海诗人》《中国文化报》《新民晚报》等刊物。作品入选多种选本，并获多种奖项。

评鉴与感悟

清水的这首散文诗题目叫作《馈赠》，其实省略了主语，完整的表达应该是"水是馈赠"。简而言之，整首散文诗其实是诗人对这个简单清晰得不能再清晰的判断句的阐释。这种阐释分几个层次展开，首先是作为物质的水的馈赠，生命得以复活和延续；再次是作为时间隐喻的水的馈赠，可以感知成熟和生命的轮回；最后是固化、降温为雪的水是馈赠，唤回干净和澄澈；最后是融进生命和血液的水的馈赠，演绎了忧伤和愉快……水在诗人的笔下，已经不只是作为物质的水，除了具有多重内涵之外，还启发人们感悟生命，触摸实在，体味永恒。

（范云晶）

雪　兰

/邱春兰

一朵朵纯净的雪花，一直萦绕地飘散，却又无法真的散若无物地飘落兰坡，坡上皆是雪兰。

坡上种兰人痴吟许霁楼《滋兰树蕙山房同心录》中的雪兰："兰中时有白色者名雪兰，此乃阴山背阴处所产，若栽盆中，略见微阳即变绿色。蕙惟宁净白荷花，为蕙中真雪兰。惜此种今已失传，不复识庐山真面矣。"

兰根生兰坡。要不要栽至盆中移至山房？会不会微阳即变？一些颇具境外之境的冥想，种兰人在雪水煮茶之时却忽略与兰的炉火。

雪或兰两个相融或独立的字，致象外之象，内里却包裹着一层宿命般的生命涟漪。细细思量，似乎觉得"红泥小火炉，晚来天欲雪"也只是一种境象。

纵是不复识庐山真面矣！如今一种真实的幻，从玄幻里找到被雪覆盖的雪兰之魂。

纵是雪事极端颠沛兰骨，兰坡望尽寻兰不见，如今且说世间光芒深沉，归于红尘又归于空无。就让种兰人怀着神圣兰意在凭雪兰坡，静候小雪之后大雪的恩临，若坡上寒冷，就温壶兰酒，雪兰相依，痴醉而知醒。

《星星·散文诗》2016年第3期

作者 —— 邱春兰,女,又名杨怀荣,河南固始人,现居郑州。河南省作家协会会员、河南省散文诗学会副秘书长;作品散见全国报刊,入选数十种选本,出版散文诗集《雨后蝶衣》《似与不似》,获军旅青春及其他文学奖多项。

评鉴与感悟 —— 冬天最让人感动的莫过于雪花,那细小而纯净的白色精灵,一片片纷纷扬扬悄然而至。此时的雪已被注入了一种力量,一种新生的力量。"幽兰生前庭,含薰待清风。"兰,自古以来是诗人常咏之物,诗人咏叹它的高雅气节和高尚品格。"不以无人而不芳,不因清寒而萎琐。"叶含正气,花弃浮华,香气幽幽,谦谦如君子。当雪飘落于兰坡之上,这看似是极普通的事,内里却包含着一层宿命般的生命涟漪。雪与兰虽都是无生命之物,但在诗人的眼中是有灵气的,自然也是有感情的,并且是可以变化的,是雪兰随"我"的情感变化而变化呢,还是"我"随雪兰的情感变化而变化?雪兰相依,痴醉而知醒,"我"的情思也与雪兰相映相渗,"我"将温壶兰酒,怀着神圣兰意在雪兰坡上静候大雪的恩临。全诗柔和细腻,没有刻意求工,没有经营的刀斧痕迹。掩卷而思,好似并未刻意强调什么,却在平中见齐、浅中寓深,意美以感心,自然得像青山秀水一般,纯真而没有任何多余的修饰。在这自然之中,我们体味到了女性作家的柔丽细润之美、清新淡远之风。其实,只要我们对生活有爱,我们就有生活的力量与乐趣。(李及婷)

晚安曲

/然灵

　　静坐尘世，你我都是纸镇，擀平了流浪誊写人生风浪，涟漪处是流沙，一字一句全都陷落海底，却成了轮圆俱足的曼陀罗。

　　月光总是走后门，三秒黏死梦的缝隙，所有的边框都发着光，世界和你正要渗透进来，成了显影的壁画。

　　昼和夜手牵手，一些光流到你的脸上；一些暗不谙世事，旋紧了星辰。一些电线没有鸟，仍唱着冥想的歌；一些凋零在飞，一瓣一瓣地拨开夕阳。

《湖州晚报·散文诗月刊》2016年第5期

作者　　然灵，本名张苇菱，别号小乌鸦，1979年生于基隆，现居台中。静宜大学中文系硕士，是文字工作者，也是作文教师，喜爱写诗、绘画、摄影、自助旅行。著有诗集《鸟可以证明我很鸟》，散文诗集《解散练习》。

在台湾70后散文诗人中最异轨的是然灵，她的作品澄澈、灵气，却注入哲理，对生活体悟的深切和视角的独特都格外突出。《晚安曲》是一首思想性和文学性均较有深度的诗篇，可以看作是诗人于睡前谱写的有关尘世经历、流浪人生、梦的缝隙和流光附体、世事熟谙、夕阳重现的希望之歌。诗人对生活的思考每天都在挖掘中进行，伴随自我的审视和对社会的关注，深度的探索精神与青春的情怀几经调融，成为散文诗写作一个崭新的品格。（孙晓娅）

五台山五爷庙

/任剑锋

炉火正旺，一批又一批信众蜂拥而来；

香火不断，一叠又一叠金纸化尘飘去。

佛祖高坐，金身披挂着一层又一层绸缎，华丽无比；在大人调教下，小孩磕头如小鸡啄米；对面戏台不停上演着据说五爷爱看的大戏；现代科技LED显示屏不停地滚动着信众的捐资，如考验虔诚的竞赛，又像炫耀佛力的收成。原来吉祥安康，首先要"舍"，然后才能够"得"；原来佛祖也会得意，并非不烦不忧不怒不喜。

心诚则灵，一代代的人都这么说，一个个跪拜的人都这么做，做给佛祖看，做给菩萨看，做给自己看，为了超脱生死苦海，跳出六道轮回，胸膛里原有的那颗心，在跪拜的一级级台阶上丢了，再也捡不回来。

"佛向性中作，莫向身外求"——他们不知道，千年前的六祖慧能早已作如是说；他们仍像虔诚的孩子，在不停地用诚心和佛菩萨做着交易：上供品，点香，烧金箔、金纸，小笔添油，大笔捐款，不分男女老幼……祖祖辈辈，世世代代，成为了牢不可破的传统和博大精深的文化。

那昨日在香炉前打坐念佛的是奶奶，今日在庙宇里一板一眼叩拜的是我，孩子啊，你别捂嘴窃笑，明日在菩萨前小鸡啄米般磕头的，或许就是你……

187

不信，你就问一问正在看戏的五爷，命运，是否就是重蹈覆辙？

微信公众号"十亩之间" 2016年2月28日

作者

任剑锋，笔名凌剑，惠安人，其文学作品及评论散见于海内外各级刊物，作品入选数十种年选选本，出版有《眺望家园》《守望城市》《他乡成故乡》《任剑锋散文诗选》等散文诗集和《诗意的守望——任剑锋散文诗评论集》。

评鉴与感悟

诗人任剑锋借《五台山五爷庙》这首散文诗，借烧香拜佛这一事件，传达出了一个人人皆知，却逐渐淡忘的"真理"。即做什么事情都要有敬仰之心，都要做到发自内心的虔诚。就像诗中所描述的，虔诚与金钱多少与否无关，更不是一种形式化的跪拜叩首，而是要有源自内心的诚意——"心诚则灵"。诗人引用慧能法师的"佛向性中作，莫向身外求"一句，意在说明内心纯净、认清内心的重要性，这是烧香拜佛者需要参悟的真理，更是所有人应该学会和重新加以重视的修身法则。（范云晶）

夜有些醉了

/任俊国

　　肇兴侗家"打三朝"的长桌宴从寨头可以摆到寨尾，喝出来的喜庆比长街还要长。

　　夜幕低垂，心情高涨。我们去赴一次侗寨的长桌宴。

　　天空的雨还在下。我理解雨的心情，想让我们仔细看她淅沥的身影。

　　雨并不濛濛，但雨幕里的背影过于窈窕……雨中的情致似乎让你想起了很多。我看见你收了收心口，不想让情感过早流淌。

　　很久了，我们没有这样面对面地坐下来吃饭、喝酒、聊天，没有这样近距离地把一碗笑泼向你的脸，没有好好看看岁月这把刀对你的无情，对我的无奈。谁叫我比岁月还要沧桑呢？

　　我们知道嚼碎的花生米不会发芽，但那满口的余香足以让风回头。那时所有的风都走过了窗口，只有你从窗口走向一段恰到好处的笑容。我们知道一竹筒米酒喝下去后会有浅浅的醉，偏偏你用海量把夜色喝浅了。

　　不必担心，夜色在她们三杯两盏浅浅的笑中更加丰满了。

　　在回去的路上，你扶着夜的腰肢，三步一趔趄。街上的雨，也有些乱了。

《浦东时报》2016年5月18日

作者 —— 任俊国，笔名任河等。迄今在报刊上公开发表作品700多篇首。作品多次入选《中国年度散文诗》《中国散文诗》等。

评鉴与感悟 —— 一席长桌宴，一幕雨中景致，一抹微醺的夜色愈渐丰满，是否也唤醒了你深处的记忆？往事如三杯两盏浅酒，在记忆中越酿越香醇。夜幕低垂，夜和雨的组合，对于很多人而言，或许是忧愁、相思、哀痛的象征。往事回首总是刺痛着心灵最深处，犹如苍茫沙漠中被遗忘却又总是绞痛人心的白骨，心口的情思肆意地流淌。很久没有面对面地坐下吃饭喝酒，岁月的刀，于你是无情，于"我"是无奈。浅醉的夜晚，月清如水，一切都宁静而平和，却一不小心走进了想念的漩涡。往事的痕迹跃然于纸上，仿佛触手可及。一竹筒米酒后，"我"扶着夜的腰肢有些趔趄了，街上的雨有些乱了，夜有些醉了。最终，我们将会明白时间是最恒久的良药，一切都会被推进时间的窑洞中，经过沉淀而得以澄澈。有时候我们是否应该不再那么牵挂自己来的地方，那般的释怀，就像告别过往的车站一样，一切都是为了寻找新的起点。全诗温敦柔和，清新宜人，情真意挚，情思婉转。结尾美妙极了，意境悠远，仿若雨在耳边轻轻絮语着，却也留有空白，藏有空间，好似牵领着我们追索溶解在心灵中的秘密。（宋慧娟）

盛满月色的古村庄

/任随平

月色醒来的时候，大地正在酣睡。一声渐行渐远的狗吠，将村庄的银碗盛满的孤寂再次叫醒，泼墨般写意在辽阔的空茫里。

一截一截老去的槐树是孤寂的，裹挟在杨树枝干里的鸟窝是孤寂的，北风的马车扯出的呜呜声是孤寂的，一只茫然逃遁的野鼠是孤寂的，偌大场院里佝偻着腰身的麦草垛是孤寂的，还有什么不在初春的夜晚因空落而孤寂？我的村庄，我别离了亲人与温热的故乡？

还是那条羊肠道，还是那面黄土崖，还是多舛命运扭结的榆树林，还是土墙灰瓦的青青屋舍，只有它们，在一阵更比一阵浩荡的春风里，坚守着村庄最后的诗意。草木香味的炊烟呢？轻身伶俐的春燕呢？荷锄而立草帽遮颜的父辈呢？

是他们的远行带走了春色的葳蕤吗？是他们的离去荒芜了村野的馨香吗？固守篱笆墙的木质门环能否敲击出钢筋水泥林立的金属声响？

此刻，我俯首沉思，多像故乡诗行里一枚倒置的叹号，在无边月色的照耀里。

今夜，我还能归去吗？归去，还是我余生的抉择吗？又一声悠长的犬吠声顺着山间滚落下来，像一声呼唤，又像一枚救赎的破折号，悬停在村庄的出口……

《星星·散文诗》2016年第6期

作者 —— 任随平，男，1980年生，甘肃省作协会员。诗文散见《人民日报》《人民文学》《读者》等报刊，获第六届中国散文诗天马奖，出版散文诗集《点亮乡村》。

评鉴与感悟 —— "今夜月明人尽望，不知秋思落谁家。"月光栖满大地，填满夜的情愫，也深刻着每个夜。月色引起的"情思"最是撩人。月，永远有一种情结，关于爱恋抑或思怀。月，向来是诗人们钟情的种子，有过多少吟咏。月圆的时候，月缺的时候，在仰望，在低思，在品评。岁月悠悠，人生长河不断浮起回忆的岛屿，最令人动容的莫过于那时而喜悦时而忧伤、沉浮回转的故乡。纵有名川大邑、恋人倩影，心灵相照，却怎能比得上儿时心灵上的细细记忆？它宛如悠悠的旋律，隐约地萦回在心田。在盛满月色的古村庄，一种思忆在脉管里涌动，一份沉重的思想在悄然生长。老去的槐树，杨树枝干里的鸟窝，北风中马车的呜呜，撞击着游子绵绵不绝越思越烈的故乡。沉静中回忆往昔，他的孤独，他的哀愁，他的怀念，他的眷恋，在激荡，在惊跳，在升华。当春色的葳蕤远行，村野的馨香荒芜，已逝的过往无法唤回，你却是这般俯首沉思、留恋万分！全诗清幽细腻中溢满哲思和禅味，悲怆和浓情洋溢其中。诗人神思遐接，思绪跌宕，月色中感悟着孤寂，又超越着孤寂。（宋慧娟）

没有眸子的女人
——读莫迪里阿尼画作

/弱水

她没有眸子。但她分明在看。她用一双没有眸子的目光，与后世的我们对望。

也许是他们的一个小小玩笑。某次坐他对面供他描摹。他说，你要藏起目光，以及，留在你目光里的我。

从此她隐去自己的眸子，不再看到除他之外的世界。画里画外，她的身上，只落满画家纷纷的情欲。

他的天才在于，天真又诡秘地完成她的变形，用温暖的色块，柔和的线条，让她冷漠而无望。

他的天才还在于，留下空白，但绝不空洞。他在她没有眸子的目光里，看到了我们看不见的内部。

从此，她被他的凝视杀死。在他精细的笔法中，她保留了身体高纯度的美。她的灵魂，被他附体。

她是碧萃丝，也是杨妮。是每一个爱他的女人。她的手指伸展得多么悠远，他的孤独就执着得多么幽深。

原创首发

193

作者

弱水，本名陈彬。1972年出生，山西泽州人，现居北京，供职于国家电网公司。著有诗集《在时间里》，散文随笔集《如果你叩我的门》。曾获2010年度《黄河》散文奖，2011年度《山西文学》诗歌奖。

评鉴与感悟

卡罗·曼在为莫迪里阿尼写的传记中，曾这样形容画家所画的那些人物的眼睛："一只明一只晦"，"一只向内审视自我，另一只茫然向外"。莫迪里阿尼也曾亲口说过，他笔下的人物，看到的是自己的内心世界。不少人将这种独特的风格归结于画家本人生活经历所导致的孤独气质。莫迪里阿尼所画人物或双目紧闭，或即使画了双眼，也是眼神空茫，漫不经心。这些画中的人像对审视着他们的现实世界冷眼旁观，眼眶以漠然的冷色调描绘而成，沁入了一种百无聊赖的厌倦和无望。弱水的《没有眸子的女人》完美地表现出了莫迪里阿尼创作中最为至关重要的特点——内向的自我凝视。但诗人并不仅仅局限于此，通过"画家纷纷的情欲""温暖""柔和"和"冷漠""无望"的比较，"空白"与"空洞"的对立，弱水创造了一个独特的诗歌场域。以心灵独白的形式，用细腻的笔触埋下了隐隐约约的情愫，抒情的同时又使孤独忧郁的气质得以突显。无论是散文诗的标题还是内容，其中出现的每一个词语和意象都承载了诗人对莫迪里阿尼画作所产生的独特又厚重的情感共鸣——一种徘徊于人与人之间和人与社会之间，孤独又热望的冷漠。（张彬彬）

灯火阑珊夜长安

/三色堇

今夜，盛世大唐，金子般的闪耀让天空触目，让山川溢出心堤。满目的灯火，阑珊的风情，花好月圆的盛况空前。

这里不是童话，这是热烈奔放的长安，宏大的韵味与大唐的钟声敲响夜色，敲响时光。

古城墙上那形态各异的灯盏，红的，黄的，蓝的，紫的，高的，低的，远的，近的……众多的灼灼美好缠绕在一起，似乎在叙说着十三朝古都那精彩的光阴。面对满城灿烂的灯火，我不再认为这是宿命的相遇，它定是久违的乡情，是前世的造化，是今生的溯源。

一座城成为思想的历史，它一定有着特定的使命，这些闪耀的灯火曾点燃了多少凯旋的君王和安逸的子民，点燃了多少"犹恐相逢是梦中"，满城尽是赏灯人的盛景。

时光安好的长安，正在盛装矗立。

如今，只有在长安，你才能找到盛唐的繁华与欢歌，你才会问，"不知天上宫阙，今夕是何年"？

《星星·散文诗》2016年第6期

作者

三色堇，本名郑萍，山东人，现居西安。中国作家协会会员。陕西省文学院签约作家。参加第二届青海湖诗歌节，第二届中国诗歌节，第十一届散文诗笔会。曾获"天马散文诗奖""中国当代诗歌诗集奖"等多项大奖。出版诗集《南方的痕迹》《三色堇诗选》。

评鉴与感悟

长安，一个熟悉而倍感亲切的城市，一个有着灿烂文明与多元文化融合的辉煌商贾古城区。它是中华文明的缩影，是观览历史画卷的绮丽橱窗，也是文人墨客访古怀旧的胜地。夜火阑珊的长安城，大唐钟声敲响夜色，城墙上的灼灼美好，花好月圆的盛世，不足千字的诗文却跨越了数千载的浮沉，时空交错，融于一瞬。十三朝古都的光阴，凯旋君王与安逸子民点燃满城的盛景。时间的纵深感与空间的广阔感立体丰润起来，不甚经意却娓娓动听。这是对故土的热恋之情，也是对沧桑历史的追思之情。全诗并无怀旧的承重，却有着厚重的历史感，也无多少往事悠悠的感叹，但却有着深深的情意。 质朴而诗意深厚，淡雅而意境悠远。由苍凉岁月滋养的一座古都与诗人的柔情深深地融合，仿若进入了思接千载的峡谷，尘世的斑驳陆离呈现着沧桑迷离的魅力。人生伦常，亦古亦今，隐约着苍凉之感，弥漫着一种时代的情绪。一座城的更迭也是代代子民历经磨难矢志不渝的心路历程。

（宋慧娟）

春天的夜晚有多少躁动
在此起彼伏(节选)

/沙飛

1

春天真的来了。

一大块夜色绣于我的胸口。我的胸口是归鸟的路途。每一羽的扇动都有清脆的回音抵达温暖的唇。

月色悬于苍穹之上。一层一层的清辉把一个诗人的眼眸,洗得透亮。他看见许多事物的动作在春天摇摆的幅度,远远大于其他季节的总和。

2

水池里的蛙声被谁的手指按响?

一波一波,杂乱无章,在玄夜里弹跳,像极了邻家大婶的铁锅里翻炒的豆子。

但总有一粒能够切入耳膜的内部。打开一个人的似水流年,打开一个异乡人心底封存的,故乡。

3

就着夜色,春笋们迫不及待地把骨骼越修越长,越修越硬。

我甚至能听见星子的赞美:只有努力突破自我,笔直的腰杆才能风轻云淡地垂钓。

一杆，钓天地。

一杆，钓青春不老的容颜。

《海诗刊》第256期

作者 ——

沙飞，本名张玉明，1986年生，记者。作品见《星星·散文诗》《散文诗·校园》《诗潮》《国防教育周刊》《海星诗刊》（台湾）等。获第二届中国·曹植诗歌奖二等奖、2015中国网络散文诗年度总亚军等奖项。

评鉴与感悟 ——

我们生活于自然之中，自然环境以宽大的胸怀哺育着我们，怡神养性，叫人宠辱皆忘。我们把她当作女神。当作母亲，热爱她，崇拜她，赞美她。春天的夜晚，月色的清辉，星子的赞美，迫不及待的春笋，弹跳的蛙声，这是一年中最美好的时辰。当你揉开迷濛濛的双眼与这此起彼伏的躁动相拥，来到大自然的怀抱，夜的不宁静撩惹着你那不安定的灵魂，仿若有个美丽的精灵向你呼唤，好似绿叶架下的葡萄等着你去采。你的精神为之一振，你敞开自己的心灵，听着蓓蕾打开的声音，打开心底封存的似水流年，见证着生命紧锣密鼓的演绎。春天的夜晚此起彼伏的躁动其实是心的春天，心的躁动，心的此起彼伏。有别于众多春天的抒情诗篇，全篇勾勒了一幅生机勃勃的春景轮廓图。玄夜弹跳的蛙声、迫不及待的春笋……连续跳跃的春景，营造着赏心悦目的意境。诗人笔下的春天夜晚无拘无束，情思自然流泻，流畅轻盈的文笔，恬淡静谧之境，娓娓道来的景致悦目舒心，含意隽永，诗意浓郁，读之令人遐想，激起心底深处对美的憧憬。（宋慧娟）

回 归

/拾谷雨

一些被时光踩落的种子散落在地上，泥土节外生枝，放出瘦弱的想念。

你的枝丫醒来，我的身体也跟着醒来，某一处冰凉，某一处温热，都被一一侦测。

秋天坚持原判，把落日送上刑场，某个黄昏，适宜岑寂。

太多诉说过于贫瘠，不语，用一颗心去收割季节的心。

就在天空上面，时令关押着一阵风。

时间的血得到谅解，一根雨一样的骨头，在缓慢成形，宽恕两只身体，让他们属于夜晚的笛孔。

我们被命运选中，在一个逗号中不安，寻找着逃离的句点。

灵魂的雕像被一再抚摸，肉体的罂粟依旧在生产种子。

孤独像审判场，切开虚构的内部，每一只身体都有一粒种子。

呼吸，合拢。与一些隐秘的事物对峙，修补陈旧的星辰。

如此长途跋涉，终究要返回自己空朽的内壳。

《散文诗》2016年6月上半月刊

作者 —— 拾谷雨，本名张金仿，生于1991年5月，甘肃清水人。作品散见于《星星》《诗刊》《扬子江》等刊，著有诗集《午间的蝴蝶》。暂居兰州。

评鉴与感悟 ——

世间的美只有回归才得以升华。即便是一颗流星、一只流萤，亦是如此，它们的回归是在那广漠的天庭划下一线光明，在那沉沉寂夜亮出一点星光。散落于地的种子，泥土放出瘦弱的想念。枝丫的醒来唤醒了我的身体。秋日静默不语，去收割季节的心。时间的谅解让万物得以宁静。零落飘散着诗意，痛苦也终将塑成美丽。来路的点点哀愁与苦难，人生旅途的长途跋涉，其中的辉煌、激烈、富有、高贵，也将归于一处。全诗凝练精美，文约意丰，置身于广袤的空间内，一组组意象直拟其心，比拟其情，如歌似吟，浸润着诗意，传递着诗人对于生命的态度。意蕴隽永，意境朦胧，充满哲学玄思。是什么要回归，又是回归何处呢？是青春吗？是爱情？是时间吗？是意志吗？是命运吗？在层层推递中令人遐思无限。我们都奋争着，坚忍着，跋涉其中留下缕缕足迹，然而我们终将要返回自己空朽的内壳。人生的真正畛域取决于我们内心的最深处，假如我们能以明朗清澈的心来照见这个无边复杂的世界，那我们于生活便是永恒的虔诚有力。（宋慧娟）

辞旧辞（节选）
——听古筝曲《琵琶行》

/霜扣儿

我已从那里走过。

谁赠我红巾飘舞，谁替我披过铠甲征袍，谁，在临行的星光前，递过一只老玉之笛。

胡杨在侧，半天焰火，城之威，池之鱼，冠之戴，歌之末，我一一路过。

从青春出发，我手执辽阔，走旷野，走命理，走至鬓发落雪。

你说这是一生，我问：只是一天？只是一个弹指间？

再望来处，只见晓风弦月，静壁矮垣，渐渐低下的地平线。

沙海之生，蚌里之疼，灯火之光，爱情的情。

我一一路过，一一路过。

看尽飞天画，听尽笛声嗟呀，折尽开了又谢之花。

悲莫悲兮，伤莫伤兮，且这样，缓缓别离。

也不念晨起的光，也不念暮晚的亮。也不念那中段，有一架落于沙海中的马鞍。

马鞍搭毕生。

毕生一滴血。

融入夕阳，坠落。

也不提风驰电掣，也不提锦口绣心，也不提，生千年，死千年，再三千不倒的胡杨。

这一世，我只留红巾一抹，在心口，留待来生回望前尘时，生出骨头里的炙热。

微信公众号"我们"2016年5月20日

作者 霜扣儿，黑龙江人，中国诗歌学会会员，《关东诗人》副主编。著有霜扣儿文集（一套三本）——诗集《你看那落日》《我们都将重逢在遗忘的路上》，散文诗集《虐心时在天堂》。

评鉴与感悟 霜扣儿的散文诗在清冷中带有一种苍茫，却又给人一种向上的力量。她在文中运用独语式的表达方式，以独特的视角走过人生不同阶段的不同风景，清冷之感笼罩全文。但是她的散文诗在清冷之外，更有脱俗之气。文中不论是痛苦，抑或是幸福，都会一一经过成为过去。面对人生的无常、世俗的漩涡、尘世的执迷、往事的困境，霜扣儿以一种"坐看云卷云舒"的闲适坦然的心态接受，但却不沉迷于过去，而是"告别过去，走向未来"，一路向阳。好诗是内省式的，具有哲理向度。霜扣儿的诗越读就会越有味道，呈现出广阔的意境、内敛式的思考。她所选取的意象并不局限于春花秋月，更多的是金戈铁马式的豪气意象，跳跃出小天地，营造了广袤开阔的画面，使她内敛式的独语外，更有一种苍茫的意境。此外，霜扣儿善于从生活细小处入手，以佛语入诗，于迷途处找归宿，于心浊处寻清音，远离尘世的羁绊，回归本真的自我。这是关乎"回归"主题的哲理性探讨。霜扣儿的散文诗具有古典文化之美，却又不乏对现实的深刻思考，具有独特的审美价值。（李及婷）

我怕辜负了无限流年（节选）

/水晶花

夜莺彻夜难眠，做了现实主义的逃犯
不必敬礼。为我鼓掌
高潮版的——
　　　　　　　　——题记

1

像我的嘴唇，手术室的刀子是软的—— 豆腐心也是软的，它可以解放
全人类，这是神的语录。那时，众生有高高低低的白云，我有深深浅浅的
睡眠。

莲花慈爱。莲花在我耳畔久久地打坐。

醒来便是重生。
继续欢愉。继续，爱——
爱青菜萝卜。爱五谷杂粮。
天上飞的，地上跑的，我都爱。爱你，爱你的过去时现在时和将来时。

窗外，夏花灿烂，衣袂乱飞。

那时——我卧在云里雾里。额滴个神，我从哪里来，又失联去了哪里？

亲亲的神，你是我的东南西北。我的五湖四海。

我今生的选择题。

2

我现在活得像一枚保鲜的感叹号，但那时我差点活成一个冻僵了的句号。

生存之道必须高于野草。

这是硬指标。

是你这辈子下的赌注，在体肤滑落的时刻为我扣紧了生命的纽扣，那么，我要统率你后院的烟火。

那么。请藏好消声器，请引领高山流水，不必敬礼。为我鼓掌，高潮版的——我呼啦啦召回体内的虾兵虾将，神气得像个打了胜仗的女英雄。

火急火燎，给不忍触碰的童年捎去厚厚的家书。我多么爱盐井村的稀有民族。家书抵得过万两黄金，扶正了那条病恹恹的河床。

3

继续——掌声——

休闲版的——

加速度——

亲爱的我的青年，不可一世的早期梦游者，像一款被贩卖的瓦罐，我与它已经相忘于大市场。

相忘于一根亢奋的化疗管。

人间多美好，世上之事善大于恶。

你大于我。请拉直我这根发难的经脉。从此，我开始珍爱自己每一口呼吸。

呼吸力足以打开锈蚀的鸟巢。

二氧化碳是良善的。

4

花开花谢，不仅仅争朝夕。

那年。一颗成熟的桃花痣日夜为你翻山越岭。你幅员辽阔，夜的钢琴曲传遍了黎明前的好山好水。

不仅仅争朝夕——嗯。到了八月桂花开。七夕的紫葡萄颤了一树又一树，我这几斤几两的心思你要弄醒豁。

八月的向日葵圆满，夜莺彻夜难眠，做了现实主义的逃犯……

5

我包裹好岁月的老茧。

这双写满错字的手，依然不安分于一张空空的白纸。

写满长句短句。长亭短亭。

我怕辜负了无限流年。

流年，无限——我在射线一样的人生路上掉队，紧赶慢赶。

风，吹了一季又一季。黑夜为什么总会为我变成白色……

多好的往生啊，虚构一座城池是一件特醒脑子的游戏。莫等闲白了老年头。

谁有资历照耀这卿卿江湖？

6

呵，处处闻啼鸟——

我谦虚得紧。我们有意错过繁花，但，这八月的桂花酒，像个憨媳妇拉着你的手。

窗户纸是一只拉长调的蝉喊破的，你看我们老式的木格窗。绣花鞋。

谁来为你我的脚印穿针引线？

月亮在路上闪了腰，谁来救救那池塘里的水？

秋天的枝条不堪肥美。

嗯。你远远看见——我的眼睛仍然有妖魔化的邪念。

不思悔改啊。

梦里梦外，太不淑女了。

7

秋天。天地遣悲为怀，大赦天下。

你晋升为良君。

我手长衣袖短。

你准备好了吗？

要下雨了，天空发泄坏脾气，我的身子还没摆正。

大庭广众之下，我想从阳台上钓来那被淹没的落日给你。这一举手投足也太不矜持了。

这——

这——

八月。我放肆得没有章法，之前，我与桂花树。像我类质量的人，你要设置关卡。

切记。

切记。

《诗潮》2016年9月号

作者 —— 水晶花，本名邓易珍，四川省达州人，四川省作家协会会员，作品散见《星星》《诗刊》《诗歌月刊》《诗选刊》等刊物，入选多种年度选本。出版诗集《抱瓦罐的女人》，散文诗集《大地密码》等。

评鉴与感悟 —— 水晶花的散文诗《我怕辜负了无限流年》，以"虚拟重生"这种奇幻的方式重新感受了时间以及生存的美好，以实现对自己浪费时间的一种弥补。一方面也是为了"逃避现实"——重新活过，把浪费的时间都重新找回来，把自己从"冻僵的句号"变成"保鲜的感叹号"。不止是对时间的寻找，其实还是对自我的重新寻回，是对活的灵魂的呼唤。如诗人所说："生存之道必须高于野草。"当以一颗好奇以及满怀感恩和热爱的心再重新打量曾经因为冷漠、麻木、挥霍而显得了无生趣的世界时，一切都是新奇的、有热度的、可爱的——"人间多美好，世上之事善大于恶"。（范云晶）

秋天，一地的阳光

/司舜

秋天，我有人间最现实的幸福，一地阳光不是瞬间的闪烁，是一直在不停地闪耀。

我爱，一段一段被收割的明媚，一段一段像是泄露秘密一样的芳香。

我用诗句，一个词一个词地靠近，一个字一个字地去模仿。

这肥沃的土地，那么多呼啦啦的叶子，先是相互搂紧，再是慢慢松开。果实，都是值得托付的肥硕，像懂事的姐姐，长得拥有足够饱满的乖巧。

多么需要秋天的富有和繁复；多么需要一条牛的气喘和一辆车的吱呀；多么需要强烈的阳光倾巢而下，美妙又旺盛、连绵又起伏，一直抵达虚位以待的庭院。

一束光亮站在庭院等候多时，温柔且楚楚动人，入口即化。

一束光和母亲在灶台相遇，一束谁也惹不起眼球的光却被母亲越烧越旺。

阳光聚拢过来，不需要整理，就溢出火一样的红。

顺便把我要赞美的嘴唇映得通红。

《济宁日报》2016年8月12日

作者 —— 司舜，1964年生。中国作家协会会员。作品被多种报刊转载。著作六部：散文诗集《对岸》《五种颜色的春天》《嘴唇上的河流》《与风一起流动》《乡村物语》《流淌或者停顿》。现为安徽宿松县文化广播电视新闻出版局创作研究室专业作家。

评鉴与感悟 —— 司舜的散文诗看似平淡，却是生活美与诗意美的对接和融合。在中国传统文化里，古人素有悲秋的情怀。但是秋天在司舜的笔下却是灵动而有活力的。他选取秋天的阳光这一视角来赞美秋天，在阳光的跳跃下，秋天也跟着活泼好动起来，与古人笔下萧瑟的秋天截然不同。诗人用朴素的语言，勾勒出阳光下闲适恬静的乡村田园图画，是生活美和诗意美的呈现。随着经济社会的发展，城市化趋势愈加严重，中国乡村生活渐渐远去。陶渊明式的田园风光逐渐成为一代又一代人的回忆。司舜的散文诗就是诗意的回归，他用最为简单纯粹的语言，在寥寥几个字的描绘下，秋天阳光下的惬意生活便饱满得溢出诗性之美。在文中阳光下的土地，承载着落叶与果实，逝去与新生，自然地承接，这是一幅包含哲理的静景图。从静到动，阳光倾泻在牛耕地、车运转、闲适的庭院，这分明就是一幅美好和谐的画面。阳光从扩散到聚拢，视角也由广阔到具象，聚焦到庭院里劳动的母亲和我准备赞美的嘴唇。阳光下的平常事物变得充满灵动之美。简约而不简单，司舜的散文诗在惬意中注入生活的热情，充满了人性化关怀。（李及婷）

遮　雨

/苏家立

门没有锁。客厅里摆满鱼缸，有的装满水，有的只有半满，还有的铺了一层油亮的水草，但没有一个水缸有鱼。

她浑身湿透推开门，将纸伞搁在门边，盯着溢出噪声的电视屏幕，和式地板上有几条刚从屏幕掉出的银色蚯蚓，它们不停地挣扎，像勉强摊开身体的逗点，尾巴朝着窗外的彩虹，不知控诉哪一层的色彩过于刺眼。

悄悄地用脚趾摩擦地板间的缝隙，她不觉得放晴是件好事。手中紧握着从遥控器拔下的电池，把其中一颗投进茶几的鱼缸，如果是鱼，沉没势必是即将面临的谎言——剩下一颗要埋在一个简单的地方，没有任何水，也没有锁。

撑起白色纸伞，她在室内旋转了几圈，而天花板开始滴水，轻轻敲在纸伞纯净的表面，弄出一颗颗灰色的污渍，她用手把纸伞戳了一个个洞，自己身上也慢慢流出了一些温热的液体。

门不存在。

《湖州晚报·散文诗月刊》2016年第5期

作者 ——

苏家立，就读新竹教育大学中国语文学系在职进修班，目前担任国小集中式特教班导师。曾获创世纪60周年诗奖、台湾诗学第一届诗奖优选（散文诗）。

评鉴与感悟 ——

创新性是台湾散文诗作家们的一个标志，多年来他们自觉进行美学、形式等诸多方面的探索。台湾80后散文诗人苏家立的散文诗风格独特，不落散文诗写作的俗套，看似是在诗的语言和逻辑中找寻故事的机趣，实则是在故事的朦胧与断裂中，传递感觉的体尝和滋味。尤其是《遮雨》一诗，诗题理应是思想和内容的凝练性表述，而整首诗却给人以生命存在的无意义感，空无和虚脱、颓废和失语的情感一泻千里。现代意识里的后现代思维的反叛性，事实上已经表露无遗了。（孙晓娅）

给你写信（外一章）

/苏美晴

给你写信，春天是最好的信纸。

一池春水的皱褶是多么好的抒情呀，蝴蝶穿着最美的裙装。

我也想那样，在各色花朵上飞。

如果就这么飞下去，如果你不喊我，也许我就会飞出春天的念想。

但现在，我必须低下头来，给你写信：

开头是亲爱的，结尾是想念。

中间的部分我铺了一条春天的花径。

爱，已经被写得很透彻了

我的黑夜很长，牙齿闪着雪的光亮。这么一副好牙齿，除了咀嚼思念外，白白地浪费掉了。若干年后，当你真的与我耳鬓厮磨。亲爱的，我都不敢开口喊你。

我怕这么多年磨砺的好牙齿，会伤害了你。

只有你不在的时候，月光打在墙上。

我才敢对着它龇牙，炫耀！

212

我不想再写下去，也不想写出那些想念。

不想写杨花，柳花，姹紫嫣红的过去。

就像爱，已经被写得很透彻了。

我想你，也无烛花可剪。白炽灯，像一只羚羊一样，跳到晨曦的窗口。

你是它的羊草吗？亲爱的！那我就是它越不过去的崖口。

如果我能忍住不想你，就会水草茂盛，好多羚羊迁徙而来，一整夜，我都听到嗒嗒的啼声，踏进我的草原。

《星星·散文诗》2016年第4期

作者——

苏美晴，原名杨文霞。中国诗歌学会会员，黑龙江省作家协会会员，中国诗文学会副会长，《诗文杂志》执行主编。已出版诗集《在身体里行走》《午后，落雪》。曾获人民文学"科学与精神"大赛一等奖，"安居杯"第三届全国诗歌大赛二等奖，以及各种赛事的奖项。

评鉴与感悟——

苏美晴的散文诗具有一种温暖的抒情美，宛如一股清流缓缓流向心底。思念是甜蜜而苦涩的，她成功地阐释出这一矛盾心理，引发共鸣。文中的"我"也想像蝴蝶一样，飞离春天的花海，飞离思念。但是，心里对春天的眷念，还是促使"我"停下来写了一条铺满思念的花径，最终都不曾摆脱思念。苏美晴善于感知情感，并将其具象化，赋予独特的诗意。若思念是羚羊，"你"便是羊草，"我"甘愿做羚羊越不过去的崖口。只要能见到你，"我"的崖口会长满水草，羚羊便会带着"你"来到"我"的草原。这样的意境充溢温暖，同时具有独创性。苏美晴更是开创性地用牙齿来承载思念，锋利的牙齿是思念的见证，但却不适合给真正思念的对象看，彰显出思念本身与呈现思念所存在的对立的张力。苏美晴的散文诗具有清爽的意境美，在抒情的背后，更有深刻的思考，掩卷之后，发人深思。（李及婷）

春风在哪个旷野上朗诵

/苏若兮

最近总有个人来梦里客串，角色忽而善良，忽而邪恶。

我不信垄断，但我充满了饥饿。能吞食的，我不挑选，一个都不放过。

那时不是邂逅，是一生的结伴。只披风尘，只话漂泊。

只在我这里贪睡。醒，也冒上帝的名，来哄拍自己。睡吧，像万物中的一物。

享尽人间的荣光。

我的梦里没有土壤。你播种的心要落空了。

看到一幅画，一轮白月悬在淡蓝的夜空。三两根光秃的树枝斜弋。再没有多余的一笔。

是《空》吗？我更愿意命名它为《等》。

和我灵魂有过亲近的人，来过，还会来。

像春风热爱四月。像时光将花朵催生为果实。

不仅仅以文字示众，更以美，以爱情，以尤物。

《诗潮》2016年7月号

作者

苏若兮，本名邵连秀，20世纪70年代生人，原籍安徽滁州，现居扬州，中国作家协会会员。有诗发表于《汉诗》《诗刊》《十月》《诗选刊》《星星》《扬子江诗刊》《中国诗歌》《诗潮》等各类文学刊物。著有诗集《缓解》《扬州慢》。与西叶一起主编《界限中国诗歌网络诗选》。诗观：一种源于心灵的表达，内心生活的再现。自然得有如自己的骨血、肌肤、容貌，符合着自身的特质，无限放任、博大、虚妄而诚实。

评鉴与感悟

在散文诗《春风在哪个旷野上朗诵》中，诗人借春天之口表达了对人世的理解和对人性的剖析，当然这其中也包含了诗人自己。就像人们从不同角度看待春天一样，春天也会用不同的态度对待不同品性的人。诗人用了梦—睡—醒三个时间维度或者说状态来隐喻人们生存的三种状态。无论是生存还是写作，最重要的还是具有灵魂、积极的态度以及对美好事物的期待、呼唤与展现。（范云晶）

童年最后的野餐（外二章）

/苏绍连

太阳照耀的草地上，螳螂和蟋蟀在剪着那些人的影子。十一岁的小女孩用一支黄色的阳伞保护自己的影子，她看见一只触须发出讯号而且身体不断蠕动的活虾，在炭火上面由青灰变成鲜红。这秋日的午后，童年在这里做最后的野餐。

远处山坡上成群的小黄菊也是一支支小阳伞吧？

小女孩的妈妈用一把银亮的刀子剖开一块全麦面包，反复而无聊地涂抹鲔鱼酱。小女孩的爸爸正煮着一壶咖啡，水已沸腾，咖啡豆在做最后挣扎。小女孩仍在阳伞下抱膝蹲坐，想象自己是一只萎缩的虾子。

从党部派来的螳螂和蟋蟀终于把爸爸妈妈和那些人的影子剪得支离破碎了。只有小女孩能带着自己童年完整的影子，并撑着黄色的阳伞走向远处的山坡，和那群小黄菊站在一起，仰脸迎着落日余晖，遥想未来的日子。

合唱

听说，这里睡了一个人，一星期、一个月，甚至超过一年了，都还没醒过来。在叶片上行走，在花朵里寻觅，一群小孩向寂静而漫长的时间，投入一条好长好长的绳子，想要把那个人拉起来。也许，惊动了一只孤独的青蛙，它紧闭着嘴，在一口深不见底的井里。

一个小孩说："我们自己唱吧！"用饥饿的喉咙发音，张着干裂苍白的嘴唇，可以看见僵硬的舌头、焦黄缺落的牙齿，孩子们尽力地用童稚的声音唱着，破损的歌曲，在幽静的野外，在睡了的那个人的耳朵里回荡。小孩继续齐声唱着《招魂曲》，他们相信那个人，一定是他们的父亲。

在字典里飞行

我已开始飞行，穿越一本二千多页字典大的银河系。每一个字都是一颗星球，悬浮的，旋转的，移动的，在各自不同的轨道上任我浏览。我只是一个忘了字怎么写的小孩。

一页一页穿过，为了寻找一个字，把它安置在我的一行诗句里。我以光速飞行搜寻，尘埃粒子遮掩了我的视线，我不小心飞向宇宙最远的天体，攫取了我想要的字。二千多页哪！当我回航时，有许多星球含着泪目送我离去。

我的诗句，每一个字都闪烁着星星的光芒。

《湖州晚报·散文诗月刊》2016年第5期

作者

苏绍连，1949年生，台湾台中人。先后创立三个诗社：后浪诗社(诗季刊社)、龙族诗社、台湾诗学季刊社，现主编《台湾诗学吹鼓吹诗论坛》，致力台湾散文诗、超文本诗创作。出版《惊心散文诗》《隐形或者变形》《散文诗自白书》《台湾乡镇小孩》《少年诗人梦》《草木有情》《童话游行》《时间的背景》《镜头回眸》等书。

评鉴与感悟

出生于1940年代的苏绍连，他的散文诗充满现代质感、灵气而智慧。其散文诗语言透明清新，情感温婉而不激越，极富诗的想象的意向性。既书写了现代社会生存场景中人的精神世界和心灵世界的悲伤、失落、低沉、哀怨、苦闷、怅惘和些许的喜乐等情感情绪，又暗蕴了梦想扩展的诗学，其独特性就在于诗人选取了儿童经验管窥现代生命的意涵，其深意恰如巴什拉所言："当孩子在孤独中梦想时，他认识到无限的生存。他的梦想并非只是逃避的梦想。他的梦想是飞跃的梦想。"比较苏绍连此前的散文诗创作，他的风格多变，呈现出流动的实验性审美探索，不变的是浓郁的诗性韵味。（孙晓娅）

梦语者·天使

/唐朝晖

天使是有的。

她展翅的声音通过风流过来。她来自另一时空，无法形容她的模样。她就在我面前。我有点冷，她是天使，我就这样称呼她。一旦我离开地球的轨道，谁也将听不到我的声音，或许我将留点风给树叶和女儿。

天使来了。她说。

我不知道她在跟谁诉说。我飘了起来，如初冬满目的黄叶。经过腐烂的过程，我干干净净地离开。停止了与欲望一起寻欢作乐的过程。停止了流血，眼睛闭上了，那是我身体的眼睛。

我在这里醒来，有如打开一本书，内容是新的。她们漫游着，闲逛着，就像现在的我。

微信公众号"我们"2016年5月27日

作者

唐朝晖，湖南湘乡人，现居北京。出版有《一个人的工厂》《梦语者》《通灵者》《镜像的衍生》等图书。作品散见《大家》《花城》《散文海外版》等多家期刊，作品入选《百年中国经典散文》，上榜"当代中国文学最新作品排行榜"。

唐朝晖曾经出版了一部散文诗，书名就叫《梦语者》。在梦中呓语和在清醒时说话的最大差别在于，梦中可能会卸下现实生活中扮演角色需要的面具和伪装，说出内心最真实的想法，而这很有可能是清醒时无法和不能表达的。无法和不能表达的原因很多，可能是由于忌讳，可能有悖于常识，可能是由于缺少知己，还可能是表达无用。就像诗中所谈到的天使有无的问题。只有在梦中才能够对天使存在与否的问题作肯定的判断，且具有合理性。在《梦语者·天使》中，唐朝晖通过对"她"，即天使的存在以及到来的确认，来反观作为凡人的"我"的存在和精神世界，借此表达了诗人渴望蜕变，渴望抵御摆脱世俗欲望诱惑，找回全新自我的决心和愿望。（范云晶）

有些冷你是绕不过去的（外二章）

/王妃

今日立冬。

立冬就意味着有些冷你是绕不过去的。

"一切，都只是一个无情的闪动。"

有些冷是彻骨的寒。有些冷是刺，有点残忍地、让你隐隐地痛，不断地痛，一直痛下去……

绕不过去的冷，你就必须迎上去。

在迎上去之前，一定要努力让自己暖起来。只有自己暖了，才能抵御所有绕不过去的冷。并且，你在风中递出去的手，才会是暖的。

当忧伤与忧伤相遇

猝不及防地，在路的拐弯处，我和你的忧伤迎面相撞。

你我呆立而对。

我掉进你眼神中那口忧伤的深塘里。我的思想在挣扎、上浮，我的忧伤在下坠、沉没。

当一种忧伤与另一种忧伤相遇，谁被谁理解？谁被谁同情？

你身材矮小，皮毛纯白干净，你应是谁家吃喝不愁的宠儿。那么，你的忧伤从何而来？你望向我的样子是那么绝望、无助，孤独的影子被阳光拉得很长很长。你横着身子，扭着头瞥向我，你是不是正徘徊在人生的路口，等我给你明示下一个行走的方向？

我还无法判断你的性别、年龄。

我不知道，在与我相遇之前，你是否和我一样拥有这些：亲情、友情、爱情，事业、家庭、子女……我不知道，你现在是不是和我一样的疲累，只想找个安静的角落，让自己从忧伤里脱壳而出，还原那个本真的自己……

当我的忧伤与你的忧伤相遇，尘世依然如故，而我不再感到孤独。

记忆的碎片

梦的入口是幻想，充满神秘和未知，梦的出口是逃离，带着伤痕和记忆。从一个梦境走进另一个梦境，从幻想走进幻想，再带着伤痛逃离。

把一个梦境放逐到另一个梦境，把记忆的文件绞成碎片，再重组成新的记忆。

美好的记忆像摇篮，疲惫时愿把自己变成婴儿，总想躺在里面摇曳沉醉。痛苦的记忆像毒品，上瘾时愿化成一摊水溶在其中，相互毒害哪怕涕泪交横。

所有的记忆像一棵棵树，组成人生的丛林，它们都张开着眼睛，望着我走出去又走回来，叶子是它们的睫毛，合着我的脚步张开又垂下，垂下又张开。

雨落后的泥地，有记忆的芳香，浅表是笑和繁华铺天盖地的绿，埋在地底的，却是泪和寂寞交媾凝结的黑。绿，是记忆的光华，在阳光下光鲜媚人；黑，是记忆的伤疤，在月夜里撕裂战栗。绿，终归要萎缩成黑，黑再孳生新的绿，周而复始的日子构成了人生。

我把笑留下，把欢乐留下，把一切的美好留下，留在你的眼里，留在你的梦里，留在你的文字里，独独不要留在你的记忆里，我不喜欢在那里

222

挤占，那样我会痛，亦会让你痛。

《星星·散文诗》2016年第4期

作者 —— 王妃，70后，安徽桐城人，现居黄山。在《人民文学》《诗刊》《青年文学》等发表作品，曾获第二届上官军乐诗歌奖、未名诗人奖等奖项。著有诗集《风吹香》。

评鉴与感悟 —— 王妃是一位善于思考的诗人。她对散文诗的写作特别的谨慎，力求突破。读到这些有质感的文字，内心生出一种敬畏。她的散文诗从题目到内容都是很理性的。在思想的挖掘上有着一般散文诗写作者所不具备的深厚。这些得益于她对外国诗歌的阅读和领悟。像《有些冷是你绕不过去的》到《当忧伤与忧伤相遇》，以其极具张力的语言，几乎一种油画的笔触，将人的内心揭示。

力量和内涵，是不言而喻的。正如这样的诗句，"我把笑留下，把欢乐留下，把一切的美好留下，留在你的眼里，留在你的梦里，留在你的文字里，独独不要留在你的记忆里，我不喜欢在那里挤占，那样我会痛，亦会让你痛。"是极具感召力的。

王妃这组作品很好的置于生活内核，赋予汉语浓厚的感情，将内心呈现。在阅读中去醒悟，有一种直抵心扉的酣畅淋漓。（亚男）

悲喜黄河

/王幅明

河，是一座城市的年轮。

郑州，因一条大河流过而自豪，而悲伤，而欢笑。

当然，黄河并不属于郑州，她只是从郑州身边流过。但是，黄河流经郑州，留下了太多的故事。这些用泪与笑写成的故事，全都流进了民族的史册。

史前的大河村遗址，存留了远祖的身影。邙山炎黄广场，展示着先贤的鼎盛。

邙山有大禹岭。大禹站在山岭之巅。大禹乃治理黄河的始祖。禹受舜命，修理河道。经过数十载不懈的努力，不羁的黄河第一次被驯服。

邙山有毛泽东视察黄河的纪念地。摄影师拍下了这一瞬间，成为黄河历史闪光的一瞬。"一定要把黄河的事情办好。"他沉思许久，留下一句话，掷地有声，响过黄河的波涛。

国家治理黄河的机关，设在郑州。经过数十载不懈的努力，不羁的黄河再一次被驯服。

黄河南岸，花园口决堤堵口纪念碑表情忧郁。抗日战争初期，为阻止日军西进，国民政府炸开黄河大堤，致使豫、皖、苏三省44县蒙受水患，89万人惨死，390万人流离失所。黄河血泪滔滔，被迫改道8年之久。

曾经的悲伤，已经流入大海。

如今的黄河，总是露着笑脸。黄河游览区到处是渔村、湿地、休闲农庄，时刻向游人招手。

《星星·散文诗》2016年第6期

作者

王幅明，中国散文诗学会理事、副秘书长。中外散文诗学会副主席。河南省十佳出版工作者，享受国务院特殊津贴专家。1978年开始发表作品。河南文艺出版社社长，编审。文学以散文诗创作与研究为主，有9种著作出版，编著多种，获多种奖项。理论代表作有《美丽的混血儿》，散文诗代表作有《男人的心跳》。

评鉴与感悟

性格是民间的主体。作为中华民族的发祥地、拥有三大古都的河南，养育了河南人不温不火的"温"性格。作为河南散文诗创作的佼佼者王幅明的文字四平八稳，温柔敦厚。诗题"悲喜黄河"，是一种在物我关系上的变化过程，颇具天地境界。这一境界，在禅曰悟境，在诗曰化境。悟境是大无情，化境是大有情。其形异而质同，源远流长的"大河"意象，有着民族文化的崇拜与个人离愁的抒怀；滚滚东去的"大河"意象，承载着雄浑劲健的壮美与逝者如斯的哀愁；惊涛骇浪与清澈澄明的"大河"意象，象征着动荡浑浊的世道与宁静纯洁的心灵。这是悲喜的同在，这是无情有情的共生。"这些用泪与笑写成的故事，全都流进了民族的史册"，它使个体生命在内敛过程中与世界达成和解："曾经的悲伤，已经流入大海""如今的黄河，总是露着笑脸"，人与自然，收得精神在内，自觉，自我，而与宇宙一体，悲亦真，喜亦真，悲喜之间是大河文明给养的人类的智慧，天地之间生生不息的大德。（薛梅）

灵隐断想

/王猛仁

这钟声，有晨钟暮鼓的悠扬，有木鱼铜磬的呜咽，也有音乐般的追梦凌空。

那巍峨而堂皇的殿阁，是祖先高超的智慧结晶；那精致而生动的雕刻，是祖先不朽的艺术铸造。

灵隐寺是一首有灵性的诗。

它能洗去尘埃，唤醒灵知。

我不愿朝拜进香，我来这里触摸风景。奇岩、怪石、珍木、佛雕、匾额、楹联，还有成群结队、一步一叩首的善男信女。

太阳西去了，黑夜仍逗留在欲念的圣地。

它真的是从北高峰上撒落的珍珠玛瑙。

是波动的潮汐，是梦里的摇篮，是大自然摇撼不动的千古江山。

我第一眼看到就惊魂了。

有多少好奇的游客投来赞美的惊叹，有多少凡夫俗子试图破解因果真谛。

我坚信，月亮和太阳都是正确的。

我稳稳地站着，站着，祈祷有个安定的重心，让散乱的心情安如磐石。

不必频频叩首，不必香烛祭礼。

在这颗星球上，凡是能够激起我们美好的，大概都很美好。

苦海既然无边，回头何处是岸？

不计较，不宽恕，不遗忘，不膜拜。

一切都会随风而去。

《星星·散文诗》2016年第7期

作者 ——

王猛仁，1959年生，河南省扶沟县人。2007年获"中国当代优秀散文诗作家"称号，散文诗获2013年度、2015年度《莽原》文学奖，2013年度、2014年度《诗歌月刊》散文诗奖，著有《养拙堂文存》（九卷）。

评鉴与感悟 ——

在王猛仁的散文诗中，既有自然胜景，又有主观内情，是情感体验与客观物镜的融合。灵隐寺即使是祖先智慧的结晶，即使是能让"我"惊魂的珍珠玛瑙，即使是集深厚历史文化与丰富自然美景于一身的灵性诗歌。但是也决不能盲目膜拜与崇拜，将希望全部寄托于此。王猛仁消解崇高，质疑佛教信仰，佛教并不能拯救世人脱离苦海。回归到自我的原点，一切顺其自然，便是最好的皈依。凡是美好的事物都很美好，视野不要局限于一处，而是放眼更广阔的天地。王猛仁的散文诗往往会出现景、"我"、理三者，在充满诗情的自然景物中，"我"抽离出景物之外的理，将诗歌推向哲理的高度。面对客观世界的纷扰，寄托于佛教是无济于事的，"我"这个主体只能通过自己拯救自己，让自己的心性稳如磐石。王猛仁以对灵隐寺的虔诚之心，将内心感悟、主观情思与自然景物融为一体，在诗中透露出一种诗意思考。王猛仁的散文诗在处理自然景物时，并非仅仅定位于营造诗意之美，而是将诗歌推向哲学向度这一高度。因此，他的散文诗具有一种深沉而强烈的感染力。（李及婷）

斜斜的云朵

/王素峰

斜斜的斜坡，斜斜的飞机凌空掠过。

你高高地站在风中，我低低地躺在斜坡，躺在斜坡看飞机，你和我一起，一起看着飞机经过。

午后，我们一同数飞机，一、二、三、四……五、六、七……不知有多少人相聚或别离。

斜斜的斜坡，斜斜的草尖顶着云一朵。

一株大杉直直地立在斜坡，我们斜斜地躺着，牵着手，看着斜斜的云朵，等着从脸上经过。

你说，我们什么时候乘那一朵云，你想和我牵手去摘星……是不是就让我们在梦中，就牵着手去银河？

斜斜的斜坡，斜斜的风吹着日落。

你斜斜地躺在斜坡，我散散地踱着，踱着看日头，我们共同看着，看着那日头逐渐黯淡逐渐掉落。

我说，此刻，我们好似在斜斜的孤峰顶上，斜斜的烟尘不染，韶光飞逝间，不去哪，随时都和你牵手。

《湖州晚报·散文诗月刊》2016年第5期

作者 —— 王素峰，新诗学会理事，中国文艺协会理事，诗作发表于《秋水》《文学人》《华文现代诗》《葡萄园》《野风》等，收入年度散文诗选。曾获2015中国·星星"月河月老杯"（两岸三地）爱情散文诗大赛银奖。

评鉴与感悟 —— 《斜斜的云朵》以行游览景的视角，书写诗人对爱情的思考，"你"高高地站在斜斜的山坡上的风中，和"我"躺在斜斜的山坡上仰视的图景，已然超越了爱情的小格局。（孙晓娅）

所有的眼睛涌堵
在一滴水里

/王西平

大水来临，夜晚复制着白天的黑。

唯有盐味，可以重建这个夏天，我们围坐在世界的洼地。嘎吱，门开了，投进一个腌臜的洞。炮火齐齐射向肉食，射向果蔬……

我们携带天使布满呓语的器脏，在高空蹈步。

天空之城，所有的人像收紧羽毛的子民。飞翔，以青麦的方式，卷入黄金与亚麻的铁血针毡。

大地之下，苦艾救赎的深蓝，压倒一切冰冷的吻。不要忘了吃庄稼的同行人，他们在喧哗中涌向晴朗，却又在静谧中，倒向死神。

爱情的，婚姻的不幸，好友的，和丧子的痛楚，一种炽热燃烧的，和死灰复死的绝望。也不会。

每一个人像是遗落在地球上的"疤痕"，每一种声音的传达，都将成为艰难行动的铺展。

一路奔波，我们拆除栅栏上的星象，所有的眼睛涌堵在一滴水里——像是在闷热的仓库里，遇见白浪翻滚的海。

或者，我们被生活剔除，像巨型的鳞片，从内心膨胀，撑起冰凉的面孔。

我们丧失了"人"，被黑暗的花束分解了的"人"，被赶往一块玻璃的尽头，那里有死刑花园，曲鼠草也不是那么完美，所有的，"我们"，却能够在任何一件尖锐的事物上行走，割草机轰隆隆开启前奏，啊，秘密就在眼前，老玫瑰攀爬而上，一只真正的雄鹰，佩戴着温软的机械发饰。

我们在捕猎中探寻自我。

在深井里聆听掘火电台的赫兹。

我们，每一个人，仿佛坠入寒武纪时期的"第三人称"，并以任人宰割的名义，在红油口水中复苏。我们像蛀虫一样潜入一粒尘埃的内壁，吞食复杂的人心。

是的，我们痛恨雨水，就像痛恨屋顶上的劫匪。

我们痛恨劫匪，就像痛恨掠走热心肠上的冷气。

作者 —

王西平，中国80后代表诗人，曾荣获第二十届（2011年度）柔刚诗歌奖。2013年参加了第四届青海湖国际诗会。2015年获诗刊社主办的中国桃花潭国际诗歌艺术节"中国新锐诗人奖"。著有诗集《弗罗斯特的鲍镇》《赤裸起步》《西野二拍》（合著），散文诗集《十日或七愁》，美食随笔集《野味难寻》等。现居宁夏银川。

评鉴与感悟 —

王西平的散文诗在平静中透出一种清冷，给人一种孤独之感。文中记叙的是夏天的一次洪灾之后，人类面对灾难时内心的痛苦与无奈。但是王西平并非仅仅局限在描写自然灾害及其给人类带来的不幸。他平静地看着一切发生，用他冷静的眼光发现灾难背后是个人的一种生存状态。王西平借助洪灾的冷峻与无情，隐喻个体的生存也是艰难的，面临着无数的不可预料。我们生来就是孤独的，在失去与逝去的绝望中，我们都只是地球的一道"疤痕"。王西平消解的是人类的崇高之感，将人类打回原形，重新思考人的生存本质。他的散文诗充满隐喻，但又没有丝毫的刻意，而是给人一种菩提般的顿悟之感。（李及婷）

花朵打开的世界

/王秀竹

花朵内部，往往藏有一条河流的经卷，而想要深读，必从花朵的源头开始……

动脉，静脉，蜿蜒的根须却暗示我：只有进入春天内部，才会知道，一朵花的绽放远比凋零更孤独。

花朵。花朵。每一朵花都是为自己开的。花朵打开的世界，却不仅仅是自己的。

我一直坚信，每一朵花，所迸发的激情与力量，都来自绽放之前那紧紧攥着的拳头；花朵，总是微笑着争取一场战役的胜利；花朵，只向不负春光的人们，打开自己行囊里的好山好水；花朵的雅斋，拒绝满身尘土的过客，而只接纳情比书香的知己。花朵，在努力绽放的过程中，为我们建造了豪华的展馆，并于绸缎般抒情的语境里，陈列着内心的瓷器和青铜；花朵发的电，足可以让一座爱情的城市灯火通明。绽放的日子里，每一朵花都是春天的发动机。

我一直不敢面对，花朵在炸响春雷的同时，也成为了一场风暴的中心，一杯酒里的火焰，一个村庄枝上的艳史，一群蜂蝶歇脚的客栈，一声旅人久违的乡音。也一直不愿接受，花朵于枝头开足马力的同时，也预示着即将结束一场华丽春游，也有意无意地耗费、挥霍青春的积蓄。或者，成为了掘利者低成本开采的露天矿；或者在风的煽情下，开始了一场芬芳的私奔；或者以甜蜜的歌唱，灌醉众多欣赏的目光，从而形成春天的龋齿和一个季节的高血糖。

而雨季的到来，并不会让花朵停止喊着的渴，忽冷忽热的早春，也不会让急于表达的花朵感冒伤风。

在花朵打开的世界里，借得意春风，细心的人们，总能从花朵的绽放中听出一阵比一阵急的马蹄声，哪怕一声叹息，也会惊落痴人嫩梦的羽毛……

在花朵吹响的号角里。

花朵。花朵。

谁解花语？谁解一盏点亮荒夜的灯？谁解一颗熬情熬血的心？

花朵在枝上建造的房子，足以证明，安置芬芳的心情，并不需要太大的使用面积。

每个人的内心，也都有一座对外开放的花园，但，不是所有游人都有免费进入的资格。

《诗潮》2016年3月号

作者

王秀竹。1957年出生，祖籍山东省牟平县，居住在内蒙古牙克石市。诗歌创作始于1980年。歌词《乡愁不老》入选中央电视台中文国际频道"记住乡愁"百集大型记录专题片尾曲。现为内蒙古自治区作协会员；内蒙古大兴安岭林区文联副主席；内蒙古牙克石市作协副主席。

评鉴与感悟

王秀竹的这篇散文诗更像是一个大的隐喻场，一层深似一层地暗藏玄机。就像诗人在开篇所表述的那样："花朵内部，往往藏有一条河流的经卷，而想要深读，必从花朵的源头开始。""花朵"在这里面扮演多种角色，作为起点，作为言说中心等，而在多重角色的转换过程中，"花朵"也变得扑朔迷离起来。"花朵"至少具有如下意义：首先是花朵的实写，可以称之为"花朵就是花朵"——"每一朵花都是为自己开的"。能够在世界和人类面前展示出自己，包括自身的形态、颜色、气味等。其次是花朵的引申义，即诗人所说的"花朵打开的世界，却不仅仅是自己的"。就现实层面理解，花朵作为物可以成为认识世界的一个参照物，至少可以看到美、生死轮回以及季节的轮换。最后是花朵的转喻义，即"花朵不是花朵"。诗人将之转喻为"一杯酒里的火焰，一个村庄枝上的艳史，一群蜂蝶歇脚的客栈，一声旅人久违的乡音"等等。在完成作为物的"花朵"从内到外的言说之后，诗人又回到了内部，但是这个内部不再是花朵的内部，而是人的内心世界，诗人以花朵的向外敞开来反衬人的内心的不敞开，在展现出词语无限延展性的同时，也说出了人与人之间尚存隔膜的事实。

（范云晶）

空 凳

/王宗仁

轻抚给腰背磨残了的凳 / 无奈凳里只有遗憾 / 在远远的以前 / 凳子很美 / 父亲很少皱纹 / 独望着空凳愿我能 / 再度和他促膝而坐 / 独望着空凳心难过 / 为何想讲的从前不说清楚

——夏韶声《空凳》，林振强作词（原词、演唱皆为粤语）

破损的空凳会如何定义自己？我永远无法了解，就如同无法了解，当时皱纹还少的父亲，坐在黑白电视前的凳上，会如何释读生命里一波又一波的噪声。

我曾见过那样的姿势，专注地落座在椅垫上，像幅单调的静物画，在现实的颓败中勾勒另一种逻辑。我也曾见过空洞的眼神，在弥漫的烟圈与背靠中，望向无法言说的窗外。我见过，在鼾声起伏中，他却紧握着扶手，仿佛在梦的占领区中，正与人生叫阵。

但我始终不敢向前。

我始终不敢向前，迎向他巨大的身影，自父子的篇章里，交换各种分行、断句前该赋予的形声、音义。在不断地起身与坐下之间，我就这样逐渐遗失了他的线条、气味……只剩下破损的空凳。

《湖州晚报·散文诗月刊》2016年第5期

作者 —— 王宗仁，1970年生。曾任大学讲师，作品获香港青年文学奖、全国优秀青年诗人奖、林荣三文学奖、台北文学奖，入选《中外华文散文诗作家大辞典》《青少年台湾文学读本·新诗卷》等。著有《象与像的临界》《诗歌》等散文诗集。

评鉴与感悟 —— 王宗仁的散文诗更为侧重美学的探索与追求，他关注形式的格致与主题内涵表达的融合之美，这篇散文诗互文性地将同名歌词作为书写对象，借此完成个人隐秘情感的多维度阐释。"空凳"（《空凳》）是一种寄托思绪和情感的物象，寓意于物，表达诗人对父亲的思念、感激之情，诗人由此反省自己，没能够用心体会父亲的爱，以及对父亲的爱进行表达的遗憾、忏悔、无奈与悔恨。如今面对着空空如也的凳子，《空凳》的歌曲传递出来的空疏与遗憾，更加剧了诗人内心的痛苦。（孙晓娅）

淡淡青山后隐去的颜容

/文榕

多久了，没走入那纯粹的世界，那纯粹的山、纯粹的水、纯粹的云、纯净甜美的空气。

那个桃花源，仿佛于我的意识之上，安放着清冽的泉水，那比故乡更悠远的，恰似天外一抹明净的浅黛。

午后，在淡淡青山后隐去的颜容盛载着似有若无的泪水，细雨是往昔的眷恋、往日的情怀，恰似蓝田暖玉，生发的是此生无尽的缅想。

我在那个世界驻留，舒放我的渴望，品尝泉水的清甜。我再次拉起你的手，只与青山为邻，浅笑的背后是缓缓远行的河流……

每个故乡都隐约着一座青山，每座青山都笼罩蒙蒙细雨，每丝细雨都漾着微甜，仿如我梦想的夙念，自始至终，都是淡淡青山后隐去的颜容。

《湖州晚报·散文诗月刊》2016年第6期

作者

文榕，本名顾文榕，江苏无锡人，1993年定居香港。现任《香港散文诗》常务副主编，《橄榄叶》诗报主编。著有诗集《轻飞的月光》、散文诗集《比春天更远的地方》等6部。参加第十一届全国散文诗笔会，第十五届、第十六届国际诗人笔会。获第三届中国散文诗天马奖等奖项。

评鉴与感悟 ——

文榕以女性的细腻，与自然对话，与自己的内心对话，借助优美的文字，抒写诗人对爱、美、安静这样一些人生境界的品味，值得我们反复品读。"每个故乡都隐约着一座青山，每座青山都笼罩蒙蒙细雨，每丝细雨都漾着微甜，仿如我梦想的夙念，自始至终，都是淡淡青山后隐去的颜容。"这样的诗句在她的作品中随处可见。（蒋登科）

我用现实的眼光
去看天路

/夏寒

鹰，在雪域盘旋；鸟，衔着佛性的灵光飞鸣。

天路，穿过湖泊盐滩沙漠，穿过巍巍昆仑，穿过赤裸裸的高原，直达布达拉宫圣殿。

远离喧嚣的圣殿，有顶礼膜拜，更有佛性的灵光。

朝拜者磕着长头朝着佛国的净土、经幡飘舞的方向跋涉。

打开了西藏的一扇扇窗，打开了西藏一幅幅深邃而神秘的风景。

在距离太阳最近的地方，雪莲花、格桑花竞相绽放圣洁的芳香。

罡风的王国，暴风雪呼啸，翻浆路翻浆。

雪域的世界，战栗着呐喊，仿佛远古荒芜的高原突然苏醒。

风，怒吼声让人心悸，在茫茫雪域中堆砌着严寒，一条巨龙横空出世，把内地与西藏的隔绝贯穿。

雪域高原，中国人的热血融化了万年的坚冰，推土机把积雪推成耀眼的阳光。

帐篷，架起黎明，架起一缕缕炊烟，架起一条天路。

夯声阵阵，炮声隆隆，从此击毁达赖喇嘛分裂的嚣张气焰。

天路，有朝圣的激情，更有比雪峰更高的信仰。

千年的雪山上，冷辉折射出诵经，使藏人的血液凝固。

天在脚下，路在脚下，人在天上，坚定信念在通往布达拉宫的圣殿上。

推土机，以坚强的意志，推开饥饿的肠胃以及千年的严寒。

万籁俱寂开始与阳光对接，风雪，在五千多米的高度编织成洁白的哈达。

那哈达就是通向雪域的天路。一条诠释民族伟大复兴的天路。

雪山下，火车汽车沿着天路送来的温暖，让诵经开始流传，使藏人的血液开始流动。

《星星·散文诗》2016年第2期

作者 ——

夏寒，网名草原夏寒。现任《文学新视界》期刊主编、散文诗年度选本《中国散文诗》主编。迄今已在海内外100多家各类报刊发表文学作品500余篇。文学作品共入选60多种选本。

评鉴与感悟 ——

夏寒的作品有着浓重的个人化的生命底色："朝拜者磕着长头朝着佛国的净土、经幡飘舞的方向跋涉。打开了西藏的一扇扇窗，打开了西藏一幅幅深邃而神秘的风景"，也聚合着一个时代群体的生命内涵和那个时代的精神质素："雪域高原，中国人的热血融化了万年的坚冰，推土机把积雪推成耀眼的阳光。帐篷，架起黎明，架起一缕缕炊烟，架起一条天路"。于是，"天路"被赋予了新时代的内涵，构成了一个新意独特、丰富完美的核心意象，也使诗歌的境界博大而高远，浓烈而多彩，成就了一曲生生不息的时代交响。（薛梅）

不屈的山

/夏马

读山，最宜是在风云漫卷的时日。

伴风云，细细读，才能读出山的性格。

狮子山上的望夫石，缕缕情思，已被潮声揉碎，散落在风景中的，亦不过是些破碎的点滴。

太平山上的老衬亭，串起了一页页古时风月，扛轿上山的日子，已经淡褪，剥开历史画面，能见到的亦是些血与泪的记录……

均不忍卒读。

应该去读一读大屿山，读一读大屿山的东涌谷。读一读东涌谷中的古城寨，碑石斑驳、乱草萋萋之中，有一尊锈迹斑斑的古炮，至今仍昂首挺立，指向蓝天大海，为这古老的山，铸就了不屈不挠的山魂。

百年风雨，谱写山魂的百年沧桑，百年荣辱。

历史已经沉淀，山魂犹在，为行山人留下了一处独特风景。

都来读一读这山吧，在这风云漫卷的时日。

《湖州晚报·散文诗月刊》2016年第6期

作者

夏马，原名邓纪生，祖籍广东揭西，出生于泰国曼谷。1954年回国负笈，1981年移居香港，现为香港散文诗学会会长，中国散文诗学会副会长，中外散文诗学会主席之一，香港作家联会司库、理事，《香港散文诗》季刊主编，尚受聘为上海同济大学海外文学研究所特约研究员。2007年11月，在纪念中国散文诗九十周年颁奖会上，获颁"中国散文诗重大贡献奖"。

评鉴与感悟

夏马是位资深诗人，他的作品也许不新奇，甚至还沿用了几十年前的书写方式，但他对香港历史、文化以及香港和中华文化的关联进行了深入思考。他是懂得历史的诗人，香港的一草一木都能够勾起他的深沉感悟。在《不屈的山》中，诗人说："应该去读一读大屿山，读一读大屿山的东涌谷。读一读东涌谷中的古城寨，碑石斑驳、乱草萋萋之中，有一尊锈迹斑斑的古炮，至今仍昂首挺立，指向蓝天大海，为这古老的山，铸就了不屈不挠的山魂。"他对灵魂非常看重，一个民族、一个人都是需要灵魂的，因此他呼吁"都来读一读这山吧，在这风云漫卷的时日"。通过这些朴实而真诚的文字，我们读到了诗人的情怀与胸怀。（蒋登科）

柳江，我只想在你的寂静里
摘取雨声

/鲜红蕊

我，只想在你的寂静里摘取雨声。

来我眼睛里，一枚古雅的词，起初，我也是在蒙蒙烟雨中认得你。八百年的历史在你身上带着，认得你根枝盘错的黄桷树、麻柳、大榕树；认得你的小栈、水车、小巷、青石板、红灯笼、吊脚楼；认得你的琴瑟、红烛、箫歌，漫卷珠帘的红袖斜倚高楼……

风在岸上跑，花在风上开，微雨中，空气抱着天地初萌的清冽，绿，重重叠叠，被雨声覆盖。一只白鹤白羽舒张，临水而歌，踏水而舞，过来，过去，它扇开三千柳色，藏匿于你的低语，藏匿于半开半隐的桃枝。

像剪水的眼瞳，抑或一幅水墨，柳江，你把惊春的葳蕤，缓缓的时光一行行密密码在心上，在一条光线上缓缓地流，薄薄地流，很快，让我们退回到古代，在你的平平仄仄里，像醉卧于一阕词，像一棵树的倒影轻轻浮上另一棵树的影像。

恬淡，安静，行走，流动，你，美得恍惚。

风来迎风，雨来接雨，八百年柳江，与刀光剑影无关，与断桥无关：且慢，且悠，柳江是从唐诗宋词里慢摇出来的一阕诗句或者月色。美人的美，旧人的旧，古树、酒旗、楼阁、牌匾、旧藤椅、画舫在时光深处禅坐。流水曲觞，岁月静好，这阕古老自然的诗意对抗着喧嚣，在此沉静、开阔、安适，除去私欲杂念，乾坤自在。

莺歌燕舞，草木丰沛地被绿笼尽，左岸星光，右岸灯火，微雨中的柳江，中国式的雅致，你极其柔软的身段，被柳岸长堤、雨伞、烟雨反复打磨、修饰。

《诗潮》2016年3月号

作者 —— 鲜红蕊，笔名水湄，四川省作家协会会员。作品散见《诗刊》《星星》《绿风》《诗选刊》《诗歌月刊》《散文诗世界》《散文诗》等。曾参加第十四届散文诗笔会，2015年中国罗江诗歌节。

评鉴与感悟 —— 鲜红蕊用"中国式的雅致"的文字为读者描绘了一幅具有"中国式雅致"的柳江古镇美景。"中国式雅致"蕴含浓浓的古韵和诗意，这在诗人的写作笔法和笔下的柳江之中都可以感受得到。无论是摹写景物，还是回望历史，无论古雅的语言、娓娓道来的语气，还是舒缓的语调和节奏，诗人用现代汉语写出的皆是古风和古韵，仿佛古典水墨山水画一般淡雅，却又韵味无穷。而古韵背后，偏偏又矛盾丛生，比如舒缓所带来的应该是宁静，而诗人偏偏于静中暗藏了动——"风在岸上跑，花在风上开"。这样的动静结合才愈发显得雅致、俊美，"恬淡，安静，行走，流动，你，美得恍惚"。通过诗人不厌其烦地细致描绘和展示，光影声色俱佳的古典与现代的诠释，柳江古镇就像活的、有生命一般，色、形、神三者兼备。（范云晶）

带着黑暗行走

/向天笑

任何人都是带着黑暗行走。

不信，你回过头去看看，你的背影就是你随身携带的黑暗。你黑色的背影就这样在他的前面走动，不停地走动，还有让他难忘的一切。

只是你那张特别清晰的面目没有转过身来，始终没有转过身来；还有那洁白、细腻的回忆，像你纤细的血管爬满他的全身。

你像女王一样，旁若无人地走着，似乎根本没有想到长长的街道后面有你心思敏捷的追随者，没有想到还有人把你当作圣坛上的露珠，一颗黑暗里他小心翼翼地守护的露珠，那是他生命中再饥渴也舍不得喝掉的甘泉。

你曾经的长发一直是他黑色的光芒，照耀他一个人独自前行。

其实，只有他一个人在街头行走，带着你的影子，在暮色中行走，直至走进无边的黑暗。就在那无边的黑暗里，他寂寞地看着黑暗像闪电一样袭来，他只好孤独地与你的影子交谈，你的影子依旧是他在黑暗里唯一的光亮，像波浪一般在他的脑海里不停地翻滚。

没有谁去关心他在黑暗地停留了多久，黑暗让他的身心交瘁，他无言地看着黑暗长出伤疤，只有你的关爱才有可能让他内心深处的伤疤变成灿烂的花朵。

《湖州晚报·散文诗月刊》2016年第2期

作者

向天笑，1960年代生，湖北大冶人。中国诗歌学会会员，黄石市作协副主席。作品散见《诗刊》《词刊》《星星》《诗选刊》《诗歌月刊》《绿风诗刊》《散文诗》《散文诗世界》等报刊，收入多种年鉴、年选及选集，并多次获奖。出版诗集和散文诗集10部。

评鉴与感悟

向天笑从行走中发现："任何人都是带着黑暗行走。""不信，你回过头去看看，你的背影就是你随身携带的黑暗。你黑色的背影就这样在他的前面走动，不停地走动，还有让他难忘的一切。"在黑暗中行走，行走中看到黑暗中的远方，并且听到黑暗在远方呼唤。诗人进而指出其实："远方始终就在自己的背后，只是自己没有敏捷地转过身去。就像天始终是蓝的，天塌了，蓝也不会消亡，不管下雨还是黑夜，只是自己没用心去看。" 艺术创造的过程是一个理性思考与艺术想象交错进行的过程，理性思考的特点是抽象性、哲理性，艺术想象的特点是情感性、形象性，凡艺术形象都应该具有一定程度的哲理性，这个哲理性主要指凝聚在艺术形象上的作家对现实生活达到的哲学高度的思想认识，艺术形象的思想意义或认识价值，实际上就是指形象的哲理性。这就是说艺术的哲理应从形象开始，经过形象而又归结为形象，好的艺术作品，思想和形象始终浑然一体，正如一位哲人所说的那样："思想透过形象，如同亮光渗透多面体一样。"在向天笑的《黑暗》里，我们可以看出，没有独立于形象之外的思想，思想自然地全部化为形象，形象又自然地包孕着思想，黑暗是作者思想感情的载体，寄托着作者真切的人生体验和对生活哲理性的认识。（谢克强）

仲尼回头

/萧萧

走过曲阜斜坡，仲尼曾经三次回头，一次为颜渊、子路、曾参、宰我，一次为孔鲤、孔伋，另一次为门口那棵苍劲的古柏。

走过鲁国开阔的平畴，仲尼只回了两次头，一次为遍地青柯不再翠绿，遍地麦穗不再黄熟，一次为东逝的流水从来不知回头而回头，回头止住那一颗忍不住的泪沿颊边而流。

走过人生仄径时，仲尼曾经最后一次回头，看天边那个仁字还有哪个人在左边撑天上的那一横地上的那一横，留个宽广任人行走。

《湖州晚报·散文诗月刊》2016年第5期

作者

萧萧，本名萧水顺，1947年生，台湾彰化人。明道大学人文学院院长，台湾诗学季刊社长。著有新诗美学三部曲《台湾新诗美学》《现代新诗美学》《后现代新诗美学》，诗集《松下听涛》《月白风清》《云水依依》《情无限·思无邪》，散文集《快乐工程》等135部。

萧萧作为台湾1940年代出生的现代诗美学的探究者，他的散文诗写作视域开阔，情感游思古今，题材不拘，暗含着现代性审美感悟。《仲尼回头》在"灵会"的文本空间里，蕴蓄着诗人对伟大的思想家、教育家孔子的高山仰止之情。在诗人眼里，仲尼的回头是在用行动昭示儒家思想作为中国传统文化思想的社会价值和人的存在的意义。仁义礼智信，温良恭俭让，忠孝勇恭廉，这些儒家思想的重要体现，均被诗人不着痕迹象征化地隐喻在孔丘的三次回头中，尤其是对"仁"的强调，借古喻今和借前贤的历史经历合二为一，告诫人们与人相处，人与人之间的和谐共处，需要"仁"的规范，如此，我们的社会生态才会更加趋于利己利人。容量庞大的思想性书写与诗人主体情感的咏叹叠合为现代的吟唱，被诗人浓缩于简短的文本空间中。（孙晓娅）

猫的诘辩

/箫风

引子：夜读鲁迅先生《狗的驳诘》，却意外地梦见了猫。

依稀记得，朋友垂钓归来，送鱼一条。

窃想，晚饭时可美餐一顿也。

谁知，刚把朋友送出门，却被猫儿叼了去。

我勃然大怒，呵斥道："站住！你这不要脸的馋猫！"

猫回首一哂："不敢，猫不如人呢。"

"什么?!"

我愤愤然，抡起手中的棍子。

猫并不惊惧：

"我惭愧——我只知鱼儿好吃，却不知世上还有比鱼更好的东西；我只知饿了要填饱肚子，却不知道'有备无患'的道理；我只知乘人不备去偷，却不知道'拿'比偷更体面、更安全；我只知……"

我愕然无语，像被点中了穴。

不知过了多久，忽听"哎哟"一声。

醒来后，依稀记得：棍子砸了自己的脚！

《源·散文诗》2016年第1期

作者

萧风，1962年生于江苏沛县。现居湖州。1982年开始文学创作，散文诗多次获奖，并入选多种年选。著有散文诗集《沉思的花瓣》《思念的花朵》，编选《叶笛诗韵——郭风与散文诗（三卷）》，主编《文学报·散文诗研究》《湖州晚报·散文诗月刊》和"中国散文诗研究中心微信公众号"。中国散文诗学会理事，浙江省作协签约作家，湖州师范学院中国散文诗研究中心主任。

评鉴与感悟

这首散文诗短小精悍，全文仅有200余字，却笔锋锐利，辛辣有力。这首诗实际就是一场梦，在梦中"我"与猫进行辩论，萧风巧妙地通过猫的"不敢，猫不如人"的反驳，指出猫虽不要脸，但那些不顾自然环境不管人伦道德贪吃贪"拿"并不知满足的"人"，比猫还更贪婪，从而对那些虚伪而自私的人进行了辛辣的讽刺。这首散文诗采用梦呓的方式进入，更具迷幻色彩，通过梦中一段离奇荒诞的经历，即"我"和猫的对话，描写猫对人的反驳，鞭挞了比猫更自私的人。在文中，猫的有力反驳，使"我"只好逃走，直到逃出梦境，愤愤然准备打猫的棍子最后打醒了自己。意象是不劳而获的贪吃的猫，有别于鲁迅《狗的驳诘》的势力之狗，更切合现代人的精神困境，这是萧风的独特之处。随着市场经济的快速发展，现代人在自由地追求想要的事物时，难免会落入过度沉迷的漩涡。在形式自由的散文诗中，萧风用对话的方式勾勒形式，仿佛一则有诗意的寓言故事。萧风的这首散文诗充满隐喻，将现代人"贪"的本性揭露无遗，在反讽中具有极强的醒世作用。（李及婷）

花莲老兵

/小睫

这是一场萍水的相逢，让我跨越时空，看清传说中真实的你。

一个人，可以站在岁月之外，用安静和慈祥回望人生，用清风蘸着明月擦拭硝烟留下的伤痕，让默默无言成为最用力的诉说。

光阴被漫长揉碎，成零星的回忆。回家的路途长满青苔，该用什么方式寄出堆积于日子胸口的乡愁？

一个"老"字，剪辑日月，装下一辈子的等待。

没有经历过你的春秋，我无法真正读出你的渴望。

如果光阴可以长出羽翼，它会绕过思念的山峰飞翔，而驻足的那个地方一定叫"家乡"。紧紧抓住母亲的双手，不让分离的痛，刺向每一个黎明与黄昏。

伸展双臂，搂住久违的亲情，大声说：想念。

隔着一望无际，望见了，望见了田野金色的麦浪，自家院落升起的袅袅炊烟，还有，手搭凉棚一直向南的老父亲……

寂寥中点亮星星的灯盏，爱，供奉于心灵的殿宇。

街道旁的长椅上，尽情地守候。

删除万水千山，囤积了半个世纪的情感，频频招手中得以释怀。

《湖州晚报·散文诗月刊》2016年第1期

作者 —— 小睫，本名马小洁，1960年代出生。籍贯辽宁，现居天津。作品散见于《诗潮》《青年文学》《散文诗作家》《散文诗世界》《散文诗》《中国诗人》《诗歌月刊》《大诗歌》《星星·散文诗》等。代表作为《光明岛》。

评鉴与感悟 —— 诗歌就是一条无形的线，会串联起很多的人和事，紧致细腻不可或缺。即使远若海角天涯，因着诗歌的存在，无数的点都会聚在一起，相互更是打一个活结儿抑或死结儿，纠缠分散，分散纠缠，不够彻底却又那么丝丝相连。小睫遇见了《花莲老兵》，她用诗句凝固了那一刹那，相遇如命定一般，小睫与老兵，小睫与那些老兵身后的故事，那些萍水相逢的时光。（刘萍）

山 行

/谢克强

等待，毋宁说等待囚禁与死亡。

那么走吧，这是唯一的选择。于是，我穿上鞋子，深一脚浅一脚地走。

自从来到这个世界，我就准备穿风破雨，穿越遥远而空旷的人生。

我要去的地方，在山的那边，这就注定我要走山路了。

是的，山路是曲折、坎坷的，也是寂寞孤独的。当天籁地籁人籁之声渐渐远逝，那太阳的金线编织的草鞋也迷失于童话，我流血的脚印抛却舒适的平庸之后，依然不肯在半途凝固。

走啊，深一脚浅一脚地走，悲壮的跋涉，我的挽歌谁唱！

穿过一条河，翻过一座山，我深一脚浅一脚地走，走向远山。

痛苦与困顿在哪？迷茫与向往在哪？希望与梦幻在哪？来路与归途在哪？……我将目光遥向远方，山路，将我引入一个新的境界，使我的生命不断升向新的高度。

原创首发

作者 ——　谢克强，1947年生，湖北省黄州人。曾任湖北省作协副主席，现任《中国诗歌》执行主编。著有诗集《孤旅》，散文诗集《断章》等14部，《谢克强文集》8卷。有诗入选《新中国50年诗选》《中国散文诗90年》等200余部选本。《断章》获中国当代优秀散文诗集奖，并获《文艺报》2005年度重点关注作家艺术家奖。

评鉴与感悟 ——　这是一首充满了苦难与超越的哲理诗，"等待，毋宁说等待囚禁与死亡"，文章开篇就点明了他的困惑，把老之将至的恐惧与不安真诚袒露。与其等待囚禁与死亡，不如走吧，这是作者视之唯一选择。作者把对生命的思考，对苦难的反思，对希望的向往，对前路的执着，都化作山行那一步一个脚印的跋涉中，充满了跋涉的艰辛，却甘之如饴。因为他知道，生命的意义就在于这一次又一次的艰难跋涉中，而每一次的跋涉，都"将我引入一个新的境界，使我的生命不断升向新的高度"，并不断拓展生命的广度与宽度，丰富生命的内涵。目标明确，不甘于平庸与寂寞，大胆前行，可以说，这是一首自剖、自勉的诗作，充满了昂扬的斗志与不朽的激情，颇有老骥伏枥，志在千里的豪迈之气。（张瑞）

砖和墙的理解偏差

/亚男

对一块砖的理解

流传到今天

一块砖的温度，厚度，宽度，都恰到好处。

故事的起源，发展，回到跌宕起伏。砖，一块，一块的垒砌，坚韧，辽阔和博大都在于一粒一粒的土，以本色特质，去理解一堵墙的来世与今生。

城墙，

不是一道泥坯子，很多故事都没有攻破。

风霜和雨雪，侵袭也没有褪去岁月的苍老。

墙根下，一个影子

蹲守了千年，草轮回。坚守依然年轻。砖从土窑出来就没有清闲过，顶着乌云和雨雪，

化解不了火候的高低。

脚的理解

和砖的密度有关。

墙总有些不可言喻的话，隐藏在火的中心。大漠，或者深海，墙隔着历史，征战千年。

砖，矮下身子——

在火的道路上从来没有怀疑过，城堡和村庄各自的尺度都是在历史的框架下。

我以一千种理由去解释一块砖的存在。

一块砖的高度

我仅仅看到天空的蓝缺少了海的味道。

火，从来没有退去，

砖在城墙根一次次击败心怀鬼胎，隐忍了时间的千军万马。

正好，隔墙的耳朵

钻进风的侵袭。砖的肌肤，骨骼，都是历史的构架。

以粗糙、古老的方式，回归自然。

可是，火的裂变是

一道无解的方程。已知和未知，在自然的辅助线指引下，不再是刀耕火种。

高明的火，砖不可以身相许。

理解一块砖的流传。

墙

推倒。禁锢。

深渊与绝壁。

在无形中完成。我的世界，墙与墙都是人为的。

最初的泥土和石头都是真挚的。一种形式上的仪式，从半坡的石器，到钢筋和水泥，戒备越来越森严。

隔墙有耳——

只能是自己心怀鬼胎。耳朵不是禁锢思想的理由。

墙在一块砖庇护下得意忘形。某一天，有人议论，没有不透风的墙。

我们不能毁坏墙的存在，也不能颠覆墙的历史。

其实，可恨的，不是一块砖，一块砖堆砌的墙，
而是人和人站在一起的隔离。
彼此，竖起一道墙。往往是坚不可摧的。

很多年，我们都在突围，
又不断加固。
纸上的墙，没有门。进者推倒了，出去的，禁锢了。指纹，电子锁，
或者红外线都不是墙传承下来的文明。
刀耕火种，一句话就是墙。
老死不相往来的例子，一直在攻陷墙。
可是，墙的文化
早已篡改。

在爱情里
墙，以精密的尺度，我不可触及，
那一张纸的厚度。以责任去维护，去理解。墙的伦理和道德。每个人
都必须遵循。
墙，是历史的进步，
也是文明。防备小人而已。

《星星》2016年第3期

作者 —— 亚男，本名王彦奎。四川省作家协会会员。出版作品集《雪地的鸟》
《呈现》《时光渡》。作品先后被《读者》《中国年度最佳散文诗》
《中国年度散文诗精选》等转载。获第七届中国散文诗天马奖以及
《人民文学》《青年文学》《诗刊》等刊物征文奖。现居成都。

这是一首充满了隐喻与象征的哲理散文诗。"砖"与"墙",既指的是现实生活中的砖与墙,也指的是心理与文化上的砖与墙。对砖和墙的理解偏差,的确存在。砖与墙这两种原本同质同流只有细小差距的物体,随着时代的发展与文明的进步,偏差也越来越大。

"砖"在作者眼中,充满了质朴的"本色",任雨打风霜,岁月摧残,烈火炙烤,仍然"面不改色"。"我以一千种理由去解释一块砖的存在","以粗糙、古老的方式,回归自然"。亚男对砖的本色充满了天然的好感与崇拜。与砖相对的墙,在文明的皮衣下,充满了禁锢、戒备与篡改。"最初的泥土和石头都是真挚的……到钢筋和水泥,戒备越来越森严",诠释了从"砖"到"墙"的尴尬转变。高科技的发展与现代文明并没有带来更多的融洽与和谐,人与人之间的尔虞我诈,勾心斗角却在暗处愈演愈烈,假借文明之外衣行隔离之能事。墙是文明的象征,眼下众多的"墙"却正在做着反文明的行为。对墙文化的理解与传承,对文明的继承与发展,急功近利的现代人在高科技中陷入迷茫与自闭,不断突围又不断加固内心的墙,何其悲哉!

全文运用了对比的手法,诠释砖与墙的理解偏差中折射出时代的弊病,充满了讽刺意味,表达了作者对人与人之间险恶环境充满警醒与深切忧虑,引人深思。(张瑞)

薰衣草童话(选章)

/亚楠

1

我喜欢晨曦微露的黎明。在西域大地上，这或许就是最动人的时刻。太阳刚刚露出背影，明灭摇曳的丛林宛若一部童话。要是在春天，梦醒时分，人沐浴在画屏中，几多迷恋，几多忧伤？我知道，天人合一，内心便多了一份感动。

瞧啊，阳光已经把季节擦亮。就像一首歌，在辽阔的迷茫中，音符洞彻时空，又一次让灵魂呈现暖色。而寂静的夜晚，风是玫瑰色的，没有别的声音，只听见时光轻轻流动，稍纵即逝的目光，瞬间抵达彼岸。

2

可是，我不想在你的忧伤里醒来。这样的季节，热烈只属于内心。不论四季怎样更替，我都会以虔诚之心，为一段远逝的爱祈祷。在这个世界上，一切终将回到它的源头。不是吗？没有什么永恒可言，此刻，幻影已经来到了我们中间。这都是无法改变的事情。是宿命，就像这些薰衣草，她们用芬芳为人类疗伤，也为孤独者带来鲜活的情感。

啊，我知道，生命陨落的那一刻，她们已经回到了故乡。

3

就这样，普罗旺斯的花魂，在伊犁河谷落地生根。汲取泥土的芬芳，用光调和，然后，在岁月深处窖藏。

持久的花香沉醉大地，也慰藉我迷失的心灵。哦，天地间涌动的花潮，一浪高过一浪。或许，朴素的风景养育我，这一片水域，花开的方向预示着，一个人还能够走多远？可是，一段旋律，一缕花香便明亮了整个季节。

4

六月，阳光总是用澄澈淘洗灵魂。许多时候，我在你的回眸中醒来，瞅着一朵花的笑脸，那万般柔情，便化作午夜芬芳。

细雨是缓慢到来的。仿佛久违的兄弟，相拥的那一刹，泪雨缤纷。那时候，我踏着夏日清韵，让爱融入花香。

想象在攀升中跌落，四散的花瓣静默，在山岩上，风奏响牧笛。

5

芬芳之路幽深而漫长，就像我的童年，一切都在等待中爬高。不寻求结果，只崇尚过程。这就是一个生命应有的高度？

不去想那些深奥的命题吧。想想眼前，看啊，薰衣草花开得如此烂漫，沉醉！

这样的季节，激情涌动，浪漫是唯一的颂词。或许也会看到另一种风景：虚与实、动与静之间，光在影中穿行，情在花间回荡，鸟回到自己的天堂。

作者

亚楠，本名王亚楠。祖籍浙江。中国作协会员，新疆散文诗学会主席，伊犁作家协会主席。已出版《远行》《迷失的归途》《南方北方》《在天边》《记忆追寻我》等诗歌、散文诗集9部。每年均有诗歌、散文诗作品入选各种年度选本，并多次获全国诗歌、散文诗奖项。

评鉴与感悟

薰衣草的花语是等待爱情，面对没有希望的爱恋却痴心守候，充满了唯美色彩。本文以薰衣草为主要意象，写出了饱含深情，却让人无力的爱情。尽管如此，作者的笔调并没有沉浸在忧伤之中，伊犁的风光与普照的光芒把诗人的世界装点得美好轻柔，在这样充满了童话般瑰丽绚烂的世界里，以薰衣草为象征的爱情，更多的是充满了坚强的释然与宁静。诗人在美丽芬芳的薰衣草面前，顿悟到"没有什么永恒可言"，爱情的失意并没有让人灰心丧气，"薰衣草，她们用芬芳为人类疗伤，也为孤独者带来鲜活的情感"，"不寻求结果，只崇尚过程"是诗人在童话中竭力表达的"爱情宝典"。

异域情调和塞外风光，让这首诗带有更多的浪漫情怀和唯美色调，冲淡了恋爱失意带来的悲伤与苦痛。在和风细雨中，一切都会渐渐回归到它本来的模样。阳光增添它的温厚，和风开阔它的心胸，细雨滋养它的坚韧，薰衣草般的生命，蓬勃朝气不断向前延展，生生不息，在飘满了薰衣草香的西域天空，生命到达了另一种高度。（张瑞）

你的眼神流露出世界最温柔的诗

/雁西

妈祖啊，我相信有你，人们雕出你的模样向着海的方向。日光下可以看到你，月光下可以看到你，微风中，一切语言显得多余。

我站在你的身边，你比我高出很多。

我只能抬头望你，怀着一份敬仰，我想神应该比人高，神应该无处不在，神的心自然也比人宽。

被你庇佑，一个女神庇佑很幸福。

这个端午节，我站在你身旁，朝着你看海的方向，远方啊远方，直到星光从天上落下来……

是！你看见了整个大海，你也看透了尘世。

幸福的声音，海潮一次次卷来，你的沉默在祈祷，过往的风暴、海啸，过往的信男信女，你都记下了心灵的歌唱，多么神奇！哦，多么宁静！

大海在微笑，你在微笑，我记住了你的眼神，流露出世界上最温柔的诗。

微信公众号"诗香门第"2016年6月8日

作者

雁西,本名尹英希,出生于江西南康,著名策展人、评论家、书法家、诗人,中国作家协会会员,现为《现代青年》杂志社总编辑。出版个人诗集《走出朦胧》《世纪末梦中梦》《永远的鸽群》《活着的花朵》《时间的河流》《致爱神》六部。1992年在人民大会堂被授予"中国首届诗国奖"。2005年应邀参加"第十九届世界诗人大会"。与陆健、程维、张况被誉为"中国诗坛四公子"。

评鉴与感悟

雁西用最诗意的文字和最深情的语言,为妈祖献上了一篇优美的祭文。妈祖是慈悲为怀、行善济世的女神。"爱"在她身上有着鲜明的体现,她用实际行动诠释出爱的真谛,这也是后人敬仰和膜拜她的最根本原因。妈祖的这种博爱之心传递给后人,也让诗人雁西深刻体会到其分量之重,付诸行动之难。于是诗人从妈祖身上,从温柔的眼神中汲取力量,以使内心葆有爱、承担爱、践行爱。(范云晶)

海　面

/叶逢平

这是我说过的蓝布匹——

大地尽头，盛开波浪的地方，海面有一百个春天宽。

海面，它怀抱着一座古城的晨曦，海葵一样蓬勃。当风吹亮海面，一百只贝壳悠然闭上。它带着自己呼吸，安顿于我们的肉身，只有波浪的声音……

海面，像一片片稻草、一堆堆杉木燃烧的蓝火；蓝，就是海出窍的魂——父亲说过。

海面有父亲的倾听和哭泣，也有衰老和憔悴。而那些养育，那些勤劳，与之相依为命的三十多里宽阔的渔村，犹如当前海面上一个怀旧的词在荡漾……

蓝，仿佛在鱼脊上，被父亲含在嘴里。

从出生到永久，每一天都在长大，犹如我们在时光里，就是擦肩而过的船只，也会想到飞翔。我们紧紧置身于海葵的味道、蓝的侵蚀中——我们还有什么理由，不为父亲找回海出窍的魂。

父亲呵！看天，看地，再看海面！大地尽头，盛开波浪的地方，海面有一百个春天宽。

《长白诗世界》2016年第2期

作者

叶逢平，福建惠安人。现为泉州市作家协会诗歌创作委员会副主任、《泉州文学》编辑。入围华文青年诗人奖，荣获福建省百花文艺奖、福建省优秀文学作品奖、《安徽文学》年度诗歌奖等三十多个奖项。

评鉴与感悟

蓝色是梦幻般的颜色，美丽而幽静。蓝是海的灵魂，也是海最重要的特点之一。叶逢平的这首散文诗用一种近似平淡的语气诉说着那片蓝色的海域。华丽的字眼不属于它，赞美的话语不属于它。这种看似平凡的字句中却蕴含着诗人满满的真情，传达了诗人对海的赞美和崇敬之情。海面是宁静的，可以陶冶性情；海面是慷慨的，哺育了一代代的人。有多少时光匆匆流逝，有多少记忆渐渐远去，那蓝色却始终如一，它见证了生命流逝的过程。大海以宽阔的胸襟包容着每一个来到它身边的人，用一种无私的姿态默默奉献着。但是，这样的蓝色却处于消失的过程中，作为海的灵魂的蓝出窍了。"我们还有什么理由，不为父亲找回海出窍的魂。"每个人都有责任有义务为海找回"出窍的魂"，找回那陪伴一代代人成长的蓝色。高度的责任感和深重的忧虑感渗透在这首散文诗的每一个字眼里，它呼吁着人们共同保护那片养育生命的蓝色。蓝色属于海面，就像白云属于天空，绿草属于大地，不可或缺。（孙冰）

陷在电梯里的象

/叶觅觅

就算粉身碎骨她也要把丝瓜园里的字根提携起来。每天都在蒜着蒜着，连经常跟舌头搅和的那首歌谣都爆香了。如果消瘦是一种流行，她宁可在地球烧焦之前，减掉很多自己的肥然后复许多的胖，穿脱各种大小尺寸的衣服。她最差的样子也不过就是趿着拖鞋去跟人家马拉松，结果在起点就被一个保丽龙盒给绊倒了。

她总觉得她会嫁给很穷的伟人，因为她非常希望自己的名字可以在伟人的传记里乱喷一气。她迫不及待地把家里最白的那面墙壁命名为伟人，她经常亲吻那面墙壁，在墙上盖下五颜六色的指纹和口红印。她期待有一天，很穷的伟人的灵会破墙而出，跟她倾诉相思之苦，两个人一起喝红枣茶、吃烫青菜和炸虾子。

"你的千头万绪抵不过我的一丝半缕。"她常常跟西北雨说。

在夏天，她喜欢沿着蝉鸣的雷音禅定；在冬天，她用西红柿的鲜血把雪花拓印。她的生命灵数是3＋3，讨厌星期二，不爱纽扣但热爱折扣，有时被焦虑穿透，无法跟戴眼镜或牙套或助听器的人说话，对飞机和猪耳朵

266

过敏。

如果说她只是一种现象，那么，她更像一头陷在电梯里的象，自己出不来别人也进不去，就这样卡在立方盒子里不断上上下下。

她期待有一天，有人可以在电梯门开启的时候，一把揪住她长长的鼻子，用强烈台风的力道把她连根拔出。可惜的是，没有人想要浪费力气去救一头沦陷的象，大家的反应都一样："既然这部电梯已经客满了，那就去搭另一部电梯吧。"

想象坐在一个空晴天的空屋子的空椅子上抱一个哭声空白的婴。想象站在一个满夜晚的满幽暗的满草原上摘一颗亮度饱满的星。她既是那个婴也是那颗星，有时她也会变成在烤箱里融化的冰。

她想要留下也想要离开，大致说来，她像婴一样缠，像星一样灿，轻微忧郁但不惨淡。除非这个世界只剩下减法没有加法，或者只剩下剪发没有假发，那么，她才有可能被踩不烂的蟑螂和关不住的鼠群，一小块一小块地歼灭。

《湖州晚报·散文诗月刊》2016年第5期

作者

叶觅觅，1980年生。诗人兼实验片导演。东华大学创作与英语文学研究所、芝加哥艺术学院电影创作艺术硕士。著有诗集《漆黑》《越车越远》《顺顺逆逆》。

叶觅觅的《陷在电梯里的象》共8段，21行，700多字，却将一个80后诗人对当下社会，"人生存的状态"极具戏剧性和影像感的局限与困境，巧妙地描绘出来。全诗始终以第三人称——"她"为话语主体和行为主体，这种主体身份的确定，对于读者来讲，留下了很多遐想的空间。"象"的内涵极为丰富，是她要着力刻画的重要内容和关注对象，也是同被描述的人物主体——"她"有着千丝万缕联系的存在要素，但是这个"象"却具有了一语多关的多重象征："如果说她只是一种现象，那么，她更像一头陷在电梯里的象，自己出不来别人也进不去，就这样卡在立方盒子里不断上上下下。"实际上，"象"具有"动物表征的大象"、"社会指涉的现象"和"存在着的人的形象"三重属性。综观全诗便会发现，诗人在用一种荒诞性的笔法和异类的眼光，描写主人公——"她"在现实生活中的常态，让现象中的"大象"隐喻自己的生存境遇，也是自己外在表现和内在心理的一个反照、投射与映衬。在现代意识流动、游离的社会中，后现代语境已经泛滥，人的生存感的飘忽不定，心灵的异化以及思想的碎片化等等，这些都在诗人叶觅觅的文字和情感中，以一种反思与嘲讽的方式进行，无人可以逃避"沦陷"的生存处境，诗人关注的是突围的勇气和方式。（孙晓娅）

障　墙

/夜鱼

一道又一道，像一步步退守，又像一步步进攻。

只有风能从步伐里探知御守的秘密。

骨骼都风化了，弓箭刀戈亦腐朽无踪，你还在默守着什么呢？难道要默守荒了千万年的沙漠长成绿洲？

无声无息的静寂会不会是一种错觉？包括镶嵌在砖缝里密密麻麻拔不出来的血。

上一秒才绽开的新绿，下一秒已灼热成红色火炬，转瞬又悲壮成灰烬。无数被轰碎的理想，散布在墙与墙之间，又随风飘散向更远处。

我们承载过的对抗，硝烟四起。正在经历的对抗，胜败又提前掀开了牌底。

会不会是一种错觉？扣过太多门扉的指关节肿胀疼痛，但命运背后的门扉，却从未被谁叩响过。

《星星》2016年第3期

作者

夜鱼，本名张红。祖籍江苏盐城，现居湖北武汉，湖北作协会员。湖北文学院签约作家。作品散见《诗刊》《青年文学》《钟山》《长江文艺》等。著有诗集《碎词》。

评鉴与感悟

散文诗写作绝对是有难度的写作。对于小花小草谬论，应该摒弃了。那些还坐井观天的人，来读读夜鱼的作品。脱离了传统散文诗的婉约。在语言和构思上都有新意，很好地融合了现代诗歌的写法。在思想上和意象上开拓了散文诗的新境界。当然诗人的胸怀和素养决定了作品的质量。是的，是有关格局。格局实在是一个难以抵达的高度，但每个人都在追求。特别是诗人，格局成就的是作品。关乎生命，关乎爱。诗人是在用文字拯救自己。读夜鱼这篇作品有一种酣畅之感。（亚男）

姚庄往事

/雨倾城

姚庄，你在我所有的白天和夜晚路过

跟我来。
来往我落日滚烫的小镇，来往我永夜独酌时光下酒的姚庄。
陪我看一朵雪白的浪花。陪我看天空一点一点漏下黄昏。

我把河流给你。
一丛蒲苇上的经书，也给你。
直到有一天，晨光中，世界缓慢消失：什么都看见；什么，也不见。

一身水气。
在哪，抚摸澎湃的源头。
一棵柳树弯曲的倒影，走来，走去。梦想，纷纷发芽。
心怀旧事。搂着阳光的脸，忽然热泪盈眶。

我无邪。我欢喜。
取梨花的白，鬓边的雪，苇上的霜，叫你的名字。

你在我所有的白天和夜晚路过，生长，开花，无论我走在哪里，都照耀我心。姚庄，姚庄，每一次想你，时光都微微颤抖。

姚庄空落落，静悄悄。

我遇见它们：
羊群，旷野，麦苗青青，以及众鸟低回，接近辽阔。

落日仰望落日。
流水经过流水。

一个少年，向着远方奔跑，怀抱乱世，眼神如刀。年轻的脚印，被风吹，被雨淋。
越走越远。 给姚庄以背影，以光芒，以汗水。
所有的晴朗都是他的。

姚庄空落落，静悄悄。
山坡放羊，种瓜，锄草。西风吹。心，不可描述。
站在姚庄的一隅，依次看见秋凉，日暮，和大片大片迁徙的雪，紧紧抱住暖。从一间屋子走到另一间屋子，日月星辰，照父母的侧脸、头发、嘴唇，欲言又止。熟悉黑夜的人，吞咽余生。
把天空看白，再看黑。什么，在眼角，漾着沉默的光，
一闪，一闪？

风一吹，姚庄就安静了

这一天，和一生多么相似。
风一吹，姚庄就安静了。

除了草木，还有什么，和我在一起。

"有时候的爱情，显得多么狼狈。"我发呆，他沉默。

云朵低垂。春风入怀。星星停靠水岸。石上独坐的人，心里藏着喑哑的海洋。除了遗憾，还有什么，是你的根深蒂固？

由不得我了。

一路缓行，忽然学会悲伤。

远道而来的水，睁着大大小小的眼睛，望我。看着看着，我就落了，如叶。我下沉、飘摇，它歌唱、提醒，并允许我匍匐，消耗。

再疼一次。

一动不动。借一滴水，步入从前。

关好窗子。姚庄，姚庄，可，这样的时分，好多的回忆，我——

关不住。

作者

雨倾城，本名袁秀杰，河北丰润人，文字散见于《诗刊》《诗选刊》《诗歌月刊》《星星》《诗潮》《绿风》《作品》《青年文学》《山东文学》《西北军事文学》《延河》《中国诗歌》《散文诗》等，曾参加第十四届全国散文诗笔会。《核桃源》副主编。

评鉴与感悟

雨倾城的这篇作品，充满了青春的气息与无限的哀思。像一个忧郁的少女轻轻唤着远方爱人的名字，你在我所有的白天和夜晚路过，"每一次想你，时光都微微颤抖"，这样缱绻情深，哀婉动人。空落落，静悄悄的姚庄，是一派辽阔沉默的模样，姚庄的一草一木，都投射到无尽的时光中而成为永恒。风吹过的姚庄是安静的，安静下来的姚庄更惹人怜爱，无声的相思在蔓延。根深蒂固的爱恋，浸满疼痛的悲伤。回忆关不住的姚庄，成为记忆深处最美的"情郎"。

作者偏爱用短句，行文看似短促，却饱蘸深情，一唱三和，一咏三叹，止不住的缠绵与叹息，在姚庄的天空缭绕。"所有的晴朗都是他的"，他走后，"我"的世界喑哑无声，这样难以言说、狼狈又遗憾的爱恋，让人倍感酸楚。诗文中突出了女子与少年的相遇、相知、分离、相思的过程，把少女的恋爱心事生动细腻地呈现出来，塑造了一个为爱情欢欣，为爱情心碎的少女形象。（张瑞）

博物馆

/语伞

博物馆有千古誓词：

万物不死。

或者万物把双手缩回去之后，才会得到永生——

在这个怀念过去时代的上午，青铜冷若冰霜，佯装成对人世漠不关心的样子；陶瓷被救于亡灵的祖宅，藏起了替主人争权夺利的忠心；玉器从洁白的手腕上走下来，爱情已与家国无关；古画上的妖精丢弃狐媚之术，皇帝和书生忘记了晚上的月亮……

耽于城市，要有博物馆一样的空寂之心——盛放将要伸出去的双手——股市、基金、期货、黄金、债券……要有博物馆一样的生存态度——被往事覆盖，就安于传说、迷信、历史、旧观念……要有博物馆一样的生死观——有时死是为了更体面地活着，比如怪兽的牙齿、奸佞的遗骸……

自缚在博物馆甜蜜的阴影里，没有什么值得我庆幸，没有什么值得我忧愁，我用眼睛挥霍、施舍，这些无端的生，无端的死。

而城市是一座更大的博物馆，那街道上来来往往的活雕像，繁密、摩肩接踵，垂死者在为别人的生趣让路，更多的人想取走博物馆的誓词，仿佛献出了来世的表情和面孔。

《星星·散文诗》2016年第6期

作者

语伞，本名巫春玉，生于四川，现居上海。出版散文诗集《假如庄子重返人间》（2011）《外滩手记》（2014）等。

评鉴与感悟

语伞始终是令人刮目相看的，她的文字有着神奇的魔性，那穿透人心的力道很难想象是出自一名贤淑静雅的女性之手。《博物馆》充满了文化的隐喻，诗人按照自身来体认世界，"博物馆有千古誓词""万物不死"，像创世纪神话，人一睁开眼睛，看见了宇宙万象，在这宇宙万象之中，人也同时发现了自己。人与世界同时被发现，同时被创造，同时被符号化："城市是一座更大的博物馆，那街道上来来往往的活雕像，繁密、摩肩接踵。"这里有人化的博物馆，情欲化的物件："青铜""陶瓷""玉器""古画""皇帝和书生"；这里有文化的环境，与某种传统性、惯例性、社会性建立起的联系："空寂之心""生存态度"和"生死观"。可见，隐喻不单是一种修辞，还是一种思维方式。历史或许本身就是一种隐喻，"博物馆"就获得了思想的押送，成为一种感知世界并表现世界的方式。语伞的深度在于，她始终保持诗歌的陌生化倾向，让石头显出石头的质感，博物馆更有博物馆的质感。这里，也同时具有诗性的隐喻，"更多的人想取走博物馆的誓词，仿佛献出了来世的表情和面孔"，不仅模糊了历史与现实，让时间和空间也不再是"誓词"的障碍，而成为一种创造，一种选择，从而感受诗意内在的爆破力，和深邃怀远的艺术智慧。（薛梅）

盐，在古巷里飞

/张丽琴

巷口，与一把粗盐相遇，它以纯白的眼神与我交流，捧在微凉的掌心它拒绝融化。于是抛向古道，所有的金属离子飞向了儿时的窗棂，屋脊，瞬间融入老街的血脉和细胞间液中。我跟随它一路走着，游丝般的咸味，把整整一条街的故事，腌得有滋有味。

我不得不感叹，盐是一个尤物。千百年来，它潜在骨骼之间，唇齿之间，软化雕梁画栋的线条，浸渍凌空的飞檐。一粒粒盐，每天从古镇最逼窄的巷子开始起飞。幽幽的咸，可染一袭冬雨后的清幽，也可采一朵阳春里的雾光，它使你半生忧患，也赐予你一生安乐。

它们穿越四季自由地飞，身影如烟，如雪，如砂，如梦。它们百折不挠，穿梭于几百年深邃的小巷与古道，融洽风雨，只为保鲜那无边无垠苍老的记忆。一粒盐，身怀绝技，荏苒了数百年时光的爱与恨。无论是河红茶沏出的女子，还是信江码头吆喝出的渔人，都不偏不倚，被浓浓淡淡的咸细细滋养着，孕育着，传承一代又一代。

一粒盐，飞过屋檐的大红灯笼，它能闻出谁曾从明代发达的汗腺中逃脱，尔后去向不明；谁怀着浮华与轻佻，在夜色正酣的小镇，侧身走过清时的宫妓。腌制的传说，挂在朱红门楣，早已被明清的风雨，飘成檐角的酒幡，和酸式盐一般的感叹。

一粒盐，披星戴月，在车轮推碾过后，一洼洼泊着月光的辙痕里，诉着辛劳。那里，湮没着一个衰落的帝国，远去了一个个缩小的背影。低矮而破落的寒窗，我看见旧码头的锚，像咸菜般高高悬起，在祖传的货架上，一架老字号水运早已无声无息。

一粒盐，动若飘雪，时而声声慢，时而平又仄，它需要隐忍前路之中，那些左曲右折的磨砺。它们的轻盈，在岁月中或许不只是一条条动感弧线，赋予给古巷韵律与节奏，也不只是衣带渐宽终不悔的执著，它是盛满了几度残阳后，洒下千山万水的眷恋，是从繁华回归落寞时最后的优雅。

从巷尾的褶皱中走出来，一粒单盐已落在我温热的臂弯，浅浅睡去。喧嚣的心，似乎注定要依恋这幅画面的静美。当我再次与盐对视，它的眼神仍旧纯白如初，只是比我站得更低。暮色中它已融成一颗颗水晶，歇息在我淡泊的诗句……

《上饶晚报》2014 年 5 月 27 日

作者 —— 张丽琴，江西铅山人，本科学历。诗文发表于多种报刊，曾多次获得文学赛奖项，作品入选多种选集。系江西省作家协会会员，《散文选刊》签约作家。

评鉴与感悟 —— 白盐似雪，作者却以粗盐入手，还原盐本真质朴的一面。说起盐，是不可或缺的生活资源，我们可能想到山东的海盐，四川的井盐，却难以将盐与古巷联系在一起。在这篇文章中，作者以盐在古巷里飞这样独特的视角切入，把想象的镜头拉近，在江南古巷深处这个悠长又神秘，充满沧桑感的地方，写尽了盐的沧桑细腻。在古巷逼窄的角落，我们仿佛看到了盐在清幽的冬雨后，在骄阳的暴晒下，在码头渔人的歌声中，雪白飞舞，铸成人的筋骨血肉，代代相传。

作者用三段排比，展开想象，写出了盐的飘逸轻盈，在大红灯笼下洞察出一个个动人的故事，细腻缠绻，落寞中带着优雅。同时，也传达出沧桑厚重感。盐像一个时间老人，在时光中穿梭，把岁月的无常，人世的兴衰荣辱看遍，无声无息。

文章以盐从小巷起飞，到巷尾走出，翻飞的思绪沉醉于整个古巷中，展现了盐在时光的巨轮中碾压一切，却始终以一个谦卑者的姿态，低落成一颗淡泊的水晶。作者用冷静持重的语言，表达了对盐的品质的思考，对这一尤物的欣赏，想象奇特而美妙。（张瑞）

草书:狂奔在年轮里的锋芒

/张生祥

1

兵戈骤起的黄昏，我看见无数青草，在烽火中燎原。

这是夜的纸背，你看不见它正面的抒写。

狂草似的年轮。从晋朝的风向出发，一路奔向大唐的放荡不羁。

闻鸡起舞的朝阳的脸，焕发出无限的光彩。

2

所有纷争在剑的面前，被平铺成墨。

剑气从来都是在凌乱中，被磨出霍霍的亮光。

不是在杀戮的阴谋里保持哭泣，他是在平静的花朵面前，抬高笔尖的高洁。

以笔为锋，以手为椽。狂奔于岁月的生生不息的图腾。

3

是的，我要牵出马的目光，牵出大漠茫茫，牵出东海巨浪与辽阔。

在纵横南北的巍巍山峰上，以泰山北斗的气势，迎接四方的朝歌。

是的，阳光充盈的岁月的脉搏。

春江花月夜的琴声，高奏出那些豪迈的身影。

微信公众号"中国散文诗研究中心" 2016年8月12日

作者 —— 张生祥，1976年出生，福建省南平市人。作品散见多种刊物，入选多种年选选本。

评鉴与感悟 —— 作为中国文化的重要组成部分——汉字，古往今来有那么多优美的字体，作者偏偏选取了草书这一意象来书写，自然有它的特别之处。一直以来，草书以它的洒脱不羁，狂飙突进的风格，受到文人墨客的喜爱。本文运用了大量美好的意象，用拟人的手法，从正面、侧面来烘托草书的侠者形象。狂奔在岁月的年轮中，在刀光剑影里，以笔为锋，初具锋芒，一个隐忍不屈的侠者形象跃然纸上；在太平盛世里，勾画出大唐的模样，握住时代的声音。

同时，散文诗以象征的手法，把草书的形成与发展脉络，以一个开疆辟土的勇者姿态呈现在我们面前，行文明朗奔放，流畅自如。在金戈铁马，剑指天涯之间，把草书的洒脱飘逸融入魏晋风度与盛唐气象之中，浩然之气令人振奋。就是这样生生不息的"图腾"，把草书的精髓——豪迈、大气，烙进华夏数千年的文明长河之中，俨然成为民族魂的一部分。

全文很好地把握了"草书"这一形象的历时性与共时性，既有时代发展的特色，又成为民族文化的一部分，以小见大地展现出这个充满苦难、生生不息的民族的蓬勃朝气。（张瑞）

那猫白色，叫声是玄色

/张首滨

谁会腾出一个空间，给一只猫。
一只跨时代的酷兽，在我梦中蹑足潜行，
独来独往，仿佛在做着一种游戏。

粮仓距离田野不远，馨香随猫叫声缭绕。秋后各路神仙各自归队，有家的自回家，无家的自回营；剩下的草人学着俗人的样子，褪袖于空旷里，守着最后入仓的一粒谷。

在这黄昏的某一系统里，一只猫皮毛顺滑，巫术般划过灰黑的暗喻里，消失于一盏灯笼罩下的阡陌上，我没看到情节，回声是鸦叫。可以这么讲没有什么开关，能控制住猫的走向。在一颗星星的眼里，猫每次的行为都属于一份情感，轮番上演猫与蛇"龙虎斗"的戏，是与民俗有关，这个我不在这里演义。

猫的存在，确实与风差不多，说来就来，说去就去，给夜画上一个符号，是生活的元素，让我过目不忘的，却是在我关窗那一瞬间，猫回眸一瞥的幽绿。行动大于思想，还是思想大于行动。舔食过霜的是秋边上的猫，那霜是毒，毒能使胃口上瘾。

我在一只猫的身后，出现于田野，不为别的，只想看清楚一点，洒在地上的月光有没有霜的厚，和断在土里的根有无疼痛，我却意外踩着，脆硬在内心的孤独，惊动了鼠。这个有着寸光眼目的家伙，此时不知在想什么，冲我做了一个鬼脸，接着扭身与猫背道而驰。猫，这一时刻，脑袋里只有月亮而无其他，很像上一时刻的我？

只有我会腾出一个空间，给一只猫。把收起的念想放飞，把昨日剩下的半杯残酒，和今年多于去年两成的寂寞，及寂寞深处的涩；还有与历史同期持平的失眠，都归拢到一起，放入一只背静的抽屉里；而生与死暂不管，还是让它们蹲在一条路的两头。

这时谁在徘徊处，夸张地摆弄着蓍草？
我一转身，一只猫蜿蜒过来，那猫白色，叫声是玄色。

微信公众号"我们"2016年10月16日

作者

张首滨，现居昆明。获得官方文学奖多次，多次入选多种权威年度选本。出版个人诗集《孤独的声音》。主要作品有《菩提树下》《说鸟》《话莲》《茶语》等系列组诗。

评鉴与感悟

散文诗人张首滨首先给读者抛出了一个令人费解却又颇具哲理色彩的题目。白色的猫很容易理解，而叫声却是玄色的。且不说这两种颜色的差异有多大，单说声音有颜色，这一点就很出人意料。阅读全文就会知晓答案，诗人之所以赋予了猫的叫声以颜色，是因为意在说明动物的神秘性，而叫声不是白色而是玄色，诗人是想通过这种强烈的色彩反差来言说这样一个道理：包括动物在内的很多看似平常之物，其实有很多可能性存在，未必就是人们所认为的理所当然的那个样子。正是这些诸多超乎人们惯常想象的可能性，反而会给人们带来诸多启迪。就像诗人从猫身上体会到了神秘、迅疾以及孤独一样。（范云晶）

我喜欢雪是寂静的

/张晓润

　　总是在平常的季节愿意记下一些不平常的事件：比如秋天的落叶，被倾城的寒扭断脖颈的时当。

　　比如此刻，大雪封途，我却要在城市之外趟一条雪路出来。

　　大雪的天气，行人是孤独的，如果我们愿意，仍会从茫茫人海里，辨认一些相同的脾性。

　　在这个挥发气质的时代，拥有相同纹路的人，雪也许是另一种媒介，辅佐我们叫嚣出另一种大寒里的暖。

　　如果我们共同喜欢雪，或者也曾喜欢过另外一种雪外的事物，那我们可以约起来——走向旷野，走向洁白，走向寂静，走向长路。

　　走过彼与此，与一场年轻的雪滚动和起舞。

　　周末，适合逛街、睡觉和读书。

　　但一场雪来，心中就飞起了洁白的鸽子。

　　有什么东西一定是拍打到了我们的身体，于是，我隐约碰触到一双隐形的翅膀。

　　这翅膀，注定在此刻的时间里，成为崭新的招领和启事。

　　于是赏雪，不借用语言。

　　如果雾淞是一种障碍，就把这障碍当作忽隐忽现的美，贯彻和执行在眼前吧。于是赏雪，不借用色泽。

如果脚印是一列火车，就把这火车当作或深或浅的梦，咯吱和哐当到远方吧。

天空是纸，雪在纸上凋谢。

我喜欢雪是寂静的，几乎其他的人也是。

仿佛带着热气的嘴巴，一张开，那些晶状的颗粒就不存在。

我想拥抱雪花，几乎爱雪的人都是。

但身子过于轻巧的事物，我们得用高级的思想驾驭和控制。

我是多么的懒惰和臃肿啊，常常拒绝用带刺的扫帚，去碰撞平展如纸的院落。

多么愿意想象，想象院落里垂立的梯子，一把和另一把，错落胜如屋内的男女。

它们在大雪倾城的时日，他们在大雪围炉的光景，共同放下逼仄的烟火，同时用第二种眼光，巧看另一种盐，铺满人世的灶台。

《诗潮》2016年7月号

作者

张晓润，诗人，编辑，系陕西省作家协会会员，定边作家协会副主席。作品见于海内外纯文学刊物，入选多种选本。出版有散文集《用葡萄照亮事物》。

评鉴与感悟

读到这首描写雪的令人倍觉温情的散文诗，不由得令人想起鲁迅先生笔下同样富有情意的《雪》。受时代的影响，鲁迅的文章通常是批判的，但在批判中又常常能见到他浓郁的抒情，《雪》便是如此。在《雪》中，鲁迅用隽永、抒情的诗句寄寓了对时代的体悟，用美的、独到的语言向读者娓娓讲述了江南雪的滋润美艳、朔方雪的坚硬灿烂；在以温情描绘孩童欢乐的玩闹之中，或许读者早已为此陶醉，但鲁迅没有。鲁迅并不愿意止步于雪所带来的美的体验和温情关怀，而是更进一步地，将雪升华，使其成为了具有现实意义的精神。这就是鲁迅式的诗意体验。

与《雪》相似，张晓润的这首诗歌尽管主角应当是"雪"，但诗人描画的重心却并不仅仅拘泥于雪，恰恰相反，在诗人的笔下，雪相较于被叙写的意象，反倒更贴近于联系人物、景物、事件的纽带。在诗人灵秀纤细的笔触之下，在纯白而温情的联系之中，雪所引领的寂静并非孤独的佐料，而是一份令躁乱心灵得以平息的安逸，一股将人与人之间隔阂化开，拉近彼此距离的温情。借由这样一种对雪另类的阐释，诗人将文字所构造的围城打破，消融了读者与诗的距离，真正意义上地展现了诗人心中所想的雪的形象——充满人情味儿，赋予人们情感活力的纯真鲜活之雪。（张彬彬）

父　亲

/张作梗

他把虚无最初也是最后一次引荐给我。尔后，穿过漆黑的门洞，再没有回来。

他死了也是我父亲。入土为安了也是我父亲。腐烂了也是我父亲。转世为虫豸也是我父亲。我抱着一捧微温的骨灰穿过人世；这逐渐冰冷的骨灰，是我的父亲。

他蹲在树下修理一辆老式自行车。他裹在尘土里莳弄稼穑。他潜入水中摸鱼采藕。多久多久了，自行车已被骑走，稻麦入仓又给卖掉，鱼藕培养出了又一轮新的胃口；他依然没有现身——穿过漆黑的门洞，他再也没有回来。

我怎么能说我的心上多了一个坟冢？不。晃动过他身影的垄亩开始晃动我的身影。他握过的锹柄上现在缠裹着我的汗水。他空了的床榻由我破碎的睡眠来填补——

他遭遇的劳顿、穷困和窘迫，我一样、一件来承接，来领取，来担

288

受——仿佛世袭的衣钵。

《诗潮》2016年4月号

作者 —— 张作梗，祖籍湖北，现居扬州。有诗入选国内上百种选本，部分作品被译介海外。获《诗刊》2012年度诗歌奖、首届金迪诗歌奖铜奖。曾参加诗刊社第24届青春诗会。

评鉴与感悟 —— 张作梗的散文诗《父亲》，至少具有两重意蕴。最直观和最打动人心的是一个儿子对逝去的父亲浓浓的思念之情。诗歌开篇，诗人就将这种既无法排遣又必须接受的悲恸之情推向了极致——掏空了诗人所有生的希望和热情，留下了无尽的虚无之感。接下来诗人以倒叙的方式——通过对死去的父亲以及活着的父亲的形象不断进行细节上的强化，进而对"他是我父亲"这一似乎不证自明的问题进行了一次又一次的确证，以此填满因父亲的逝去而被掏空的心。其用心和执着令人心碎。尤其是两次重复的"他再也没有回来"，看似平常的一句话，对悲痛情感刻意抑制反而更增加了感染力。除了情感表达节制内敛，细节处理细腻之外，这篇散文还有深层意蕴值得探究，那就是涉及到了一个深刻的哲学问题——事物的永恒性。这一永恒性可以跨越生死的鸿沟，超越生死的限制。具有永恒性的事物很多，比如作为父亲的身份，比如时间。正是这种永恒性将诗人的思父之情以及丧父之痛表达到了极致。（范云晶）

狼之旋律

——致诗人昌耀

/章治萍

A

嘶叫着反复冲刺地跳跃，完成这世间无处卜居的黑色流浪。跳跃中弃孤苦悲郁，弃颓唐，弃颓唐中的游戏，唯一不弃自己。

于是，一下子您跌成万事不晓又万事明晓的孩子！

嗥。从冰河上一跃而起忘却残废。

嗥。从远古走来，向远古走去。忘却喜剧的破灭，忘却悲剧的夭折。而正剧呢……

——嗥——嗥——嗥——嗥——

B

而丝人过不了沙墩：堑壕很多；荆棘很多；竹刺很多……那个时候抬棺者很多，宰杀者很多。您只好含泪而信心十足地吹奏柳叶，在清新馨香中沐浴雨雪。

您再不要狂奔，止蹄。不，您再更快更远地狂奔，蹄，急骤！急骤！

从我的肩头跃过。嗥——将我抛远！

向前走去，向有形的鬼神走去；

290

向后走去，向无形的历史走去。

C

因为，您还年轻，还未老未竭呀。您还能听到雏鸟低低的啁啾，还能望到淡淡的月轮。您老练地脚踏实地地从这里走向那里。

这就足够足够了。您以自己热诚的心换来一个勃勃的天地。一个属于您的天地。一个属于人类的天地。

您在这个天地间狂舞。人类在这个天地间狂舞。

——同大海的巨浪一起降落一起升腾！

——同大漠的旋风一起停憩一起飞动！

D

当然，假如有一天，您能路过我家门前，我愿送您一窝活蹦乱跳的蝈蝈，一窝很会生活很会竞争的蝈蝈，一窝只知战斗不顾生死的蝈蝈。呦，与您一样不停地喊叫着喊叫着——我残废的战士啊。嘤嘤嘤嘤……

然而，一挥手，您打翻了瓷钵。

于是，我们都闭上了眼睛，沉默，久久沉默！

而"生之留恋将永恒，永恒……"

微信公众号"我们"2016年4月13日

作者

章治萍，男，20世纪60年代生于太湖之畔，九岁随父母支边青海，一直在地质队工作，久居青海湖畔。1983年担任中国散文诗学会青海分会五位筹委之一，曾主持青海篝火散文诗社，主编《篝火》油印、复印诗刊达十年之久，1989年出版诗与散文诗合集《纯情男孩》。

诗人昌耀不仅是一头"狼"，更是"狼"的图腾。中法合拍的电影版《狼图腾》中所描述的"陈阵"所养的小狼的命运，似乎和诗人昌耀的命运，可以形成一种隐喻。在1957年，昌耀因在《青海湖》第8期上发表《林中试笛》等两首小诗成为"右派"，以致年仅22岁便成为劳改营中的囚徒。

"嘶叫着反复冲刺地跳跃，完成这世间无处卜居的黑色流浪。" 年仅22岁，正值青春的昌耀，万万没有料到，他背井离乡、满腔热血地奔向大西北，却因歌唱大西北建设的诗歌而罹祸，爱诗如命的他，却因诗而备受苦难。就和电影《狼图腾》中野性不改的小狼一样，虽然在牢笼里，诗人昌耀"唯一不弃自己"。在命运颠扑的"狂舞"中，最后昌耀彻悟到生命和存在的"永恒"，如脱笼的独狼"狂奔"在灵魂的西部高原之上。

章治萍的《狼之旋律》是写给诗人昌耀的，更是写给那种"大西北"的图腾，以独狼之"——嗥——嗥——嗥——嗥——"的悲鸣、怒吼、呐喊，映衬着"沉默，久久沉默"，正是此时无声胜有声的祭祀，而"打翻了瓷钵"的刹那，作者与读者都得到了自我救赎。

（薛梅）

传统在此时此刻
欢喜打坐参禅

/止水

现在公牛累了，它以十足的病态姿势倒在小皇帝的少年时代。

干裂的肺，焊花般四溅。究竟发生了什么？草甸。恶习。柴火。块茎。秽物。正步走。红星闪闪。妹妹你大胆地往前走……

鸟枪抱在怀里，敌人郁郁葱葱。是谁为了我们的新生活添砖加瓦？……

小皇帝。使我们冲动的对象绝不仅限于宗教节律、江山美人、太阳和平原。

小皇帝。远远哭泣的古铜色的卵石和矮种马：两耳，默默无声；双手，死到临头。

枪炮血泊一夜，水淹千里田园。

一万个优良传统，不如两次对敌招手；承接酸雨的，不只有沉重华美的汉白玉石，还有南朝四百八十寺中和尚们的锃亮光头。

肚脐之下三寸，纯洁十尺以上。

一方手艺养一方人，穷山恶水照样出秀才。

可怎么偏偏就你一人无所事（家事国事天下事），无所诗（古诗现代诗散文诗），无所谓——

临了，无所终。

我知道你现在一定是累了。

一人枯坐，参禅。明知没有魏征和零用钱，可还要耍一套义和拳；

柏木雕刻的赤壁赋，风扇不动的浊垢天光，此时此刻你无故拜折的老腰。

"我们的悲哀是你们的悲哀之总和。"

——诗人闻一多站在长城下，他洒泪如雨，烧着了一窝老树昏鸦。

小皇帝噢小皇帝，天籁之鸣，风水之运。你是谁？我们又将因你而变成提前作古的谁谁谁？

一寸山河一寸血，十万青年十万兵。

我本人即是历史天空下的那个无名乙，周围尽是满朝冠盖与艺术名臣，并且这个传统一直绵延到今天。

启禀圣上——人比人颓废，我自己掌嘴。

应仔不吃饭饭的新浪博客2016年3月24日

作者 —— 止水，本名赵应，1993年生，山西灵丘人。2012年开始文学创作，写诗，写小说。作品见《诗刊》《星星》《黄河》《飞天》等近百家刊物及选本。著有长篇散文诗《八十一梦》，出版有诗集《微神》《平静的门》两部。

在《传统在此时此刻欢喜打坐参禅》中，诗人止水以戏谑的方式回望历史和传统。诗人摒弃了一本正经的历史叙述，而是选择了"戏谑"甚至是某种程度上的反讽姿态重返历史和传统。所谓的"戏谑"主要表现在两个方面，一个是旁观者的身份，不是经由人而是借助累倒的公牛回望历史；另一个是进入或者说重返历史现场的切入点，不是一个正统和典型的人物或事件，而是将"小皇帝"作为入口，回望历史。在对小皇帝不停的数落之中，把对历史的反思以及国人的苦难不露痕迹地表达出来，用"轻"的方式言说"重"，以"喜"的方式表达"哀"，非常独特。（范云晶）

乡村的挽歌

/智啊威

　　皮肤上倾斜的房屋，破碎的瓦砾，在泪光下浮肿，"建设，像一个无休止的黄昏"，在父亲的额头上肆虐。

　　我痉挛的手在书页中奄奄一息。

　　关门，谢客，被空气倒挂。电铃暴动！乡村的柔和被摔向一面沉闷的鼓，四分五裂。

　　沿墙壁的纹理旋转，我遇到一群失效的人，褴褛，浓厚的地方口音，开始生锈。

　　哦，那日渐喑哑的乡村经验，我努力打捞，在通体挂满垃圾的河流上，在破砖烂瓦的眺望中。

　　这个傍晚，推土机高举铁铲，闯入，在我身体里不停地挖掘、撞击！直到，最后一座房屋轰然倒下……

　　我低垂着两条枯干的手臂，在乡村尖叫的暮色中，久久地伫立、失语。

《散文诗》2016年第5期

作者 —— 智啊威，男，1991 年出生于河南周口。现居开封。

评鉴与感悟 —— 膨胀的城市，消失的村落，现代化的科技到底给人们带来了什么？冰冷的机器打破了乡村的宁静，儿时的记忆悄然倒塌。这是迷惘的一代人，故乡逐渐消失，再也回不去了。智啊威的这首散文诗将故乡和自我融为一体，多变的意象、急促的节奏、跳跃的语言都是为了突出故乡在自我生命中的重要性。字里行间渗透着隐隐的疼痛感。故乡本来就是生命中不可缺少的一部分，然而现在却要将它分离出去，这种撕扯的疼痛感是常人难以忍受的。诗人往往拥有一颗敏感而多情的心，能够发现他人没有发现的事物，能够感知他人没有感知到的情感。90后的一代人，亲自目睹了乡村在冰冷的机器下轰然坍塌的场景，想要挽留却无能为力，只能木然地站在那里，"久久地伫立、失语"。这不仅是乡村的挽歌，更是时代的挽歌。也许，以后的故乡只能存在记忆中了。这是一个值得所有人反思的问题。（孙冰）

光的背后

/朱恋淮

　　他们都在强调吗？几块碎砖沿着那些路途慢慢展开，四条路已经开通好，后来又要和那一条水泥轨道紧挨着，那条水泥轨道远远看着像是从一个原点上延伸出来的一些根须类似向上伸长的样子，是的，我差点忘了，水泥轨道，只是一条棱，隔绝某些事物边界之棱！大片凝固人造"硬陆地"和青苔土结合于一棵柏树，那柏树手差点接住了地面，在最近的那块地方死去，或者是准备消失；那些人从光后面离开又从光后面离去，我不是太明白这一层含义；这时有人从后面拍了我一下，毫无意识我就从深邃的思索中逃离了出来。原来是她，可我怎么只知道是她，而说不出一个名字了，在我认识所有人的姓名中就是找不到这三个字，嗯……或许，我能确定应该是三个字，她是我某个午夜邂逅的片段吗？一次潮湿肉搏中认识一个面孔，都不是，可我真不知道她是谁。

　　"看着我干吗？"

　　"……"

　　"你刚才在想什么了，这么出神？"

　　"没想什么，我只是觉得那柏树的枝条，快挨住地面了，想去接住它。"

　　"你是怕它的针叶会把地面扎疼吗？呵……呵……"

　　"我只是觉得它应该往上继续生长。"

"它的根都能往下长，它的叶为什么就不能？"

"或许这空气也本来就是黑色的。"

"是吗？……"

白天那的树枝已经向这土壤中生长了，像是倒插了进去，枝叶已经开始紧握着大地的双手。

而那个她，也已经不知道踪影了，或许她也已经隐身在那土壤之中，在另一场潮湿搏斗起来。而现在的我又只能是在那几块碎砖中慢慢爬行起来！光的背后到底是不是光了！

朱恋淮新浪博客2016年3月18日

作者 ——
朱恋淮，男，1994年生。湖南浏阳人，汉族。出版诗集《虔诚之温柔》（白山出版社），作品散见于微刊纸刊网络新媒体中。曾获第二十八届"虞姬杯"二等奖；贵州作家网"2015年度100强作家"。

评鉴与感悟 ——
品读这篇散文诗时，读者能够很明显地获得区别于其他诗歌的阅读体验。借由对"水泥轨道""柏树"具有阳刚、笔挺特点的意象描写，诗人营造出一种极度扩张的力量感。但这里的"水泥轨道"却又是"根须类似向上伸长的样子"，"柏树"也以倒栽的姿态在距离地面很近的地方"死去，或者是准备消失"。或许我们可以这么理解，由于诗人军人身份所带来的特殊经历，其在创作中更倾向于描画一种力量和脆弱相交织的情态，一种无法完整的残缺之美。也正因如此，诗中才有了作为女性的"她"的登场。和诗中的"我"与"水泥轨道""柏树"不同，"她"是一种阴柔的象征，带来的是一种隐约埋藏在诗意深处的淡淡情愫和温存体验。而通过"我"与"她"的对话以及"光"这一特殊意象的存在，诗人引出的"光的背后到底是不是光了"的问题，突出体现了诗人对于存在的怀疑和未知的追寻。

迷惘的心灵

/朱祖仁

马来西亚一架满载二百多客人的飞机，主要为中国乘客。

一个谜一样的失踪消息，像一把锋利的尖刀，在人们的心叶上撕拼。

全世界的人民用期待的目光，注视着对生命归来的祈望。

思念的河，撕磨着家属迷惘的心灵。

他们的目光透过蓝色的雾，日夜凝视着天空。

他们承受着海一般辽阔的痛楚，背负山一般的沉重。思念，思念！乃至精疲力竭。

救助！救助！集结创新的浪花和智慧的火花。

多个国家的营救工作，冲开国界的门，不分彼此，追索着，跋涉着，拼搏着，把每寸海水丈量。

但，传来的消息却如秋天飘忽的云……

归来吧！归来乎！

《湖州晚报·散文诗月刊》2016年第6期

作者

朱祖仁，广东丰顺人。1972年举家迁港。著有古诗词《医余吟草》《医余随笔》，散文诗集《医余拾贝》，并入藏中国现代文学馆。现为香港作家联会名誉会长，香港散文诗学会荣誉会长，《香港散文诗》荣誉总编，中外散文诗学会副主席，香港风雅颂学会会长等。

评鉴与感悟

朱祖仁带给我们的是一道异域风景。诗歌的写法很多，可以用熟悉的方式写陌生，也可以用陌生的方式写熟悉，二者都可以出现好诗。朱先生对两种方式都有所尝试。《迷惘的心灵》写的是几乎所有人都熟悉的一场空难，许多人因此失去了生命。作品没有以廉价的眼泪去展示悲哀，而是以期待、寻找的线索，抒写了人们对失踪者的寻觅与期待，体现出一种悲悯情怀，也体现了对生命的尊重。（蒋登科）

我被一头牛看上

/转角

苦恼是一种病。

我是一只库蚊般大小的甲壳虫，着七彩外衣，眼睛大而明亮，孤琴一样的嗓音绕梁而走。我虽有毒刺，却从不加害善良人。纯属兴致，我只与说人话的动物为伍，我喜欢垂下过分小的翅膀立在他们的头上，感知人的世界的躁动与不宁。

其实这也是一种大智慧。事实上，人们早已忘记自己只是舶来品，千锤百炼后已抵达地壳中层，而他们还浑然不知。

尽管寂寞，但陷阱愈来愈远，神的蛛网正在笼罩一些模糊之物。

从脏兮兮的人堆里捡拾一部分景观，我看到很多不同类型的人聚在一处相互猜测，此时人已不再是人，黑暗的浪在浊物的心尖上汹涌，澎湃，翻来覆去的。于是，我又开始犹疑不定，是继续察言观色还是在澄明里起身？恰好一头牛出现，它默示我，温情的注目缓释了我无限忧伤……

它蜷伏在近处，绿草如茵，彩蝶相随左右，它就那样主观地与我对视。事实上，我枯萎的全部已打破了我们彼此的界限，距离无非是一种摆设。

它是不可阻挡的异类？

302

它是我的另一个证明？

潜意识里，我是具有反抗精神的。我总是被一种介乎漫游与自省的物质所绑缚。而它正是看见这糖衣炮弹包裹下镜子里的唯一的人，虚空而大度地——

接纳我，包容我。

这，多么有意义！

《诗潮》2016年8月号

作者

转角，原名王玉芳，1976年生于黑龙江，教师。有作品在《青年文学》《星星》《诗歌月刊》《诗潮》《散文诗》等数十家刊物发表，入选《大诗歌》等多部年度选本。

评鉴与感悟

转角的这篇散文诗，以在小说中较为常见的"陌生化"笔法，通过对生物世界的生动演绎，诠释出值得人们深思的深刻道理。"陌生化"笔法的最大优点在于，将自己从置身的环境中抽离出来，由带有主观感情色彩的"在场者"和"参与者"变成冷静客观的"旁观者"，拉开一定的审美和观照距离，反而可以更清楚地看清生存场域存在的问题，洞察生存的真相。诗人以"甲壳虫"的身份出现，开篇就亮出了"甲壳虫"的心情底牌——"苦恼是一种病"。而苦恼的根源更多是来自于对人类世界的客观审视。脏兮兮的人群、浑浊的人心都使"甲壳虫"苦恼。在这样的人类世界，"甲壳虫"无法找到确认自身的参照物，所以只能将目光投向其他生物，于是"甲壳虫"找到了老牛。当"我被一头牛看上"成为事实，人的位置和处境会如何？这才是最值得思考之处。（范云晶）

亲爱的，我们都有病

/紫鹃

亲爱的，我们都有病。在风和日丽的城市中，病菌蔓延至现实的临界点。我们无语。呼吸，做出选择。心跳，挤出抗议。我们戴上帽子、口罩和辅助看清世界的眼镜，你的左手握住我的右手，缓慢地穿越人群。

亲爱的，我们都有病。远远望去，每一段路都设着一座祭坛，我们奉献自己卑微的生命，在睡眠与清醒之间，用一把小梳子，梳理人生看板上的活动广告。

亲爱的，我们都有病。清晨在杭州西湖喝西北风，中午在垦丁椰子树下藤椅享受阳光，黄昏在香港茶餐厅吃菠萝包，星期五在台南菜市场寻宝，星期三在台中街头拌嘴，星期日在花莲七星潭海域拾一颗能够一起把玩的石头。

亲爱的，我们都有病。我要死去你的死去，你必须活着我的活着。必须惊涛巨浪，必须山崩粉碎。亲爱的，你不经意揉进眼睛里的沙子，是我始终不忍看到的斑斑血渍。

亲爱的，我们都有病。开水煮沸，我们喝水、吃饭、散步，做平常该做的事。从这个星球到另外一个国度，从这扇木到那扇无形的门。活着，我们始终活着。你和我和宇宙之间都有病，这是抽屉里一张纸条的秘密。

亲爱的，我们都有病。嘘！千万不能告诉别人。

《湖州晚报·散文诗月刊》2016年第5期

作者

紫鹃，台湾新北人。爱书，爱吃，爱听音乐，爱旅行，特别爱哭。得奖记录：2002年获得优秀青年诗人奖及最佳广播剧团体金钟奖（剧本占20%）。2007年1月接任《乾坤诗刊》现代诗主编至2013年12月底。2016年1月任《创世纪》现代诗编辑至今。

评鉴与感悟

《亲爱的，我们都有病》在书写当代人灵与肉、生存与时代病症、爱与伤痕方面堪称典范之作。这篇散文诗共6次于每一节回环道出"亲爱的，我们都有病"，以坦言"人的病态"为前提，撕下所有伪装和千疮百孔的面具，揭开"社会病态"的真相：城市里充满了病菌，"在风和日丽的城市中，病菌蔓延到现实的临界点"；诗人的洞见异常犀利和清醒："每一段路都设着一座祭坛，我们奉献自己卑微的生命，在睡眠与清醒之间，用一把小梳子，梳理人生看板上的活动广告"；诗人不惮于正视爱的疼痛："你不经意揉进眼睛里的沙子，是我始终不忍看到的斑斑血渍"；全诗潜隐着忧伤的普世情怀："你和我和宇宙之间都有病，这是抽屉里一张纸条的秘密。"原本已经向世人揭示了尘俗世界的急难，却在结尾反向说："嘘！千万不能告诉别人。"温婉中的尖锐，如同玫瑰上的刺，刺透生活的真相，读后反思回味良久，入骨入心，此类散文诗与我们的生存境遇休戚相关，有生命，有体温。（孙晓娅）

诗魂：大地上空的剧场（节选）
——观戴卫巨幅国画《诗魂》

/周庆荣

第一幕：孔丘走向诗

【布景：一马一车，云梦山、淇河水，蒹葭。人物：孔丘】

到了秋天，芦荻花就不再说话。

头发苍白了，岁月如果寻根，春天薄雾里的佳人，她在河之洲。

我期待世界向每一个人敬礼，当王道腼腆，我看到诸侯在各自表演。人心不古之后，礼乐崩坏。

我们是否应该记住自己的出处？

风来了，云要动；月明时星要稀，黑暗黑到无奈，天应该亮，我提醒天下这就是规律。

而地盘的意识越来越浓，一车一马，我要看山看水看天下。这时，鹿还在山林，中原的土地上，夏天，八哥在给麦子催熟，秋天，棉花收藏着未来增值巨大的温暖。

尽管保守与两千年后的左无关，我承认自己没能找到知音。谁能想到一个过早被人称为夫子的人，他有一颗浪漫的心？

站在泰山之顶，让天下小。

我游云梦泽，仿佛看到百年后的文治武功。预言留给叹息，我听到平

306

凡的人们正在把日常的话语说得神圣。灰尘多的时候，诗开始重要。

粟米批评硕鼠，树木反抗斧头。君子想念淑女，庙堂被布衣孤立。巧言毁德时分，或许，诗是最好的真理。

一首又一首诗，万里江山，三百种抒情。

《论语》是沉闷的，《诗经》不妨活跃。

第二幕：屈原——一个节日的理由
【布景：漫漫楚国路，汨罗江、水草。馨鼓、长戟。人物：屈原】

我带着使命而来，舞台是告别之前的真实。我听到夫子的叹息，他离去，在法家一股独大的环境，仁独自寂寞。

【孔丘：此刻站在舞台的这个人，注定壮志难酬。他创作悲剧，然后成为土地上一个节日的理由。】

我的王，官袍已经叠得整齐。

艾香在书案上袅袅诉说，说形势的严峻，说我们的土地不久就会被改变姓名。

美人兮，在江之畔。

狼烟四起与我无关，我要远行。我的路漫漫无终，清醒的人，你们愿意与我一起求索？求人间正道披着人心的光芒，求黑云压城时吹来一阵有力量的风。

是的，我要永远求索。谗人在市井热闹，名士借酒浇愁。

人群啊，是时候了，你们要警惕。一只鹰正从北方的山梁飞来，你们虽然活着，我掩涕无言。你们是鹰眼中的腐肉，我要远行，像流水一样永生。

汨罗江，你是我长租的客栈。

水草如花，我是花瓣上的鱼。

鱼的泪是整条江的水，挽歌不呜咽，挽歌只行吟。

再见了，我的知己。

再见了，我的王。

再见了，我的敌人。

我睡在安静的河床，我的敌人庆祝一个节日的诞生。多年后，一场大火烧了敌人的城，那时，好人也会过节。

怀念我的人，在宣纸上写下节日的名字：端午。艾草插在屋檐，它是我苦苦的心。

第三幕：李太白的心长成了诗魂

【布景：蜀道画面，然后切换到京都长安，华清池、贵妃出浴，如洗的月光下太白与自己的影子对饮。人物：李太白】

千年，弹指一挥间。

现在，我是舞台的主角。屈子的脚印如同沉睡的路，他没能写好天下文章。醉在汨罗江，酒是不尽的水。

未来的人们把浪漫主义赋予我，在红墙之内，我看到无数影子被拍打在窗纸上，图案的外面是欢乐，苦痛的内涵关在屋内。

美人舞袖，我喜欢三月桃花。

浪漫主义的人，心里能把皇帝的贵妃看成我自己的姜。我不要江山，我只赞美。当诗遭遇深刻的现实主义，我的灵魂直挂云帆，所有的光荣到了沧海不过是一望无际的空。

我把一个男人心底的欲望留给了《霓裳羽衣曲》，诗如果美，抒情的对象属于怎样的立场，我忽视。

动荡的年代，诗人何为？我知道安禄山也想有所作为，诗人遇到流氓，应该怎样？

来，我们一起喝酒。五花马，换酒；千金裘，换酒。浩然兄离我很远，王维就在城中，但是我不和他喝酒。我举杯邀月，酒后，乡愁激动。

像后人叙述的那样，公元8世纪中叶，我四处游荡。我的诗远离了爱情，我抽刀断水，我仰天大笑，我是诗人，天上流星飞过，我是追逐流星的神仙。

时间多久也没关系，距离再远也没关系。

那些继续写诗的人，你们忘记了我周围的细节。你们一代一代地活，你们是我的墓志铭。

铭文一：这是一个逼急了也能战斗的诗人，他说"愿将腰下剑，直为斩楼兰"。

铭文二：这是一个有未来的诗人，他义无反顾，请众人一起记住"君不见黄河之水天上来，奔流到海不复回"。

第四幕：王维——繁华落尽我更静

【布景：长安。终南山、新雨；幽篁。人物：王维】

一些举止故作魏晋风度的人，他们误判了诗人。

庙堂高深莫测，市井车水马龙。我脚步沉稳，升起的太阳替我安排每一天的内容，夜晚，帝都的府第悬挂灯笼，我观察灯笼上面的天空，星星冷峻。茶一盏，香一炉，宣纸上画出遥远的山水。

我在热闹中行走，控制着灵魂深处的飞扬。让一个诗人去平衡世道与人心，心累否？

太白与我几无私交，但我亦想仰天大笑出门去，不做蓬蒿，做一片竹林旁房庐的主人。

浩然兄，到终南山来。

新雨访问空山，雨停后，明月就满足了我们的期待。林梢的鸟语省略复杂的人话，小鸟不擅权，它们只自由地飞。

人生如果可以有悔，我就悔自己在帝都留下。

与气节无关，我只想到是另一次就业。

我的心在远方。

感谢诗歌，它让我没有死于非命。

对真朋友的远行，我比以往更加孤独。

再喝一杯，故人站在原地，远方环境陌生。

心空了，我画竹。然后画我，我在幽篁独坐。

幽幽我心，石上清泉。

身份被动，我写诗，诗是我唯一主动说出的话。

我就是这样的一个人才，活着就是一切。

而当别人的一切为了热闹，我沐浴更衣，远离尘嚣。

大漠孤烟直，长河落日圆。

一曲终，如同人生的句号。

《诗潮》2016年6月号

作者
周庆荣，网名北京老风。1963年生于江苏响水，现居北京。1980年代开始写作，出版散文诗集《爱是一棵月亮树》《飞不走的蝴蝶》《风景般的岁月》《我们》《有理想的人》《有远方的人》《预言》等，另有译著多部。"我们"散文诗群主要发起人，《大诗歌》主编，《诗潮》编委，《星星·散文诗》名誉主编，湖州师范学院中国散文诗研究中心学术委员会成员。

评鉴与感悟
四方上下曰宇，往来古今曰宙。周庆荣站在宇宙的中心，向四方走，走进无尽。这是一条生命的诗化之路，那些和光同尘的历史名人，从各自的道路中迎面相逢，把酒言欢，纵谈襟怀，得一知己，好不快活。从孔子处，获得诗书礼乐的箴言："灰尘多的时候，诗开始重要"。从屈原处，有历史的悲风翻来涌去，漫过人心的桥梁，转世叫"艾"，节日终是无色的装饰，爱是一种本分。从李太白处，更靠近诗歌的核，那里有生命的解码："图案的外面是欢乐，苦痛的内涵关在屋内"，谁能说出对影成三人，那第三者何？同吟：背负青天朝下看，都是人间城郭。从王维处，洗手净面，沐浴更衣，焚香参禅，彼此间以心照水，用水衬心，收获了珍贵的慢句子。从陈子昂处，有亘古之情，他以个体的澄明方式称出了泪水的毫厘。从杜子美处，感受霜风肃杀，人世飘摇，却茁壮生长出"一心豪迈"，与物浑然，万物同育。从柳宗元处，"放下文字，拿起长竿，在寒江独钓"，是的，"忍耐，是唯一的发言"。从李煜处，读懂故国的真正内涵，看到他无比丰赡的情怀。从苏东坡处，彻底弃掉拄杖，一同随波逐尘，纵浪大化。从李清照处，静听黄昏细雨，芭蕉弹琴，一波一波的心事，一块一块碎裂的心。从岳飞处，陡生英雄气概，却难掩丝丝缕缕的疼痛。这些人，此身虽异性长在；这着情感之川，汇成了一条生命之流。打通了世界和自我的二元对立，目击而道存，电光火石之间此已非常身。当画外音响起，舞台骤然而亮，原来天地乃成，我们都是演员，亦都是看客。周庆荣的《诗魂》为我们提供了无限的可能性。（薛梅）